毛姆 短篇小说全集

THE
LOTUS
EATER

贪食忘忧果的人

〔英〕毛姆 著

薄振杰 主编

李和庆 等 译

人民文学出版社
PEOPLE'S LITERATURE PUBLISHING HOUSE

William Somerset Maugham
The Lotus Eater

图书在版编目(CIP)数据

贪食忘忧果的人/(英)毛姆著;李和庆等译. —
北京:人民文学出版社,2020(2023.1重印)
(毛姆短篇小说全集)
ISBN 978-7-02-015585-9

Ⅰ.①贪⋯ Ⅱ.①毛⋯ ②李⋯ Ⅲ.①短篇小说-小
说集-英国-现代 Ⅳ.①I561.45

中国版本图书馆 CIP 数据核字(2019)第 176045 号

责任编辑　朱卫净　邱小群
封面设计　钱　珺

出版发行　**人民文学出版社**
社　　址　**北京市朝内大街 166 号**
邮政编码　**100705**

印　　制　山东新华印务有限公司
经　　销　全国新华书店等

开　　本　**890 毫米×1240 毫米　1/32**
印　　张　**9.25**
字　　数　**231 千字**
版　　次　**2020 年 6 月北京第 1 版**
印　　次　**2023 年 1 月第 3 次印刷**

书　　号　**978-7-02-015585-9**
定　　价　**55.00 元**

如有印装质量问题,请与本社图书销售中心调换。电话:010 - 65233595

"一花一世界"
——《毛姆短篇小说全集》总序

一 引言

在现代英国文学史上，毛姆（William Somerset Maugham，1874—1965）是一位多才多艺、成就斐然的重要作家。他的社会阅历之广博，创作生涯之漫长，几乎无人堪比。毛姆一生著有二十一部长篇小说、一百五十多篇短篇小说、三十一部戏剧、两部文学评论集、三部游记、四部散文集和两部回忆录，是二十世纪上半叶英国文坛极负盛名的一位能工巧匠。尽管评论家们历来对他褒贬不一，毛姆本人也曾戏称自己为"二流作家中的佼佼者"，但他却是同时代的英国作家群体中寥若晨星的几位雅俗共赏的经典作家之一。他在读者中所享有的声誉远胜于文艺批评界对他的认可度。他的作品，尤其是短篇小说，一直深受读者的喜爱，不仅在欧美反复再版，而且被翻译成多种文字，并改编为戏剧或拍摄成电影，在世界各地广为流传，甚至走进了各类教材。人们对他作品的阅读和研究兴趣至今方兴未艾。

文学向来是生活和时代的审美反映。文学创作的对象是人的社会生活，或者说是社会生活中的人，而社会生活则是文学创作的唯一源泉。作家靠着充实的生活，才可能写出真正的作品。毛姆丰赡的文学成就与他纷繁复杂的生活经历以及独特的审美经验密不可分。他所描写的生活是一个现象与本质、偶然性与规律性、具体性与概括性相融合的不可分割的整体，表现了他对生活和时代整体的透视和评价。他笔下的每一个故事都不啻为一个完整的"自我世界"，一个具体场景的展现即可烛照出一个时代和一代人生活的整体面貌。

毛姆很会讲故事。他在创作中常常刻意追寻人生的曲折离奇，布下疑局，巧设悬念，描述各种山穷水尽的困境和柳暗花明的意外结局。他的作品对上流社会的揭露和批判入木三分，对人的本性的刻画尤为深刻，而且故事性强，情节跌宕多变又不落窠臼。他的故事融思想性和娱乐性于一体，在艺术表现手法上常有神来之笔，隽语警句俯拾即是，幽默的揶揄或辛辣的讽刺随处可见，达到了内容与形式的完美结合。

二 毛姆小传

毛姆出身于律师世家，祖父是英国声名显赫的律师，父亲是英国派驻法国大使馆的律师，其长兄也是闻名遐迩的律师，曾担任过英国大法官兼上议院议长，另外两个哥哥也都是著名律师。毛姆于一八七四年一月二十五日出生在巴黎，他的第一语言是法语，自幼便接受了法国文化的熏陶。他八岁时母亲死于肺结核，十岁时父亲死于癌症，双亲的早逝给他留下了难以磨灭的心灵创伤。一八八四年，他被伯父接回英国，送入坎特伯雷一所贵族寄宿制学校就读。由于英语不好，且身材矮小，常常被同学耻笑，加之伯父生性严峻高冷，缺少沟通，致使毛姆落下了终身间隙性口吃的缺陷。幸运的是，童年的种种不幸遭遇竟然变成了一种伟大而珍贵的馈赠，不仅激发了他的语言和文学天赋，也造就了他善于精妙讥诮、辛辣讽刺的本领，这种本领在他以后的文学创作中随处可见。

毛姆十六岁中学毕业。在伯父的支持下，他于一八九〇年赴德国海德堡大学修习文学、哲学和德语。在此期间，他编写了一部描写歌剧作曲家生平的传记作品《贾科莫·梅耶贝尔传》（*A Biography of Giacomo Meyerbeer*，1890），并与一个年长他十岁的英国青年相恋。次年他返回英国，被伯父安排在一家会计事务所工作，但一个月后他便辞去了这份工作。伯父希望他继承家族传统当律师，但他不感兴趣；伯父继而又劝说他在教会担任牧师，他又因为口吃无法胜任；他想在政府任职，但伯父认为这不是一个高尚的绅士应当从事的职业。最后，在朋友劝说下，伯父勉强同意他进入伦敦圣托马斯医学院学医，同时以实习医生的身份在贫民区兰贝斯为穷苦人接生、治病。五年后，他取得外科医师资格，但并未正式开业行医，因为他从十五岁起就开始练笔写作，渴望成为一名职业作家。他的第一部长篇小说《兰贝斯的丽莎》（*Liza of Lambeth*，1897），就是根据他当见习医生在贫民区为产妇接生的经历，用自然主义手法写成的。他在作品中以冷静、客观甚至挑剔的目光审视人生，笔锋凌厉、超逸，富有强烈的嘲讽意味。这部小说大获成功，首版几周之后便告售罄，这促使他立即放弃了医生职业，从此开启了长达六十五年的文学生涯。为积累创作素材，他在西班牙、法国等欧洲各国游历了近十年，创作了十部长篇小说、大量散文、文学评论、新闻报道和短篇故事。一九〇七年，他的剧作《弗里德里克夫人》（*Lady Frederic*，1903）首次在伦敦公演，好评如潮。第二年，伦敦西区有四家剧院同时上演他的四部剧本，盛况空前，他成为了英国名噪一时的剧作家，从而也使他创作舞台剧的热情一发不可收。一九〇三至一九三三年间，他编写了近三十部剧本，深受观众的欢迎。

第一次世界大战爆发时，毛姆因已超过服兵役年龄，便自告奋勇地加入了英国红十字会组织的"文艺界战地救护车队"（Literary Ambulance Drivers），在欧洲前线救治伤员。这支救护车队的二十四名成员里有美国作家约翰·多斯·帕索斯、E. E.卡明斯、欧内斯特·海明威等人。一九一四年十一月初，毛姆结识了同在这支救护车队中、来自美国旧金山的文学青年弗里德里克·哈克斯顿（Frederic Gerald Haxton，1892—1944），两人遂成为好友并发展成同性恋人，这种关系一直存续了三十一年，直至哈克斯顿于五十二岁时在纽约死于肺癌。在此期间，毛姆始终孜孜不倦地坚持创作，并在敦刻尔克附近的军营里校对了他的长篇巨作《人生的枷锁》（*Of Human Bondage*，1915）。这是一部具有自传性质的小说，描写了医科大学生菲利普·凯里受到不合理的教育制度的摧残和宗教思想的束缚，在爱情上屡遭打击的人生经历，表现了作者对新思想和新的人生道路的向往与追求，是毛姆最重要、流传最广的作品之一。小说出版之初曾受到英美两国一些评论家的抨击，但是美国小说家兼文学评论家西奥多·德莱塞却对它赞誉有加，称它为"天才之作"、"堪与贝多芬的交响曲相媲美"，将这部小说高举到了经典之作的地位。

一九一五年九月，毛姆加入英国情报机构，负责在瑞士搜集情报，监视和记录参战各国派驻日内瓦的使节们的外交活动。一九一六年，他辞去间谍工作，与哈克斯顿结伴而行，首次前往南太平洋诸岛，为他的长篇小说《月亮和六便士》（*The Moon and Sixpence*，1919）收集素材。这部小说以法国印象派画家保罗·高更的经历为原型，描写一位画家来到南太平洋中的塔希提岛，与当地土著人共同过着原始的生活，创作了不少名画。小说表现了这位天才画家对社会的逃避和对艺术的执著追求，这是毛姆又一部广为流传的重要作品。一九一七年六月，他再次受聘为英国"秘密情报局"（后简称"MI6"）的军官，被秘密派往俄国，肩负劝阻俄国退出战争的特殊使命，并与临时政府的首脑克伦斯基有过接触。两个半月后他回国述职时，俄国爆发了"十月革命"。毛姆自认为继承了父亲的律师天赋，具有沉着冷静、多谋善断、慧眼识人的本领，不会被表象所迷惑，是适合做间谍的人才。后来，他以这段当间谍和密使的经历为素材，写出了脍炙人口的《英国特工》（*Ashenden: Or the British Agent*，1928）。他在该系列故事中，塑造了一位风度翩翩、精明强干、特立独行的特工阿申登。这部小说对英国小说家伊恩·弗莱明（Ian Lancaster Fleming，1908—1964）影响颇深，在他后来创作的长篇系列小说《詹姆斯·邦德》（*James Bond*）中的那位风靡全球的主人公邦德，可谓与阿申登一脉相承。

在一九一五至一九一六年间，毛姆与英国著名药业巨擘亨利·卫尔康姆（Henry Wellcome，1853—1936）风姿绰约的妻子赛瑞（Syrie Wellcome，1879—1955）有过一段婚外情，并与她生下女儿丽莎。他们于一九一七年五月正式结婚，遂将女儿改名为玛丽·毛姆（Mary Elizabeth Maugham，1915—1998）。然而这段婚姻并不幸福，俩人终于在一九二七年宣告离婚。毛姆于一九二八年迁居法国，在海滨度假胜地里维埃拉的卡普费拉镇买下了占地面积达九英亩的莫雷斯克别墅。此后他的大部分岁月都在这里度过。这座豪华别墅也是当时英法文人和上流社会名流常相聚的文艺沙龙之地。

一战结束后，毛姆曾多次前往远东和南太平洋地区旅行，足迹遍布东南亚各国、南太平洋诸岛、中国和印度等地。毛姆历来喜欢将沿途的所见所闻、风土人情和自己的真实感受详细记录下来。正因如此，他的许多游记、随笔、散文、戏剧和长短篇小说都写得栩栩如生，具有鲜活的生活气息和时代的可感性。一九二〇年，他来到中国的大陆和香港，写下游记《在中国的屏风上》（*On A Chinese Screen*，1922），并以中国为背景，创作了长篇小说《面纱》（*The Painted Veil*，1925）和若干短篇小说。此后他又游历了拉丁美洲。毛姆的作品之所以能够引起不同国家、不同时代和不同阶层读者的兴趣，都与他作品中富有浓郁的异国情调和他丰富的阅历息息相关。

　　二十世纪二十至三十年代，毛姆依然保持着旺盛、高产的创作势头，各类作品层出不穷。长篇小说《寻欢作乐》（*Cakes and Ale*，1930）堪称他艺术上最圆熟的作品。这部小说以漫画式的笔调描绘一战后英国文艺圈内各种可笑和可鄙的人与事，锋芒毕露地鞭笞和嘲讽西方社会种种光怪陆离、尔虞我诈的丑陋现象。迷人的酒吧侍女罗西，是毛姆笔下最为丰满的女性形象，而故事里的另外两位作家则是毛姆在影射英国作家托马斯·哈代和休·华尔浦尔。短篇故事《相约萨马拉》（*An Appointment in Samarra*，1933）以巴比伦的古老神话为题材，表现"叙事者和主人公的最终归属都是死亡"的主题。美国小说家约翰·奥哈拉（John O'Hara，1905—1970）曾宣称，他的同名长篇小说《相约萨马拉》（*Appointment in Samarra*，1934）的创作灵感即得益于毛姆。《总结》（*The Summing Up*，1938）则是一部文字优美、可读性极强的作家自传，毛姆以直白、坦诚的语言描述了自己的创作生涯和心路历程。

　　二战爆发后，由于法国沦陷，毛姆在一九四〇年逃离了里维埃拉，旅居美国。在此期间，他应英国政府的要求发表过数次爱国演讲，号召美国政府支持英国联合抗击纳粹法西斯。在洛杉矶时，他改编了不少电影脚本，是当年稿酬最高的作家之一。之后他相继在南卡罗来纳、纽约、罗德岛等地居住，潜心于文学创作。长篇小说《刀锋》（*The Razor's Edge*，1944）即是他旅美期间的作品。《刀锋》是毛姆的重要代表作，描写一名年轻的美国复员军人如何丢掉幻想、探索人生终极意义和存在价值的艰苦历程，富有哲学和美学意蕴。故事的场景大多在欧洲和印度，但主要人物均为美国人，主人公拉里·达雷尔以著名哲学家维特根斯坦为原型。作品中表现的东方神秘主义和厌战情绪，激起了正身处二战硝烟烽火中读者的心灵共鸣，那些引人入胜的故事情节和通俗易懂的艺术表达形式，也深得历代读者的喜爱。

一九四四年毛姆回到英国，两年后再度返回他在法国的别墅。此后，除外出采风，他常年居住在此，尽管已年逾七十，却仍笔耕不辍，主要撰写回忆录、文学评论和整理旧作。一九四七年，他设立了"萨默塞特·毛姆文学奖"（Somerset Maugham Award），用于奖励优秀作品和资助三十五岁以下杰出文学青年。英国著名作家 V. S. 奈保尔、金斯利·艾米斯、马丁·艾米斯、汤姆·冈恩等，都曾获此奖项。一九四八年，他出版了以十六世纪西班牙为背景的长篇小说《卡塔丽娜》（Catalina: A Romance），并陆续发表了《作家笔记》（A Writer's Notebook，1948）、《随性而至》（The Vagrant Mood，1952）、《观点》（Points of View，1958）、《回望》（Looking Back，1962）等著作。毛姆曾收藏了大量戏剧油画，数量仅次于英国嘉里克文艺俱乐部的藏品。从一九五一年起，这些油画在英、法各地巡回展出达十四年之久，一九九四年被收藏在英国戏剧博物馆。为表彰毛姆卓越的文学成就，牛津大学在一九五二年授予他荣誉博士学位，英国女王在一九五四年授予他"荣誉爵士"称号，并吸纳他为英国"皇家文学会"成员。一九五九年，毛姆完成了最后一次远东之行。一九六五年十二月十六日，毛姆在法国与世长辞，享年九十一岁。去世前夕，他将自己的全部版税捐赠给了英国皇家文学基金会。

三　毛姆短篇小说的艺术特色

毛姆享有"故事圣手""英国的莫泊桑""二十世纪最伟大的短篇小说家"之盛誉。在跨越两个世纪的文学生涯中，毛姆曾数度将他的短篇小说汇编成册出版，如《方向集》（Orientations，1899）、《叶之震颤》（The Trembling of A Leaf，1921）、《木麻黄树》（The Casuarina Tree，

1926）、《阿金》(*Ah King*，1933)、《四海为家的人们》(*Cosmopolitans*，1936)、《杂如从前》(*The Mixture As Before*，1940)、《环境的产物》(*Creatures of Circumstance*，1947) 等。一九五一年，他从中甄选出九十一篇精品佳作，汇编为洋洋三大卷《短篇小说全集》。一九六三年，英国企鹅出版公司将其改为四卷本重新刊印。此后，该版本被多次再版，并被翻译成各种文字，在世界各地广为流传至今。这套《毛姆短篇小说全集》(7卷) 即据此译出，以飨我国读者。

毛姆的创作始终坚持把读者放在首位，力求"投读者所好"，创作"具体、充实、戏剧性强的故事"。他的短篇小说有伏笔、有悬念、有高潮、有余音，结构紧凑、情节曲折，强调故事的完整、连贯和生动。他的短篇小说大体可分为三大类：以欧美为背景的"西方故事"；以南太平洋、东南亚、中国和印度等为背景的"东方故事"；以及"阿申登间谍故事"系列。

叙事视角与叙事声音　毛姆的短篇小说大多采用第一人称视角讲述，故事中的"我"几乎就是毛姆本人的形象：温厚、友善，喜欢读书和打桥牌，对世事和人生的千变万化充满好奇。故事常常用一种漫不经意的口吻开头，然后娓娓道来发生在普通人身上的那些富有传奇色彩的经历，犹如在向朋友闲聊他道听途说来的轶事趣闻，因而能快速地拉近作品与读者间的距离。即便在以第三人称讲述的故事中，叙事者通常也是个置身局外的旁观者，只是用其敏锐的目光观察事件的发展，偶尔加以评判，与毛姆的"我"如出一辙。在聆听那些或身陷囹圄、或心怀鬼胎、或历经磨难，往往也是可笑之人的主人公诉说衷肠时，这位"旁观者"至多只是点点头，或宽慰地附和几声。换言之，故事里"重中之重"的叙述者常常扮演着一个次要的角色，但他始终是一位饱经世故、处事不惊、温文尔雅的人。

他的叙事声音富有通感，文情并茂，言近旨远，斐然成章，即使是讽刺挖苦也不乏幽默感，而且总是那么超然而儒雅。在很多故事中，叙事声音通常出自一个见多识广的作家，他周围的大都是上层社会的名流，如作家、歌手、演员、政要，或他所熟悉的绅士，而作为作者的毛姆与他笔下的叙事者间的界线却被有意混淆了。采用这种若是若非的叙事声音，无疑增添了故事的可信度，然而这种将真实生活中的人与事作为创作原型的手法，难免会使心虚者"对号入座"，招来非议。我们不难看出，在他创造的这个首尾呼应的文学世界里，既有令人着迷的社会各阶层人物的百态脸谱，也有出人意表的启示和顿悟。

人物塑造　一个多世纪以来，受弗洛伊德和拉康理论的影响，文学创作和文艺批评越来越重视"意识流"和"心理现实主义"，试图通过心理分析来解读人的内心世界，解构人脑的思维机理和对客观世界的认知。但毛姆既没有像詹姆斯·乔伊斯和弗吉尼亚·伍尔夫那样采用"意识流"手法，通过心理描写"由内向外"地塑造人物，也没有像 E. M. 福斯特和 D. H. 劳伦斯那样去深入探究两性关系相和谐或相对抗的深层原因，而是在他创作中始终坚持现实主义和自然主义传统。尽管他在一些作品里对人物的心理活动和情感变化也描绘得细致入微，富有艺术张力，但这不是他关注的焦点。他的大部分故事主要涉及的是社会生活中人的世态百相，叙事者似乎也只关心眼前人物的外表形象。正因为如此，他的故事能最大程度地贴近读者的现实生活。

毛姆笔下的人物大多是肖像式的，常"以貌取人"，通过对人物直观、具体的描绘来揭示其内在的心理和性格特征，寥寥数笔就将人物从外表到灵魂刻画得活灵活现，有时甚至连故事情节也因此而外化地显现出来。毛姆不仅采用人物的对话和各种错综复杂的矛盾冲突来铺设和展开情节，而且常常以人物的仪表容貌为线索，着重描写他们在面对一系列事件、场景和紧要关头时做出的反应，细腻地刻画他们在表情、姿势、言行举止、生存方式甚至穿着打扮等方面出于本能或习惯性的细节变化，以此突显人物的本质特征，由表及里、有血有肉地塑造人物形象。即使在那些描写惊心动魄的谋杀或惨不忍睹的自杀事件的故事中，人物的心理活动往往也是通过其外表形象及其微妙的变化表现出来，而叙事者则不露声色，保持着冷峻、超然的态度。读者看到的往往是表象，并保持着一定的审美距离，很少能走进这些各具特色人物的内心世界，因为叙事者讲述的大多是他"事后"听来的，或通过"第三者的叙述"得来的故事。这种由"物理境"向"心理场"渗透的写法使人物形象显得更加丰满，也更容易使读者有身临其境的感觉，诚如奥斯卡·王尔德的那句绝妙的遁词所言："只有浅薄的人才不以貌取人。"①

艺术真实　艺术真实是文学的基本品格，文学作品所反映的善与美必须以真为伴。毛姆短篇小说的成功秘诀就在于其源于生活又高于生活。他的很多故事，究其本质而言，是经过他自出机杼的拔高，已经升华为艺术真实的"街谈巷议"。除了利用第一人称或第三人称的叙事者在故事中夹叙夹议、推波助澜之外，毛姆还时常别出心裁地呼唤读者的"群体意识"，因为他笔下的人物及其非凡的人生故事，往往正是人们在日常生活中耳熟能详或津津乐道的人与事。这些源自生活、为大众所喜闻乐见的"民间杂谈"、"桌边闲话"和"内幕新闻"，经过作者融会贯通的再创造之后，往往被赋予了崭新的艺术魅力，既能满足读者的猎奇心理，也能激发人们的心灵共鸣。尤其在以南太平洋诸岛和远东各地为背景的故事中，毛姆不但以精湛的笔触如实记述了英属末代殖民地的社会风貌、生活习惯和旖旎的自然风光，还刻意使用当地的土语和词汇来描写富有东方神秘色彩的宗教礼俗、田园房舍，以及人们的服饰装束、菜肴饮品、交往方式等，栩栩如生地展现

---

① 语出《道林·格雷的画像》第二章。

了当地原生态的生活。这些富有原始质朴的乡土气息的故事，使人百读不厌。

毛姆一生走南闯北，交游广阔，结识了大量禀赋各异的人，从高官贵族，到平民百姓，从欧洲白人到土著居民，三教九流无所不有。如同他在很多故事中所说，作为深谙人情世故的作家，人们愿意向他敞开心扉，吐露衷肠，使他获得了大量真实的创作素材。经过艺术提炼后，这些或凄婉动人、或骇人听闻的奇人逸事都被他绘声绘色地融化在作品里。毛姆喜欢搜集和讲述来自现实生活中的人们千姿百态的人生故事，他笔下的主人公们也喜欢讲故事和听故事，而不少故事本身也会交待或评判故事的来龙去脉（即所谓"环环相扣"的"故事套故事"）。这些具有艺术品质的真实故事，既使读者真实地认识和了解历史的原貌，感悟人生，也使作品拥有了持久的生命力。

反讽　在人类思想史和文学批评史上，反讽是理论家们争论已久、各执己见的话题。长期以来，研究者们从哲学、语言学、修辞学、叙事学、跨文化研究等领域对其进行阐发，使反讽得到了较为全面的诠释。

反讽源于古希腊语 *eironeia*，意为"装傻"，原指苏格拉底式的谈话方式：即在智者面前装作一无所知地请教问题，结果却推演出与之相反的命题。反讽的基本特征是"言非所指"或"言此而意反"的二元对立。言语反讽又称反语（verbal irony），是一种修辞手段，与讽刺和比喻相近，其意义产生于话语的字面意思与真实内涵的不符甚至悖反，并能不动声色地传递某种情感诉诸，听者／读者可从这种"表象与事实"相互矛盾的对比反观中解读出具有幽默或讽刺意味的"韵外之韵"。戏剧性反讽则是一种文学表现方法，具体可分为悲剧性反讽、结构性反讽、情境反讽和随机反讽等，其意义蕴涵在作品的整体结构之中，通过故事的语境和情节铺展来实现：读者对故事里的事件、场景、个人命运的了解会先于或高于"身在其中"的人物，因此，故事中的人物的言行举止、动机和目的往往与读者的理解和审美体验相冲突，呈现出截然不同甚至完全相反的意义。在文学叙事中，作者不仅通过话语层面的反讽，更通过现象与本质、期望与现实、主观意志与现存伦理等方面的相互矛盾、相互排斥、相互消解来表现人的认识能力和价值取向的相对性、多重性和心智活动的复杂性，藉以形成强烈的反讽意味，从而增强故事的戏剧性效果和艺术张力。

如同欧·亨利、契诃夫、莫泊桑，毛姆也是善于使用戏剧性反讽的行家里手。我们可以看到，在悲剧故事中，他常常直截了当地采用悲剧性反讽，故事的主人公大多是"被命运之神捉弄的傻瓜"——满怀希望、孜孜以求地想实现某个既定目标，经过百般努力和抗争后却发现，结果总是事与愿违、适得其反。在言情故事、间谍故事和寓言故事中，毛姆常巧妙运用随机反讽、情境反讽和结构性反讽，由低到高、张弛有度地构建不同层级的反讽意义，使故事情节峰回路转，并逐步将故事推向高潮。在叙事进程中，毛姆常将叙述的焦点集中在读者、叙事者与主人公之间在伦理判断和心理期待等方面的审美差距上，通过多角度的交替变换和对比关照，形成多层次、多维度的反讽。故事戛然而止的零度结尾或出人意表的结局往往蕴含着幽默而又深刻的道德意义，耐人反复回味。这是他的短篇故事常使人掩卷之余久久难以忘怀的另一个原因。

中年视阈　毛姆在短篇小说创作上取得卓越成就的另一重要原因或许与他的年龄有关。早在一八九九年毛姆就有短篇小说集问世，但他自认为这些故事不够成熟。晚年他在选编这套《短篇小说全集》时，便没有将那些早期作品纳入其中。毛姆真正开始热衷于创作短篇小说是在一战结束之后。一九二一年出版的《叶之震颤》标志着他在这一领域的新高度。这时他已人到中年，具有宽广的视野、丰富的经验和敏锐独到的见解。他创作的优秀、精湛的短篇小说，大都是他年届五十之后写成的。

毛姆已臻成熟的创作观和审美取向使他讲述的故事都带有意味深长的人生哲理和岁月的厚重感。毛姆经历过爱德华时代的歌舞升平和维多利亚时代的空前繁荣，纵情参与过英国上流社会声色犬马的时尚生活和法国名人荟萃、灯红酒绿的社交聚会，但他并没有像司各特·菲茨杰拉德那样去描绘朝气蓬勃、怀揣理想的年轻一代在面对令人眼花缭乱的现实世界和"美国梦想"时的惊奇不已以及他们在理想幻灭之后的失望、彷徨与悲哀，也没有像海明威那样浓笔重墨地记叙"迷惘的一代"在巴黎天马行空、纸醉金迷、放浪不羁的生活景象。他描写的常常是年长的一代人稳练达观、富有雅趣的行事作风和虚怀若谷的境界。作为一个饱经沧桑、老成持重的作家，他的激情已经渐渐淡去，能够以冷静、超脱的姿态看待世态炎凉和生死人生。他笔下的主人公们也常以疑惑、忧戚、嘲讽的眼光看世界，尽管偶有迷离困窘、错愕惶恐，但终究还是表现得温厚、儒雅、理性、风趣。无论风云变幻，他都处之泰然，始终保持着他那份闲情逸致和文质彬彬的良好修养。

同样，毛姆笔下的女主人公大多也是与他本人年龄相仿、已身为人母甚或祖母的女人。故事中虽不乏清纯美丽的少女和风骚冶艳的美妇，但他着重描写的并不是她们年轻貌美的姿容或离经叛道的表现，而是长辈对她们的担忧和管束。值得一提的是，毛姆的同性恋倾向使他描绘的女性形象与众不同。他对女性的态度向来礼貌得体，既没有把她们塑造成供男人去勾引和发泄的对象，也没有墨守成规地谴责和批判她们不守妇道的堕落行为，而是客观中肯、准确传神地描摹她们本来的面貌，把她们从外表到心灵刻画得惟妙惟肖。为了创造喜剧效果，他的故事中有时会出现饱经风霜、邋遢干瘪、面目丑陋，却浓妆艳抹、搔首弄姿的老妇人，但作者同样也对她们寄予了深厚的同情。这是毛姆不同于新生代年轻作家、常被读者和评论家们所称道的一大特点。

剖析人性　毛姆对人性的深切理解和锐敏透彻的洞察力与他的家庭背景、童年经历和他后来在坎坷的职业生涯中逐渐形成的人生观密不可分。毛姆一生见证了整整三代人的盛衰变迁。他亲历了两次世界大战的浩劫，切身体验过英国宦海沉浮和文坛争衡的滋味，亲眼目睹了各色人物的悲欢离合和命途多舛的凄凉境遇，而他的个人生活中也多有艰辛和变故，因此，对人生的态度他总体上是消极、悲观的。在他看来，人的命运是由各种充满变数、个人无力左右的外界因素和偶然事件决定的。他是个无神论者，认为基督教信仰纯属一派胡言。他蔑视"普渡众生"之说，不相信上苍能拯救芸芸众生。他也不相信善良和美德是人类与生俱来的本性，甚至对人的聪明才智也持怀疑态度。这些尖锐的观点和他对人的本质的深刻认识，使他的作品具有一种愤世嫉俗、悲天悯人的基调，再用他所特有的寓庄于谐、意在言外的讽喻形式和戏谑幽默、引人发噱的精妙笔调表现出来，非常迎合普通读者的心理诉求和审美品位。

对人性鞭辟入里的剖析应该是毛姆的作品最震撼人心的显著特色，也是他的每一篇短篇小说几乎必不可少的重要内容和主题。作为当过医生和间谍的作家，毛姆无疑会将这些经历糅合到他的创作中去。他常常会别开生面地以医生的眼光审视和剖析人的本性和良知，或从间谍和侦探的视角去探究和破解现实生活中各色人物的日常活动、行为方式、爱恋与婚姻、希望与失望、道德与罪孽等的成因和导致他们最终结局的奥秘，将人性中可憎可悲的阴暗面，诸如怯懦、嫉妒、傲慢、虚荣、愚妄、歧视、偏见、自私、自负、贪婪、色欲、势利、骄横、残忍等缺陷，毫无保留地展示在读者面前，并对其根源加以深入细致的剖析，做出恰如其分的评判。在这些故事里，我们可以清楚地看到，他对盛行于西方上流社会的因循守旧、浮华炫鬻、腐败堕落之风深恶痛绝，对欧洲中上阶层的绅士贵妇、神甫和传教士、政界要人、商界大贾、文艺圈名流，以及英国派驻在南太平洋和东南亚等殖民地的总督和各类官员充满了鄙夷和嫌恶之情，经常站在道德的制高点上，以犀利、辛辣的笔锋揭露和抨击他们欺世盗名、尔虞我诈、恃强凌弱、伤天害理、草菅人命、肆意践踏法律和人的尊严，以及嫖妓、通奸、乱伦等道德缺失的恶劣行径，毫不留情地讽刺和痛斥他们表面上道貌岸然、实为男盗女娼的虚伪本质。对于生活在社会底层的穷苦人和殖民地的土著居民，他却有一颗仁厚友善、宽宥大度、以礼相待的心。尽管他在作品中也常常会善意地取笑他们的愚昧无知和缺少教养，幽默地调侃他们刁顽古怪的性格和某些滑稽可笑的恶习和癖好，揶揄和嘲讽他们的自私自利、目光短浅等缺点，但他喜欢这些淳朴、善良、耿直的民众，对他们怀有真挚的同情、怜悯和关爱之心。

毛姆对人性细腻、透彻的剖析和拷问使他刻画的形形色色的人物，还有那些刺穿人心的故事，不仅富有不可抗拒、令人着迷的艺术魅力，而且具有极强的说服力和可信度，因为那些讽刺和鄙夷、怜悯和感伤，是经历过苦难和创伤、见识过世道悲凉的人才能有的感悟。这样的文学作品无疑具有强大的感染力，可改变人们对人性的根本认识，甚至刷新人们的世界观。

鲜活明畅的语言 毛姆虽说成名已久，但他并没有像同时期的其他现代主义作家那样勇于革故鼎新。就文体艺术而言，他没有多少实验性或"先锋派"的创举，而且对文辞奥博、用典繁芜的文风也不以为然。毛姆的语言以清新流畅、简洁朴实、诙谐幽默、通俗易懂见长，尤其注重让人"看着悦目、听着悦耳"。他的叙述鲜有生涩冷僻或华美矫饰的辞藻堆砌，几乎没有诘屈聱牙、艰涩难懂的句法结构，更罕用深奥玄妙的心理描写，而是采用贴近生活、直白易懂的语句和扣人心弦的情节来讲述故事。我们常可以看到，他一个段落就能将一个人物的容貌特征勾勒得纤毫毕见，然后便执手牵引着你缓缓走进他布下的迷宫，在张弛有度的节奏中一步步走向令人意想不到的情景和地域，循序渐进地发现始料不及的惊天秘密，最终到达快意恩仇的结局，或走向假作悲哀、实则富有喜剧色彩的故事高潮。

毛姆向来喜欢从现实生活中去捕捉和采撷鲜活、生动的语言。那些自然、人人皆知的语句经过他的打磨之后，被赋予了新的含义，一经问世便广为流传，成为人们常挂嘴边的时尚用语甚至金科玉律，尤其为普通读者所喜爱。在他的作品中，无论借景抒情、或阐发议论、或人物对话，毛姆一般采用口语化的语言，以一种体恤人意、推心置腹、犹如在酒吧与朋友交谈的口吻娓娓道来，仿佛他就在你的眼前，在不露声色地运用他的睿智和冷幽默与你侃侃而谈，并煞有介事地向你讲述"蜚短流长"、令人称奇的坊间传闻。这些故事会令你时而忍俊不禁，时而目瞪口呆，时而又不寒而栗。他善于运用富有活力的意象比喻，善于借助特定的细节来渲染和烘托气氛，那些精湛的象征和比拟常含有多种层次的意义和情感，能诱发丰富的联想，使读者进入如梦如画的意境。此外，毛姆设譬的智慧和他特有的暗含讥讽的幽默格调也无处不在。即使在主题非常严肃或描写血腥凶杀案的故事里，他也照样妙语如珠，精辟、凝练、发人深省的隽语警句和至理名言俯拾即是，运用得恰到好处。这些特点使他的故事不仅具有极高的可读性，而且具有极高的欣赏性和美学意义。毛姆鲜活明畅、幽默风趣的语言是他能拥有无数读者的一个重要法宝。

四 毛姆短篇小说的迷人魅力

这套《毛姆短篇小说全集》（7卷）题材广泛，风格多样，几乎囊括了短篇小说这一文学样式的所有类别：爱情故事、间谍故事、悬疑故事、恐怖故事、童话故事，历险小说、惊悚小说、艳情小说，赌场见闻、幽默小品等应有尽有，而且长短相宜，各具特色，中篇短篇辉映成趣，可谓名篇荟萃，异彩纷呈。这些作品如实反映了社会生活中各个层面的世情风貌和各种矛盾与冲突，触及到人类灵魂最深处的隐秘，力透纸背地揭示了人的本性中的善恶是非及其可悲、可恨、可怜、可笑之处，同时寄托了作者深藏若虚的忧患意识和人文情怀。这些风格各异、富有奇趣的故事的共同点是：主题明确，结构严谨，情节引人入胜，语言幽默晓畅，寓意深刻隽永。每一篇都堪称经典之作。

文学作品的功用之一就是给人带来阅读的快感。毛姆的短篇小说不仅内容丰富多彩，艺术表现形式也不拘一格：有言重九鼎的社会伦理小说，有感人至深的悲情故事，有令人唏嘘的人生无常，有令人毛骨悚然的惨案，也有皆大欢喜的喜剧和令人捧腹的闹剧，更有美轮美奂、令人心驰神往的异域风情的描写，凡此种种，不一而足。这些各有千秋的故事有供娱乐消遣的，有令人扼腕感慨的，也有让人会心一笑的，故事的结尾一般都含有振聋发聩的反讽意义或耐人寻味的弦外之音。读者倘若看厌了那些揭露和批评社会丑恶现象和人性阴暗面的故事，不妨转而去浏览那些滑天下之大稽的历险故事，或者去翻阅那些篇幅短小、却笑话迭出的轶事趣闻之作。无论是为了欣赏名作、陶冶情操，还是为了猎奇解颐、消磨时光，读者都能从这部全集中找到适合自己当下心情的故事。尽管有评论家认为，其中一篇很短的故事《一位绅士的画像》是例外，但这个短篇也写得妙趣横生，值得玩味。毛姆短篇小说的迷人魅力就在于其老少皆宜、雅俗共赏。

五　无法终结的结语

毛姆是一位视野广阔、博闻强识的文学家和旅行家。他一生探奇览胜，足迹几乎遍及欧亚美三大洲。这些故事大都以他自己在英国和世界各地的切身经历为原型和素材创作而成的。让人匪夷所思的是，毛姆本人的身影何以会毫不避讳地时时出现在故事里，而且常以第一人称来讲述那些奇人奇事，我猜想，这也许正是他屡遭英国上流社会的嫉恨，却让普通读者倍感亲切的原因所致吧。

毛姆笔下的版图幅员辽阔，从欧洲到南美洲，从南太平洋到亚洲，这些地域都是他的故事的生发地。值得注意的是，这些故事里的人物虽然来自不同国度，操各种语言，穿不同服饰，肤色和形象迥然有别，但本质上却如此惊人地相近——他们的所思所想，他们的爱与恨，甚至连欺骗和撒谎的招数都大同小异。我们不可否认，世界各地的人们确有诸多相通之处，但也存在千差万别。毛姆以不同的故事向我们展现的正是这个千奇百怪的世界里同时并存、互为映衬的同质性和异质性的相互交融和碰撞，以及由此而产生的无穷魅力，正所谓"一花一世界"。

至于毛姆是不是"二流作家"，还是由读者来评说为好。

吴建国

2020 年 3 月 5 日

目录

书袋

　　有人读书是为了学习，此可谓精神可嘉；
有人读书是为了消遣，此可谓天真可爱。不
过，没有几个人读书读成了习惯，原因大概
是，读书读成习惯，既不天真可爱，也不精
神可嘉吧。说起与人做伴，我属于既可悲又
可怜的那种。不管跟谁聊，只要聊一会儿，
我就厌烦了。不管跟谁玩，只要玩一会儿，
我就厌倦了。虽然大家都说我自己千奇百怪
的想法就是明理人取之不尽的源泉，但这种
源泉也有动不动就枯竭的时候。后来，我便
养成了一个习惯：看到书，就像大烟鬼看到
烟枪，如饥似渴地扑过去。没东西看时，我
宁可去翻阅陆海军商店的商品报价单或《布
拉德肖旅行指南》[1]。说心里话，我的许多快
乐时光，都是在看这两种书中度过的。有一
段时间，我每次出门，兜里总是揣着二手书
店的名单。我知道，没有比读书更让人受益
的了。当然，这种阅读方式跟吸大烟一样，
理应受到批评。阅读狂人一直让我赞叹不已，
正因为他们读起书来不要命，所以才鄙视文

---

[1]《布拉德肖旅行指南》(Bradshaw's Guide)，伦敦 W.J.
亚当斯出版社出版的火车时刻表和旅行指南系列丛书。丛
书由乔治·布拉德肖（George Bradshaw）1839 年首创，
此后直到 1961 年，一直沿用布拉德肖的名字命名。

盲。从长远来看，读一千本书不是比犁一万亩田要好得多吗？我们必须承认，在我们眼里，读书只不过是我们摆脱不掉的毒药——爱读书的人有谁不知道，如果长时间不让我们读书，我们便会坐立不安，便会心烦意乱，便会暴躁易怒，只有看到书，我们才能如释重负呢？——可是，我们还是不要自以为有什么了不起，因为我们跟那些靠注射针头和品脱罐过日子的可怜虫没什么两样。

就像瘾君子如果不带足要命的大烟，就哪里也去不了一样，我要是不带足要看的书，从来就不敢出远门。我走到哪里都离不开书，如果我一到火车站发现跟我同行的人连一本书都没带就出来了，我肯定会惊慌失措。如果是长途旅行，那问题就太可怕了。这样的教训，我已经有过。

有一次，我因病被困在爪哇岛上的一个山城，一困就是三个月，这下，自己带来的书全看完了。我知道，没有哪个荷兰人会去买聪明的爪哇人用来学法语和德语的那些课本，所以，在时隔二十五年之后，我再一次读了歌德的冷戏剧、拉·封丹的寓言，还有温和而又严谨的拉辛的悲剧。我最佩服拉辛[1]，但不得不承认，一本接一本地读他的戏剧，需要我这个患结肠炎的人费些劲才行。自那时起，我每次出门，都专门带着用来装脏亚麻布的那种巨型麻袋，在里面塞满各种各样的书，供我在各种场合、各种心境下去读。塞满书的麻袋足有一吨重，就连身强力壮的搬运工，都很难扛得动。每逢这时，海关官员总会斜眼盯着麻袋，但在我告诉他们里面全是书后，他们才会错愕地把目光收回去。不方便的是，如果我突然心血来潮，想看哪本书，那它肯定总是放在大麻袋的最底下，要想把那本书翻出来，就只能把书

---

[1] 拉辛（Racine，1639—1699），法国戏剧家，17 世纪法国最伟大的三位剧作家之一，另两位是莫里哀（Molière）和高乃依（Corneille）。

袋里的书全倒在地上才行。还有就是，我可能从来没有听说过奥利芙·哈迪的奇闻逸事。

我在马来亚四处游荡，所到之处，如果有招待所或旅店什么的，就会住上一两个星期，闲来无事，也会去拜访某个农场主或地方官，因抵不过他们的好客，也会住上一两天。说这话的当儿，我就正好住在槟城。槟城是个宜人的小镇，镇上有家旅店，似乎很对我的胃口，但身为外乡人，我在小镇上无事可做，所以有的是闲暇时间。一天早上，我收到一个我只闻其名未见其人的人写来的一封信。此人名叫马克·费瑟斯通，是一个名叫滕加拉的地方的代理常驻①，也就是在常驻休假期间帮忙管事的人。当地有个苏丹，好像在准备举办泼水节之类的活动，费瑟斯通认为我会感兴趣。他说，如果我能去他那里住上几天，他会很高兴。我拍电报告诉他，我很乐意去，于是第二天，便坐火车去了滕加拉。费瑟斯通到火车站接上了我。他有三十五岁上下的年纪，高大英俊，长着一张刚毅而又严肃的脸，留着坚硬的黑胡须，还有一双漂亮的眼睛、一对浓密的眉毛，看上去更像个军人，而不像政府官员。他身穿白色帆布裤，头戴白色遮阳帽，看上去很精神，也很优雅。可是，他有些腼腆，这表现在一个身材魁梧、风度翩翩的人身上，显得有些怪，但我想，这大概只是他不习惯跟作家这类怪人打交道的缘故。我真巴不得能让他马上放松下来。

"行李就交给我的仆人，我们直接去俱乐部吧，"他说，"把钥匙给他们，我们回来前，他们就把你的行李收拾好了。"

我对他说，我有很多行李，所以我觉得，除了急需的，最好把东西都留在火车站，可他不肯听。

"没关系。放在我家比较安全。行李还是随身带着比较好。"

---

① 常驻（Resident），马来西亚英属殖民地时期，英国派驻的地方官。

"好吧!"

我把钥匙、行李票和书袋给了站在他身边的一个中国仆人。车站外,一辆汽车正等着我们,于是我们便上了车。

"你打不打桥牌?"费瑟斯通问道。

"打。"

"我原以为作家都不打桥牌呢。"

"大部分作家都不打,"我说,"在人们心目中,作家都没有打牌的那股子聪明劲儿。"

俱乐部是一座平房,既赏心悦目,又朴实无华,里面有一个很大的阅览室,一个只放了一张桌子的台球室,还有一个小小的桥牌室。我们到时,里面空荡荡的,只有一两个人在看英文周刊,我们从平房里穿过,朝网球场走去,那里几对人正在打网球。游廊上坐着一些看客,一边抽着烟,一边漫不经心地啜着大杯饮料。费瑟斯通把我介绍给其中的一两个人。但是,光线渐渐暗了下来,打网球的人很快就看不见球了。费瑟斯通问刚才介绍给我的两个人中的一个,问他想不想打桥牌。他说可以。费瑟斯通便四处张望,去找第四个。他看到一个人独自坐着,便犹豫了一下,朝他走过去。两人聊了几句,便朝我们走来。于是,我们一行人大步走进了桥牌室。我们玩得很开心。我并没太在意凑足四个人的另外两位。他们请我喝酒,而我,因为只是俱乐部的临时会员,则恭维了他们几句。我们喝的都是四分杯的小杯威士忌,在玩牌的两个小时期间,谁都没有过量饮酒,而且表现得大大方方。时间已经不早了,我们只能再玩最后一局,于是便把威士忌换成了苦杜松子酒。最后,牌不打了。费瑟斯通把账本要来,把大家输赢的钱数都记了下来。这时,其中一人站起身来。

"哦,我得走了!"他说。

"回庄园吗?"费瑟斯通问。

"对。"他点了点头，然后转身对我说："您明天还来吗？"

"希望能来吧！"

随后，他走出桥牌室。

"我要去接老婆，然后回家吃饭。"另一个说。

"我们也要走了。"费瑟斯通说。

"随时听你吩咐！"我回答道。

我们上了车，朝他家驶去。这一路车程还不近。虽然外面黑漆漆的，什么都看不清楚，但我很快意识到，我们正在沿着一个比较陡峭的山路往上走。最后，我们来到了费瑟斯通的府上。

这个夜晚，像平时一样，虽赏心悦目，但让人一点儿也兴奋不起来。这样的夜晚，我不知道自己度过多少回了，所以并没指望会给我留下什么深刻的印象。

费瑟斯通把我带到客厅。客厅看上去很舒服，不过有点儿普通。里面摆放着几张很大的篮式扶手椅，椅子上蒙着印花布，四面墙壁上，挂着许多装裱起来的相框。桌子上随便堆放着各种报纸、杂志和公文，还有烟斗、黄色的纵切香烟罐和粉色的烟草罐。一排书架上杂乱地放着许多书，因为受潮，书脊上都有白蚁啃过的痕迹。费瑟斯通带我去了我要住的房间，跟我说了一句：

"十分钟后，你想下来喝杯苦杜松子酒吗？"

"没问题！"我说。

我泡了个澡，换好衣服，便下了楼。听到我在楼梯"啪嗒啪嗒"走下来的声音，费瑟斯通已经调好酒，在候着我了。之后，我们边吃边聊。我应邀来看的泼水节还有两天才到，不过，费瑟斯通告诉我，他已经安排好，在泼水节前让我去见见苏丹。

"他是个开朗的老头儿，"他说，"再说，皇宫可是让人眼花缭乱的地方呀！"

晚饭后，我们又聊了一会儿，费瑟斯通便打开留声机，我们还看了一眼从英国来的最新一期的插图报纸。随后，我们便各自回房休息了。费瑟斯通还来到我房间，看看我是不是还缺什么。

"你大概没带书吧，"他说，"我没有什么东西可看呀。"

"书？"我高声叫道。

我指了指我的书袋。书袋歪歪扭扭、鼓鼓囊囊地矗在那里，看上去就像一个喝醉了酒的驼背侏儒。

"里面是书？我还以为是你的脏衣服、行军床，或是什么别的呢。有什么可以借给我看吗？"

"你自己找吧。"

费瑟斯通的几个仆人打开了袋子，可是接下来，都不知道该怎么才能把里面的东西拿出来。凭借长期的经验，我当然知道该怎么打开。我把书袋放倒，抓住书袋的皮革底，往后撤了一步，把袋子一拉，结果"哗啦"一下，书全倒在了地上。费瑟斯通的脸上顿时露出诧异的神色。

"你该不是带这么多书旅行的吧？天哪！真有你的！"

他顿时俯身翻看起来。诗集、小说、哲学、评论（人们常说，讨论书的书一钱不值，但这些书读起来确实让人心旷神怡）、传记、历史，可谓五花八门！有的是生病时看的；有的是大脑处于兴奋状态时渴望找点儿东西与之较劲的；有的是一直想看，但在家里因生活匆匆无暇看的；有的是在轮船上慢悠悠漂洋过海时看的；有的是碰上恶劣天气，整个船舱都在"吱嘎"作响，而你为避免掉下船只好躲在自己铺位上时看的。有的就是因为篇幅很长，带上它们主要是在远征中解乏的；有的是实在没书可看时看的。最后，费瑟斯通挑了一本最近出版的讲述拜伦生平的书。

"嗨，这是什么？"他说，"我前段时间看过一篇评论。"

"我相信肯定不错，"我答道，"不过，我还没看。"

"我可以拿走吗？不管怎么说，它可以帮我打发今天晚上呀。"

"当然。想拿什么随你便。"

"哪能呢！这本就够了。哦，晚安。八点半吃早饭。"

第二天早上我下楼后，管家告诉我，费瑟斯通早上六点就去上班了，很快就回来。在等他的当儿，我便瞅了一眼他的书架。

"我发现你有很多桥牌方面的书嘛！"我们坐下来吃早餐时，我说道。

"没错，只要是出来了，我都买。我很喜欢买桥牌方面的书。"

"昨天跟我们一起玩的那位仁兄，牌打得很好。"

"哪个？哈迪？"

"我不知道。不是说要去接妻子的那个。是另一个。"

"没错，是哈迪。这就是我叫他打牌的原因。他不经常来俱乐部。"

"希望他今天晚上能来。"

"我可没抱什么指望。他的庄园离这里大概有三十英里。只是为了打桥牌跑过来，是要花不少时间的。"

"他成家了？"

"没有。呃，是的。不过，他老婆在英格兰。"

"一个人独自住在大庄园里，肯定很孤单吧！"我说。

"哦，他的情况并不像有些人那么糟。我觉得，他是不太愿意跟人打交道。就算住在伦敦，他也同样会寂寞的。"

费瑟斯通这么说，让我觉得有点奇怪。他的声音中有一种我只能说是遮遮掩掩的东西。他似乎突然间想躲得我远远的，就好像一个人深更半夜走在大街上，突然停下脚步，盯着亮灯的窗户往里看。窗户里面是温馨的房间，转瞬间，一只看不见的手一下子把百叶窗拉了下来。平时跟人说话时，他那双眼睛都是坦率地盯着对方，可现在却在有意识地躲着我的眼睛。这让我觉得，他脸上有种痛苦的表情，要读懂这种表情，仅凭我的想象力是不够的。那张脸顿时就像犯了神经痛一样抽搐了一下。我不知道该说什么，费瑟斯通也没有说话。我意识到，他的思维已经离开我，离开我们正在谈论的话题，不知道跑到哪里去了。不一会儿，他轻轻叹了一口气，非常轻，但显然又在努力打起精神来。

"早饭后，我马上要去一下办公室，"他说，"你一个人准备干什么呢？"

"哦，不用管我。我溜达溜达，到镇上去看看。"

"镇上没什么好看的。"

"这样反而更好，我已经看够风景名胜了。"

我发现，费瑟斯通的阳台足够让我欣赏晨景的了。站在阳台上，可以看到马来联邦最迷人的景色。费瑟斯通家建在山顶上，花园又大，又经过精心打理。参天大树让整个花园看上去就像英国的公园。宽阔的草坪上，皮肤黝黑、瘦骨嶙峋的泰米尔人正刻意摆出各种优美的姿势，用长柄大镰刀割草。山下远处，茂密的树林一直延伸到一条宽阔、蜿蜒、湍急的河边，极目望去，河对岸绵延而去的是林木繁茂的滕加拉山。修剪整齐的草坪大有英国的风范，跟远处荒蛮生长的丛林形成鲜明的对照，让人不禁浮想联翩。我坐在阳台上，一边看书，一边吞云吐雾。对任何人都好奇，是我分内的事。我不禁问自己，日常生活中，费瑟斯通是如何忍受这幅宁静而又充满恐惧和阴暗色彩的景象的。当然，对这样的画面，他了如指掌：黎明时分，河上升起的薄雾，给这幅画面罩上一层幽灵般的氤氲；到了正午，整幅画面又呈现出一派绚丽多姿的模样，最后，朦胧的迟暮从丛林中悄然爬上来，宛如一支军队在陌生的乡间小心翼翼地行进，没多久，静悄悄的暗夜便把绿色的草坪、长满鲜花的参天大树，还有迎风招展的肉桂围拢起来。我很想知道，眼前这幅画面中温柔而又诡异的一面，是不是在不知不觉中影响了费瑟斯通的神经和他的孤独，是不是在他身上注入了某种神秘的东西，以至于他的生活，这位能干的政府官员、运动健将和大好人的生活，在他看来，有时好像并不真实。想到自己的胡思乱想，我自己都笑了起来，因为昨天晚上，我们的闲聊并没有让我觉得他有什么异样。我一直觉得他这人很不错。他在牛津读过书，还是伦敦一家不错的俱乐部的会员。他似乎很看重跟人打交道。他是个绅士，起码还能认识到，自己属于一个比他所接触的大部分英国人都要好的阶层。从摆放在餐厅里各式各样的银杯，我就能看出，各种体育运动他都很擅长。他会打网球，也会打台球。如果有机会休假，他会去打猎，为了减肥，他很注意饮食。他大谈退休后的生活。他向往乡绅的生活。莱斯特郡的一栋小房子、几个猎人，还有跟他一起打桥牌的邻居。他会有养老金，自己还会有点儿钱。与此同时，他努力工作，虽然干得不是很出色，但也算称职。他的上司认为他是靠得住的官员，这一点我毫不怀疑。他被雕琢成的样子，我太熟悉了，甚至在他身上都找不到有趣的东西。他就像一部长篇小说，细心、诚实、高效，只不过有些平淡，所以你会觉得，这本小说自己以前读过，于是便无精打采地翻开书页，知道它永远不会带给你惊喜，也不会让你兴奋不已。

但人都是捉摸不透的，他自认很傻，他知道自己有多大能耐。

当天下午，费瑟斯通带我去见苏丹。迎接我们的是苏丹的侍从武官，也是他的一个儿子，一个羞涩而又笑容可掬的年轻人。他穿着整洁的蓝色戎装，腰间系着一条黄底白花的纱笼，头戴一顶红色土耳其毡帽，脚蹬一双疙疙瘩瘩的美国皮鞋。摩尔风格的皇宫犹如巨大的玩具房，而且被漆成了王室专用的嫩黄色。侍从武官把我们领进一个宽敞的房间，房间里配备的家具，你只有在英国海边的出租屋里才能见到，不过，椅子上全都蒙上了黄丝绸。地上铺着布鲁塞尔毛圈地毯，墙上挂着用镀金相框装裱起来的苏丹参加国事活动的照片。橱柜里收藏了形形色色的水果，都是用钩针织成的。苏丹在几个侍从的簇拥下进来了。他有五十上下的年纪，身材矮小魁梧，穿着长裤，外面罩着一件黄白相间的格子长袍，腰间围着一条非常漂亮的黄色纱笼，头戴一顶白色土耳其毡帽。他长着一双英俊、友善的大眼睛。他给我们咖啡喝，给我们甜饼吃，给我们方头雪茄抽。跟苏丹聊天并不困难，因为他非常和蔼可亲。他告诉我，他从来没去剧院看过戏，也没有打过牌，因为他是虔诚的教徒，他有四个妻子和二十四个孩子。唯一阻碍他生活幸福的似乎是，为了顾及体面，他需要把时间平均分配给四个妻子。他说，跟一个妻子待一小时就像一个月，跟另一个妻子待一小时就像只有五分钟。我说，爱因斯坦教授——还是伯格森来着？——曾就时间问题发表过类似的高论，这个问题确实值得全世界认真思考。没多久，我们便起身告辞，苏丹还送给我几根精美的白色马六甲手杖。

晚上，我们去了俱乐部。走进俱乐部时，头一天跟我们玩过牌的一个人从椅子上站了起来。

"准备打一把？"他说。

"我们的另一位牌友哪去了？"我问。

"哦，这里有几个老兄很乐意玩。"

"昨天跟我们玩的那位仁兄呢？"我实在想不起他的名字了。

"哈迪？他不在。"

"我们用不着等他。"费瑟斯通说。

"他很少来俱乐部。昨天晚上看到他，我都觉得惊讶。"

我不知道自己为什么会有这样的印象：两个人平淡的言语背后，总让人觉得有一种莫名的尴尬。哈迪没有给我留下什么印象，我甚至想不起他长什么样了。他只是牌桌上凑足四个人的第四个。我总觉得，眼前的两个人跟他有什么过节。有没有过节不关我的事，只要在场的有人跟我们一起玩，我就心满意足了。当然，我们玩得比昨天开心多了。几个人一边有一搭无一搭地玩着牌，一边欢声笑语、相互打趣。我心里很纳闷，究竟是他们对偶遇的外乡人不那么矜持了，还是哈迪的在场让另外两个人浑身不爽呢？八点半，大家便作鸟兽散，我和费瑟斯通回他家吃晚饭。

晚饭后，我们慵懒地坐在扶手椅上，抽着雪茄。不知为什么，我们聊得并不痛快。我一再试着改变话题，但没有一个话题能让费瑟斯通感兴趣。我开始觉得，在过去二十四小时中，他已经把自己要说的全说了。我有点丧气，便沉默了下来，长时间的沉默。不知道为什么，我又一次产生了一种朦胧的感觉，觉得这种沉默中有我捉摸不透的东西，所以心里觉得有些不舒服。我突然产生了一个人坐在空房子里有时会产生的那种奇怪感觉，那就是：虽然一个人坐在空房子里，但感觉并不是一个人坐着。此刻，我感觉到费瑟斯通正盯着我看。我坐在一盏灯的旁边，可他坐在阴影里，我看不到他脸上的表情。但他的眼睛又亮又大，在半明半暗中，这双眼睛似乎闪烁着微弱的光芒，就像靴子上的新纽扣，能够反光一样。我不知道他为什么那样看着我。我瞅了他一眼，发现他脸上挂着淡淡的笑，眼睛一直在盯着我。

"你昨晚借给我的那本书很有意思。"他冷不丁地说，这让我突然觉得，他说话的声音听起来都不自然了。这些话从他嘴里说出来，就像是从嗓子眼里挤出来的一样。

"哦，《拜伦传》？"我应声说，"你已经看了？"

"看了很多了。我一直看到三点。"

"我听人说写得不错。我不知道我会不会像你那样对拜伦感兴趣。他身上有很多上不了台面的东西，让人很不舒服。"

"你觉得拜伦和他姐姐的事是真的吗？"

"奥古斯塔·利？我不是很了解。我没看过《阿斯塔特》。"

"你觉得他们真的会相爱吗？"

"应该会吧。人们不都认为她是拜伦唯一真正爱过的女人吗？"

"你能理解这种爱吗？"

"真的不能，不过，倒也没吓到我。我只是觉得不太合乎常理。说'不合乎常理'也许不太合适。我无法理解这种爱。我无论如何都觉得这不太可能。要知道，作家是站在要写的人物的立场上，去认识和了解，设身处地去感受他们的。"

我知道，我并没有把自己的意思说清楚，但我在尽量说明一种感觉，一种潜意识的行为。经验带来的这种感觉，对我来说，再熟悉不过了，但就是不知道该怎么说。我接着说道：

"当然，她只是他同父异母的姐姐，不过，人们常说，习惯扼杀爱情，可我觉得习惯会阻碍爱情的萌生。如果两个人一辈子彼此了解，而且亲密地生活在一起，我无论如何也无法想象，怎么会，又为什么会，突然擦出爱情的火花呢？情况可能是，相互感染把两人结合在一起，我不知道除了相互感染，还有什么能站在爱情的对立面。"

在昏暗中，我只能看到，费瑟斯通阴沉的脸上——当时在我看来是这样——闪过一丝微笑。

"你只相信一见钟情？"

"呃，相信。不过，前提是，两个人在见面之前，可能已经遇到过好多次。'见'既有积极的一面，也有消极的一面。我们遇到的大多数人，对我们都微不足道，我们甚至都不愿意再去看他们一眼。他们留给我们的印象，只会让我们难受。"

"哦，我们经常听说，有些夫妻相知相识多年了，但我们从来没想过，还有的夫妻两情根本不相悦，就突然跑去结婚了。这又怎么解释呢？"

"呃，如果你非要逼我合乎逻辑、前后一致地去解释，应该说，他们的爱跟别人不同。毕竟，情欲并不是婚姻的唯一解释，甚至不是最好的解释。两个人之所以结婚，可能是因为孤独，或者是因为彼此是好友，或者是为了生活方便。虽然我说过，相互感染是爱情最大的敌人，但我也不否认，相互感染是爱情绝佳的替身。我不敢说，建立在相互感染之上的婚姻不是最幸福的。"

"你觉得蒂姆·哈迪怎么样？"

这个突如其来的问题让我有些惊讶，因为这跟我们谈论的话题似乎没有任何关系。

"他嘛，我以前没怎么想过，看起来很不错。怎么啦？"

"你觉得他跟别人没什么两样？"

"没错。他有什么特别之处吗？你要是早告诉我，我就多注意他了。"

"他不爱说话，对不对？要是根本不了解他，大概谁也不会去多想他的事。"

我努力回忆他的长相。我们打牌时，他给我留下最深的印象就是，他的手很好看。我脑海中不经意闪过一个念头，那就是：他的手根本不是我想象中种地的应该有的那双手。但是，至于种地的手为什么应该跟别人不一样，我没工夫去多想。他的手有点大，手指特别长，而且长得非常匀称，指甲也很好看。那是双男子汉的手，可又很有表现力。我当时只注意到了这一点，不过没去多想。但如果你是作家，本能和日积月累的习惯会帮助你存储你没有意识到的印象。当然，有时候，这些印象与实际情况不一定对得上号。比方说，一个女人，在现实中只不过是身材短小，长相一般，但在你的潜意识中，很可能一直是一个模糊不清、人高马大的大眼尤物。但这无关紧要。这种模糊印象可能比残酷的现实更准确。此时此刻，再挖空心思从内心深处唤起哈迪留给我的印象，我便勾勒出一个模糊的画面。他不留胡子，脸是椭圆形的，但不瘦，虽然长时间暴晒在热带的阳光下，脸色却异常苍白，其他方面都模糊不清了。我不知道，是我的记忆，还是现在仅凭想象，他圆圆的下巴让人觉得他身体很虚弱。他浓密的棕色头发正要变成灰色，额头上总是耷拉着一绺长发。所以，他总是时不时把这绺长发推到脑后，久而久之，习惯便成了自然。他那双棕色的眼睛很大，很温和，不过，或许有些伤感。我能够想象到，这双眼睛中藏着动人的温柔，所以也就非常诱人。

停顿了片刻，费瑟斯通继续说道：

"很奇怪，这么多年过去了，没想到在这儿能碰到蒂姆·哈迪。不过，在马来联邦，就是这个样子。人们总是从这儿搬到那儿，不过，你会突然发现，自己在一个地方会看到几年前在这个国家的其他地方认识的什么人。我第一次认识蒂姆时，他在司部库①附近有一个庄园。你去过司部库吗？"

"没有。在哪里？"

"哦，在北边。往暹罗方向走。那地方不值得你去。跟马来联邦其他地方没什么两样，不过还不错。那里有一个很不错的小俱乐部，也有不少有头有脸的人物。有校长、警察局长、医生、牧师和政府工程师。就是通常有的那些，你知道的。几个种植园主。三四个女人。我当时是文秘。那是我的第一份工作。蒂姆·哈迪在二十五英里之外有一个庄园，跟他姐姐住在那里。他们有些钱，所以就买下了那个地方。当时，橡胶生意还不错，他经营得也还不赖。我们相处得非常好，不过，跟那些种植园主就很难说了。有些种植园主人很好，但他们不总是……"他在搜肠刮肚，想找听起来不那么势利的词语。"呃，

---

① 司部库（Sibuku），根据小说故事情节，查无此地。

14

他们不总是你在英国会遇到的那种人。蒂姆和奥利芙属于他们自己的阶层，你懂我的意思。"

"奥利芙是他姐姐？"

"没错。姐弟俩过去很不幸。他们很小的时候，七八岁吧，父母就离异了，母亲带走了奥利芙，父亲抚养蒂姆。蒂姆去了克利夫顿[①]，摇身一变成了西方人，只有度假的时候才回来。他父亲是退役的海军军人，住在福伊[②]。但是，奥利芙随母亲去了意大利。她是在佛罗伦萨受的教育，所以意大利语说得很流利，还能说法语。蒂姆和奥利芙曾经有好多年没见过面，但姐弟俩经常通信。小时候，姐弟俩一直相依为命。据我所知，这样的人家在一起生活时，生活充满了波折，免不了会经历各种各样的风风雨雨。你知道两个人婚后不和睦会发生什么，所以最后便各行其是，动不动就把姐弟俩舍了。后来，哈迪夫人去世了，奥利芙来到英国，回到父亲身边。当时，奥利芙十八岁，蒂姆十七岁。一年后，战争爆发了。蒂姆参军入伍，已经年逾五旬的父亲便在朴次茅斯找了一份工作。我觉得，他日子一直过得很苦，而且还嗜酒如命，没等战争结束，便一病不起，没多久就去世了。他们好像也没有什么亲戚。他们家是一个古老家族的最后一支，在多塞特郡[③]有一处很不错的老房子，已经历经许多代人，可他们没有能力住在里面，所以长期以来一直都是租给别人。我记得看过老房子的照片。那是一座很有身份人家的房子，灰色的石头，相当气派，前门上刻有盾形纹章，窗户都是直棂的。姐弟俩的雄心壮志就是赚足了钱，住到老房子去。他们以前经常谈起老房子。姐弟俩谁都不谈婚论嫁，而且住在一起，这似乎也是冥冥之中注定的事。一说到他们有

---

① 克利夫顿（Clifton），英格兰西北部坎布里亚郡的小村庄。

② 福伊（Fowey），英格兰西南部康沃尔郡的小镇。

③ 多塞特郡（Dorsetshire），英格兰西南英吉利海峡沿岸的一个郡。

多年轻，那可有意思了。"

"当时他们有多大？"我问。

"呃，蒂姆大概二十五六岁，奥利芙比他大一岁。我第一次去司部库时，他们对我特别好。姐弟俩跟我可以说是一见如故。要知道，跟那里的大多数人相比，我们之间的共同点要多一些。有我在，姐弟俩都高兴。在当地，他们并不特别受人待见。"

"为什么呢？"我问道。

"姐弟俩比较矜持，让你觉得，他们更喜欢自己的小圈子。我不知道你是不是注意到了，这种态度总会引起人们的反感。如果别人觉得，没有他们，你仍然可以活得好好的，他们心里多少都会不痛快。"

"令人厌恶，对不对？"我说。

"蒂姆凡事都有自己的主张，有自己的处事风格，这让其他种植园主心里很不痛快。其他种植园主出出进进都开着老掉牙的福特车，但蒂姆的才叫真正的车。蒂姆和奥利芙到俱乐部来时，待人都很友善，两人都打网球，也参加各种各样的活动，但给你的印象是，该走的时候，他们也总是乐呵呵地离开。姐弟俩会与别人一起出去吃饭，待人接物也总是赏心悦目，但很显然，两人都不太愿意出门。明理人根本不会怪他们。我不知道你是不是去过种植园主的家。那些人的家多半都有些枯燥乏味，许多华而不实的家具、银饰品和虎皮，做的饭也难以下咽。但哈迪家却把自己的房子收拾得很漂亮。里面没有什么很值钱的东西，收拾得简简单单，可是既舒适，又温馨。起居室就像英国乡村别墅里的客厅，让你觉得里面的摆设，对他们来说，都意义非常，而且已经用了许多年。待在这样的家里，你的心情会非常舒畅。房子在整个庄园的中间，但因为盖在小山的半山腰，所以你的视线正好可以越过橡胶林，眺望远处的大海。奥利芙花了很多心思收拾花园，花园真是一绝。我从没见过那么漂亮的美人蕉。我过去常去他们家过周末。从他们家开车到海边只要半小时，所以，我们会带着午餐，到海边去游泳和划船。在海边有蒂姆的一条小船。每逢这样的时候，日子过得太舒心了。我真不知道，一个人还可以这么享受。那里的海岸真是风景如画，充满了浪漫气息。到了晚上，我们要么打桥牌，要么下棋，要么打开留声机听听音乐。他们家的饭菜也特别棒。跟我们平时吃的一点儿都不一样。奥利芙教厨师做各种各样的意大利菜，我们在他们家就吃过意大利通心面、调味饭和团子之类的美食。我真是羡慕他们的生活，过得那么开心，那么宁静。说起回英国定居后他们还能做什么，我告诉他们，他们肯定会怀念这里的。

"'在这里我们一直很开心！'奥利芙说。

"她看蒂姆的样子也与众不同：眯着眼，透过长长的睫毛，慢慢斜眼瞅，那样子真是太迷人了。

"在自己家里，姐弟俩的表现与出门在外时的表现大不相同。姐弟俩既随便又随和，这一点大家都承认。不过，应该说，大家更喜欢去他们家。姐弟俩也经常请人去他们家。他们天生就会让你一点儿都不拘束。那个家真是其乐融融，你懂我的意思吗？当然，大家都能看得出，姐弟俩都很依恋对方。不管别人说他们怎么离群索居，怎么自私自恋，姐弟俩仍然不离不弃，让大家深受感动。大家都说，即便是夫妻俩，也做不到这么和和睦睦、难舍难分。可是，如果你看到有些夫妻是如何相处的，你肯定会想，大多数婚姻表面上就像是一场洗礼罢了。姐弟俩似乎心有灵犀。私下里，俩人开玩笑，都会逗得他们像孩子一样开怀大笑。在姐弟俩心目中，对方是如此迷人，如此开心，如此快乐，让你觉得，跟他们在一起，简直让你的精气神顿时飙升。我不知道还能用什么词儿。如果你在他们家待上一两天后离开时，你会觉得，自己从他们的宁静和快乐中学到了很多东西。就好像你的灵魂被清澈的凉水冲洗过，自己说不出地得到了净化。"

听到费瑟斯通这么添油加醋地赞不绝口，真是不一般。他穿着漂亮的白褂（严格地说，就是短上衣），看上去很利索。胡子修剪得整整齐齐，浓密的鬈发也梳得板板正正，但他的夸大其词让我有些不快。可是，我意识到，他确实是在说心里话，只不过方式笨一些罢了。

"奥利芙·哈迪长什么样？"我问。

"我拿给你看。我这里有很多照片。"

他从椅子上站起身，走到一个架子跟前，拿给我一本大相册。相册很普通，里面的照片要么是随便抓拍的合影，要么是模糊不清、毫无特色的个人照。照片上的人要么穿着泳衣，要么穿着短裤，要么是打网球的打扮。人的脸要么因太阳的遮挡黑了半边，要么笑得脸上的皱纹都变了形。我认出照片上的哈迪，十年来没有太大的变化，额头上还是耷拉着一绺头发。看到照片，他的模样在我的记忆中逐渐清晰起来。照片中的哈迪看上去既英俊，又年轻，充满了活力。一看照片，你会觉得他既思维敏捷，又魅力四射，但在我见到他本人时，真的没有看出来。虽然照片的颜色年久失色，但他的眼睛炯炯有神，透出一种灵动，充满了对生活的渴望。我翻了翻他姐姐的照片。从她的泳装照可以看出，她身材很好，体型匀称，也算苗条，两腿修长。

"姐弟俩长得有点儿像嘛！"我说道。

"没错，虽然她大一岁，可姐弟俩长得太像了，跟双胞胎一样。两人都是椭圆形脸蛋，皮肤苍白，脸上没有血色。俩人的眼睛都是柔和的棕色，秋水盈盈，含情脉脉，所以，不管他们做什么，你都不会生他们的气。姐弟俩都有一种不加修饰的高贵典雅，不管穿什么衣服，不管他们怎么不修边幅，你都会觉得魅力四射。这些东西他现在大概已经全丢了，不过我第一次认识他时，他身上肯定还是有的。姐弟俩总让我想起《第十二夜》里的孪生兄妹。你明白我指的是谁。"

"薇奥拉和塞巴斯蒂安①。"

"他们给人的感觉好像从来都不属于现在这个时代似的。他们身上有伊丽莎白时代②的影子。不仅是因为我当时还很年轻，我才觉得从某种意义上说他们都很浪漫。我觉得他们就好像生活在伊利里亚③。"

我又瞅了一眼其中的一张照片。

"这女子看上去比弟弟更有个性嘛！"我说。

"没错。我不知道你是不是觉得奥利芙漂亮，但她确实非常迷人。她身上有一种诗情，一种浪漫，她的一举一动、一言一行都体现了这种气质。这让她好像高人一筹。她的谈吐那么坦率，她的举止那么果敢，那么不拘一格——噢，我也说不清，这让单纯的外表美黯然失色。"

"瞧你说话的样子，就好像爱上她一样。"我打断他的话。

"那还用说。我原以为你马上会猜到的。我爱她爱得都疯了。"

"一见钟情？"我微笑着问道。

"没错，我觉得是。不过，大概过了一个月，我才知道自己爱上了她。当我回想起自己对她的感受时——我不知道该怎么说，那是一种让人心乱如麻的躁动，搞得我浑身不舒服——才突然意识到，那就是爱。从一见到她，我就有这种感觉。虽然她的模样非常迷人，但让我躁动的不仅是这一点，更重要的还有她那苍白而又滑润的肌肤，还有她垂到额头上的秀发，还有她那凝重而又甜蜜的眼神。只要跟她在一起，你就会觉得很舒服，你就会觉得一身轻松，凡事都可以率性而为，用不着去装模作样。你会觉得她根本就不小家子气，更觉得她不

---

① 薇奥拉（Viola）和塞巴斯蒂安（Sebastian），莎士比亚名剧《第十二夜》中相貌相同的孪生兄妹。下文中提到了伊利里亚也是《第十二夜》中故事发生的地点。
② 伊丽莎白时代（Elizabethan era），即英国伊丽莎白一世女王统治时期（1558—1603），史学家常称之为英国的黄金时代，亦称文艺复兴时期。
③ 伊利里亚（Illyria），古地区名，在欧洲巴尔干半岛西北部，包括亚德里亚海东岸及其内地，大致相当于今斯洛文尼亚、克罗地亚和波黑的部分地区。

会去羡慕别人，或者去搬弄是非。她似乎天生雅量高致。跟她在一起待上一小时，即便不说话，你也会觉得自己过得很开心。"

"这种品质倒是难得啊！"我说。

"她是个出色的伴侣。要是你提议做什么事，她总是乐意接受。她是我见过的最不挑三拣四的女孩子。你可以在最后关头把她甩掉，不管多么失望，她都会抱着一颗平常心。下次见到她，她还会跟往常一样热情友好、心平气和。"

"你为什么不娶她呢？"

费瑟斯通的雪茄已经灭了。他扔掉烟蒂，不慌不忙地又点了一支。有一阵子，他没有回答。他居然把这种私密事跟一个陌生人讲，这在生活在高度文明国家的人看来，似乎很奇怪，但我并没有觉得很奇怪。我已经习以为常了。一个人如果孤身一人生活在地球上这么偏远的地方，把多年来压在心头、昼思夜想的心里话，倾诉给一个他可能永远再也见不到的人，也是一种解脱。我还隐约意识到，获得他们信任的一个原因就是我是个作家。他们会觉得，他们告诉你的，会以事不关己的方式激发你的兴致，这反而让他们更容易说出心里话。再说，经验告诉我们，聊自己的事从来都是快事一件。

"你为什么不娶她？"这个问题我已经问过了。

"我倒是很想，但我没有勇气向她求婚，"费瑟斯通终于回答道，"虽然她对我总是那么好，那么容易相处，我们也是好朋友，但我总觉得她身上有让人捉摸不透的东西。虽然她很单纯，很坦率，很自然，但你总觉得她内心里有一种冷傲，就好像在内心深处，她一直在守护着什么，不是秘密，而是一种心灵的隐私，不让活着的人知道似的。我不知道我是不是说明白了。"

"没错，说得很明白。"

"我把这归结为她的教养。姐弟俩从来没有谈起过他们的母亲，但不知怎么的，我总觉得，她是那种神经质、情绪化的女人，自己一手把幸福给毁了。在跟这种女人有关系的所有人眼里，她们就是害人精。我怀疑，她在佛罗伦萨的生活非常狂热。我突然想起了，奥利芙之所以能保持自己的端庄美丽，要归功于她严格约束自己。她的冷傲其实是一种堡垒，用来保护自己免受各种丑事的伤害。当然，这种冷傲也让人神魂颠倒。一想到如果她爱你，而你也娶了她，终于能洞察那份神秘的心灵，就让人莫名其妙地心动。你会觉得，要是你能跟她分享那份神秘，那将是一辈子都希望得到的一种圆满。这里面没有天堂。要知道，我感觉就像蓝胡子①的老婆，一下子闯进了城堡里的禁室。里面的所有房间都向我敞开着，而我会乐此不疲地挨个走进去看看，直到走进最后那间上了锁的房间。"

这时，我的目光被高挂在墙上的一只长着大脑袋的棕色蜥蜴吸引住了。那是一只非常友善的小动物，能在房子里看到蜥蜴是件好事。此刻，蜥蜴正一动不动地盯着一只苍蝇。突然间，蜥蜴向前一跃，就在苍蝇飞走的当儿，蜥蜴又缩回身子，一动不动了。

"还有一件事让我犹豫不决。如果我向她求婚，万一她拒绝了我，那她就不会让我像以前那样去她家了，一想到这里，我就受不了。我可不希望那样，我打心眼儿里喜欢去他们家。跟她在一起，我很开心。可是你知道，有时候一个人是克制不住的。最后，我还是问过她，不过，那纯属偶然。一天晚上，晚饭后，我们俩单独坐在阳台上，我去牵她的手。可是，她马上抽了回去。

"'你为什么把手抽回去呢？'我问她。

"'我不太喜欢有人碰我。'说完，她微微转过头去，笑了。'伤你

---

① 蓝胡子（Bluebeard），法国诗人夏尔·佩罗（Charles Perrault）创作的童话故事中的主角，他连续杀害了自己的妻子们。后人往往用"蓝胡子"指代花花公子、乱娶妻妾或是虐待老婆的男人。

的自尊了？你千万别介意，这不过是我的小性儿，实在忍不住罢了。'

"'我不知道你有没有想过我真的喜欢你。'我说。

"我以为当时我会非常尴尬，我以前从来没有向人求过婚。"说到这儿，费瑟斯通轻轻发出了一声既像轻笑也像叹息的声音。"说到求婚，从那以后，我也再没有向谁求过婚。她有一阵子没说话。后来，她说：

"'我很高兴，不过我觉得，我可不想让你得寸进尺。'

"'为什么？'我问道。

"'我永远不会离开蒂姆。'

"'可是，要是他结婚了呢？'

"'他不会结婚。'

"已经说到这分上，我想干脆一不做、二不休吧。可是，当时我的喉咙干得连话都说不出来了。我紧张得瑟瑟发抖。

"'奥利芙，我真心实意地爱你。只要能娶你，让我干什么都行。'

"她把手轻轻地放在我胳膊上。那感觉就像一朵花轻轻掉到地上一样。

"'不，亲爱的，我不能嫁给你。'她说道。

"我不说话了。我天生比较害羞，自己想说的话，有时也很难说出口。她是个姑娘家。我不好告诉她，跟丈夫一起生活与跟弟弟一起生活，可不是一码事。她心理很正常，身体也很健康。她肯定想要孩子，压抑自己的天性，于情于理都说不过去。这样太浪费青春了。但她首先打破了沉默。

"'这事我们就别再谈了，'她说，'你不会介意吧？有那么一两次，我突然觉得，你可能很喜欢我。蒂姆也觉察到了。我很抱歉，因为我担心这样会毁了我们的友情。马克，我可不想毁了我们的友情。我们，我们三个，很处得来，再说，我们在一起过得很愉快。现在我都不知道，没有你，我们该怎么办。'

"'这一层我也想到了。'我说。

"'你认为有必要吗？'她问我。

"'亲爱的，我可不想那样，'我说，'要知道，我真的喜欢来你们家。以前在别的地方，我从来没有这么高兴过！'

"'你不生我的气吗？'

"'我为什么要生气呢？这不是你的错。这只能说明你不爱我。你要是爱我，就不会老守着蒂姆了。'

"'你太可爱了！'她说。

"说完，她搂住我的脖子，在我脸上轻轻吻了一下。我当时觉得，在她看来，这一吻就把我们的事解决了。她把我当成第二个弟弟了。

"几个星期后，蒂姆回英国去了。他们在多塞特的房子的租客要走，虽然紧接着还会有人来租，但蒂姆认为自己应该亲自走一趟，把事情安排一下。再说，他们的庄园需要添一些农机。他觉得，既然去了，就把事一起办了。他觉得此行最多不过三个月，所以奥利芙也就决定不去了。在英国，她基本上不认识什么人，对她来说，英国其实就是异国他乡。所以，她不介意蒂姆丢下她一个人，再说，她也想照看这里的产业。当然，他们完全可以指派一个经理来负责，但那不是一回事。当时，橡胶生意不景气，所以最好有一个人留在家里，以免发生不测。我答应蒂姆，我会照顾她，她有什么需要，可以随时给我打电话。我的建议并没有让我们的关系发生质的变化。我们还是一如既往，就像什么事也没有发生一样。我不知道她是不是告诉了蒂姆。他并没有表现出他已经知道了。当然，我还是一如既往地爱着她，但这样的感情只埋在自己心里。要知道，我这个人自制力很强。我有种感觉，自己根本没有机会。最后，我只能寄希望，我的爱会变成别的什么东西，干脆就作好朋友算了。要知道，有趣的是，我们从来就不是好朋友。大概是我受的打击太大了，心里怎么也绕不过去的缘故吧。

"她把蒂姆送到槟城，回来时，我到车站接上她，开车把她送回家。蒂姆不在家，我不太可能住在他们家，但我每星期天都过去，在那儿吃完午饭，我们便一起去海边游泳。大家都尽量对她表示友善，请她跟他们住在一起，但她不愿意。她很少离开庄园。她有很多事要做，经常看书，从来不觉得无聊。她一个人似乎过得很开心，只是出于礼尚往来，才会请人到家里来作客。她不想让人们觉得她没有礼数。不过，那只是做做样子罢了。她跟我说，每当她送走最后一个客人，再一次可以独自享受一个人的平静时，她都会长舒一口气。她好奇心很强，可她这个年纪，对派对和农场能提供的乐子居然这么无动于衷，倒也非常奇怪。精神层面上，如果你懂我的意思，她完全是自给自足的。我不知道人们是怎么知道我爱上她的。我原以为在任何场合下自己从来没有露过馅，可是，时不时有人会提醒我，我的那档子事，他们都知道。依我看，别人以为奥利芙没有跟弟弟一起回英国，都是因为我。其实，有一个女人，叫瑟吉森太太，是警察的妻子，曾问过我，他们什么时候可以向我道喜。当然，我假装不知道她在说什么，但要掩盖是掩盖不住的。我自己都觉得好笑。在奥利芙心目中，我太无足轻重了。说心里话，我都觉得，她早就把我向她求婚的事忘得一干二净了。我不能说她对我不好，我觉得，她对任何人都不可能不好，但对我的态度，就像姐姐对待弟弟那样随便。她比我大两三岁。见到我，她总是非常高兴，但从来没有想过要在我身上花什么心思。她跟我非常亲密，但你会不知不觉地觉得，就像你跟一个你认识了一辈子的人在一起那样，你从来没想过要在他面前摆什么谱。我可能压根儿就不是男人，而她总是穿着一件旧外套，因为这件旧外套穿着既轻松又舒适，不管干什么都穿着它。她根本不爱我，如果连这一点都看不出来，那我可真是脑子出了问题。

"后来，蒂姆再有三四个星期就该回来了。有一天，我去他们的小屋，看到她一直在哭。我吓了一跳。以前，她可总是不动声色的。我从来没有见她为什么事烦恼过。

"'嗨！怎么了?'我说。

"'没事。'

"'亲爱的，别装了!'我说，'你为什么哭呢?'

"她强作笑颜。

"'真希望你眼睛没这么尖，'她说，'我八成在犯傻。我刚接到蒂姆的电报，说他推迟了行程。'

"'哦，亲爱的，很遗憾，你肯定非常失望。'我说。

"'我一直在数日子。我真想他快点儿回来。'

"'他说为什么推迟了吗?'我问。

"'没有。他说他在写作。我给你看看电报。'

"我发现她很紧张。那双平日里安详的眼睛里充满了忧虑，两眉也紧蹙在一起。她走进卧室，没多会儿，便拿来一封电报。我感觉，在我看电报的当儿，她一直在焦急地盯着我。我现在还记得电报的内容：**亲爱的，我无法搭乘七日之轮船。请原谅。我正全身投入写作。爱你的，蒂姆。**

"'哦，也许是他想买的农机还没有买到。没买到农机，他没法动身吧!'我说。

"'搭乘晚一点儿的船，又有什么关系呢? 不管怎么说，船总会在槟城靠岸的。'

"'也可能是房子的问题吧。'

"'如果是，他为什么不说呢? 他肯定知道我有多担心。'

"'他可能没想到吧!'我说，'毕竟，一个人出门在外，可能意识不到，自己认为顺理成章的事，家里的人可蒙在鼓里啊。'

"她又微微一笑，不过，这次笑得开心多了。

"'你说的应该是对的。其实，蒂姆真有点儿这个意思。他总是很懒散，很邋遢。我八成是小题大做了。我只要耐心等他来信就好了。'

"奥利芙自制力很强，我看得出，她在强打起精神。眉宇间的那条细线也消失了，她又恢复了安详平静、笑容可掬、和蔼可亲的样子。她的性子总是很温和：那天她温和得像个天使，温和得让人心碎。但在接下来的时间里，我发现，她是在刻意用常人之情，来克制自己的不安，就好像她要生病的样子。邮包到的前一天，我跟她在一起。因为她一直在努力克制自己的焦虑，让人觉得她更加可怜。在邮包到的日子，我总是在忙，但答应她，晚些时候我会到庄园去，听听有什么消息。我刚要动身，哈迪家的女仆乘车赶来，带来奶妈的口信，说要我马上去见她的女主人。奶妈是个正派的老妇人，此前我曾给过她一两块钱，告诉她说，庄园上一旦有事，让她马上派人告诉我。听到这个消息，我赶忙上了自己的车。到庄园后，我看到奶妈正在门前台阶上等我。

"'今天早上来了一封信。'她说。

"我打断了她的话，一个箭步跑上台阶。可是，起居室空无一人。

"'奥利芙！'我叫了声。

"我走进走廊，突然听到一个声音，吓得我心都凉了。奶妈一直跟在我身后。此时，她已经打开了奥利芙的房门。我听到的是奥利芙的哭声。我走进房间，发现她趴在床上，哭得从头到脚都在抽搐。我把手放在她的肩膀上。

"'奥利芙，怎么回事？'我问。

"'谁呀？'她大声叫道，然后突然站起身来，就好像吓得魂不附体似的。然后，她说道：'哦，是你呀！'她仰着头，闭着眼，站在我前面，眼泪夺眶而出。那样子太可怕了。'蒂姆结婚了。'她哽咽着说，痛苦得脸都扭曲了。

"说心里话，我心里一阵窃喜，我的心就像过了电似的一阵激动。我突然想到，现在我的机会来了，这下她可能愿意嫁给我了。我知道自己太自私。要知道，这消息让我大吃一惊。但没多久，我就被她巨大的悲痛感化了，心里唯一的感受是悲痛万分，原因就是她不快乐。我用手搂着她的腰。

"'哦，亲爱的，很抱歉！'我说，'不要待在这里。到起居室坐下，我们再聊。我给你弄点儿喝的。'

"她任由我把她领到隔壁房间，我们在沙发上坐了下来。我叫奶妈去拿威士忌和苏打水，随后给她调了一杯浓浓的酒，让她喝了一点。我把她搂在怀里，让她的头靠在我的肩上。此时此刻，她任由我去摆布。豆大的泪珠从她可怜的脸上滚落下来。

"'他怎么能这样呢？'她呜咽着说，'他怎么能这样呢？'

"'亲爱的，这是迟早会发生的，'我说，'他还年轻，你怎能指望他永远不结婚呢？这是再自然不过的。'

"'不，不，不！'她哽咽着说。

"这时我才看到，她手里攥着一封信，我猜应该是蒂姆写来的。

"'他怎么说的？'我问道。

"她吓了一跳，把信紧贴在胸口上，唯恐我从她手里抢走似的。

"'他说他情非得已。他说他不得不这么做。这是什么意思呢？'

"'呃，要知道，他跟你一样迷人。他很有魅力。他八成只是疯狂地爱上了哪个姑娘，而她也爱上了他。'

"'他太软弱了。'她呜咽着说道。

"'他们已经离开英国了？'我问道。

"'他们昨天已经启程。他说，他结婚不会影响我们的生活。他疯了。我在这里还怎么待得下去呢？'

"她开始歇斯底里地哭了起来。平时这么沉着冷静的姑娘，现在已经被情绪搞得心烦意乱了。看到这一幕，真是一种折磨。我以前一直觉得，她那美丽的宁静掩盖了内心深处的感情。但是，她痛苦的宣泄让我彻底崩溃了。我把她紧紧搂在怀里，开始吻她，吻她的眼睛，吻她挂满泪水的脸颊，吻她的头发。现在回想起来，我觉得，当时她并不知道我在干什么。我自己也没意识到，自己已经被深深感动了。

"'我该怎么办？'她哭诉道。

"'为什么不嫁给我呢？'我说。

"她想从我怀里挣脱开，可我没有放手。

"'不管怎么说，这是一条出路嘛！'我说。

"'我怎么能嫁给你呢？'她呜咽着说，'我比你大好几岁呢。'

"'哦，瞎说！就两三岁。你觉得我在乎吗？'

"'不，不。'

"'为什么？'我说。

"'我不爱你。'她说。

"'这有什么关系呢？我爱你就行了。'

"我根本不知道自己当时说了些什么。我告诉她，我会尽力让她幸福。我说，除了她准备给予我的，不会求她什么。我说了又说。我努力让她明白其中的原因。我当时觉得，她不想再待在那里，跟蒂姆住在一起了。我告诉她，我不久就要调到另一个区去了。我原以为，这可能对她会有吸引力。我们相处得一直很好，这一点她也不否认。过了一会儿，她好像真的冷静了一些。我感觉她在听我说。我甚至觉得，她明白，我把她搂在怀里，给了她很大的安慰。我在她的酒里，又多加了点威士忌，给了她一支烟。最后，我可能只是半开玩笑地说。

"'要知道，我这人真的不坏，'我说，'你可能比我更糟呢。'

"'你不了解我，你根本不了解我。'她说。

"'我可以学着了解呀！'我说。

"她微微一笑。

"'马克，你真是太好了！'她说。

"'奥利芙，答应我吧！'我恳求道。

"她长长地叹了一口气。有很长一段时间，她一直低着头盯着地面。但她没有动，我感觉她的身体在我怀里软了下来。我耐心等着。我紧张得要命，时间似乎都停滞了。

"'好吧！'她终于开口说道。她似乎根本没有意识到，我内心的祈祷和她的答复，中间过去了很长时间。

"我感动得话都说不出来了。但当我想吻她的嘴唇时，她却把脸转了过去，不让我吻。我希望我们马上结婚，但她坚决不肯。她坚持要等到蒂姆回来。要知道，有时候，你能清楚地看到别人的想法，了解得比他们说得更清楚。我发现，她并不完全相信蒂姆信上写的是真事，我还发现，她有一种可悲的希望，希望这一切都弄错了，他压根儿就没结婚。想到这一层，我心里一阵痛苦，但我太爱她了。我只能承受，也愿意忍受任何事。我太喜欢她了。她甚至让我不要把我们订婚的事告诉任何人。她让我答应，在蒂姆回来前，我们订婚的事只字不准提。她说，一想到人们会向她表示祝贺，她就受不了。就连蒂姆结婚的事，她也不让我对外说。在这个问题上，她非常倔。我心想，她肯定不希望事情传扬出去。

"这事虽然全由她掌握，但要知道，在东方，消息都是悄悄传播的。我不知道，奶妈第一次偷听到蒂姆结婚的消息时，奥利芙是怎么说的。不管怎么说，哈迪家的女仆告诉了瑟吉森夫妇，等我再去俱乐部时，瑟吉森太太便盘问起我来。

"'听说蒂姆·哈迪结婚了。'她说。

"'哦？'我回答道，心想我可不想瞎搅和。

"看我不动声色，她笑了笑说，奶妈告诉她，说是她听奥利芙说的，还问她这是不是真的。奥利芙的回答非常奇怪。她没有承认确有其事，只是说她收到了蒂姆的一封信，说他已经结婚了。

"'这姑娘真奇怪！'瑟吉森太太说，'我向她打听详细情况，她说她没有更详细的情况。我问她高不高兴，她没有回答。'

"'瑟吉森太太，奥利芙什么事都把蒂姆放在心上，他结婚对她当然是个打击，'我说，'对蒂姆的妻子，她一无所知。你说，她能不担心吗？'

"'你们两个准备什么时候结婚呀？'她突然问我。

"'你这个问题多让人难为情啊！'说完，我本想一笑置之。

"她精明地看着我。

"'你敢说你没跟她订婚？'

"我不想对她撒谎，也不想请她别管闲事。我已经答应过奥利芙，在蒂姆回来前，我不会告诉任何人，所以，也就避而不答了。

"'瑟吉森太太，如果有什么要说的，我保证第一个告诉您，'我说，'我现在只能对您说，我做梦都想娶奥利芙。'

"'听说蒂姆结婚了，我很高兴，'瑟吉森太太说道，'我希望用不了多久她就会嫁给你。姐弟俩过的那种日子，是病态的、不健康的。姐弟俩太孤僻，太依赖对方了。'

"我几乎每天都去看奥利芙。我觉得她并不希望我向她示爱，所以我只能在我来和去的时候亲吻她。她待我很好，既和蔼可亲，又关心体贴。我知道，每次见到我，她都很高兴，每次我该走的时候，她都很难过。要是在平时，她一般都沉默不语，但这段时间，她的话比以前多了，但从来不谈将来，也从来不谈蒂姆和他的新婚妻子。她给我讲了很多她在佛罗伦萨的生活和她母亲的事。当时，她日子过得很凄苦，大部分时间都是跟仆人、家庭教师在一起。依我看，她母亲多半是接二连三地跟意大利的什么伯爵和俄国的什么王子风花雪月去了。我猜想，到十四岁的时候，她差不多已经谙通人事了。所以，对她来说，不守规矩也就是自然而然的了，在十八岁以前她所了解的世界上，从来没有人提过什么规矩，因为规矩根本就不存在。奥利芙似乎逐渐恢复了平静，要不是我注意到她脸色苍白、疲惫不堪，我本以为，蒂姆结婚的事，她已经坦然接受了。于是，我打定主意，蒂姆一回来，我就催她马上嫁给我。只要我提出来，就可以去休个短假。到时候，我想我可以尽量调到别的岗位去。她需要换换环境。

　　"当然，我们知道，蒂姆乘坐的船再有不到一天就到槟城了，但问题是，她能不能及时掌握蒂姆赶火车的情况，于是我写信给半岛—东方航运公司的代理，请他尽快发电报，告诉我确切的消息。我拿着电报，到奥利芙家，结果发现，她刚刚收到蒂姆的电报。原来船已经提早靠岸，他第二天就要到了。火车正点到站应该是早上八点，但这趟车经常晚点一到六个小时。瑟吉森太太主动向我建议，请我和奥利芙回来后，住在她家等着，这样就可以得知在火车快进站后再去车站。

　　"这让我松了一口气。当时我心想，当打击最后来临时，奥利芙不会那么难受。她把自己搞成这个样子，让我不禁觉得，她现在肯定是有应对办法了。她可能喜欢上了自己的弟妹。三个人没有理由相处不好。但让我惊讶的是，奥利芙说她不准备去车站接蒂姆了。

　　"'你不去，他们会很失望的。'我说。

　　"'我还是在这儿等他们吧！'说完，她微微一笑，'马克，别再跟我争了，我主意已定。'

　　"'我在家里已经订了早餐。'我说。

　　"'没关系。你去接他们，先把他们接到你家，让他们吃完早餐再回来吧。当然，我会把车开到山下等他们。'

　　"'你不在，他们肯定就不在我那里吃早饭了。'我说。

　　"'哦，我觉得他们会。如果火车准点到，他们肯定想不起在到站

前吃早饭，这样他们会饿的。他们不会不吃东西跑这么长的路吧。'

"我被她搞得不知道该如何是好。她一直急切地盼蒂姆回来，可就在我们大家享用早餐的时候，她却想独自一个人在家里等着，这好像说不过去吧。我心想，她大概太紧张了，想尽量拖延时间见到这个顶替她位置的陌生女人吧。这似乎不合情理，我不明白，早见一小时和晚见一小时，又有什么不同呢？但我知道女人都是稀奇古怪的。不管怎么说，我觉得，既然奥利芙心情不好，我还是不要为难她了。

"'你们一动身，就给我打电话。这样，我就知道什么时候下去等你们了。'她说。

"'好吧！'我说，'可是你知道，我不能跟他们一起来。今天我要去拉哈。'

"拉哈是个小镇，我每周都要去取卷宗。小镇离这儿很远，要乘摆渡过条河，需要花不少时间，所以我平时都是很晚才回来。那里有几个欧洲人，还有个俱乐部。一般情况下，我到那里后，都是待一会儿，四处应酬应酬，看看有没有什么情况。

"'还有，既然蒂姆是第一次带妻子回家，他大概不想看到我在身边，'我又说，'但如果你想请我吃饭，我倒是乐意参加。'

"奥利芙笑了。

"'我觉得，再由我发出邀请，好像不合适了吧？'她说，'这你要问新娘才行。'

"她说话的声音虽然很轻，但我的心都快要跳出来了。我有一种感觉，她终于下定决心，准备接受环境的改变了，而且是欣然接受。她让我留下来吃饭。我通常都是八点左右离开，回到家吃饭。她对我非常好，简直是柔情蜜意，几个星期来，我从来没有这么快乐过。我从来没有像现在这样如饥似渴地爱她。我喝了两杯杜松子酒，现在想来，当时在饭桌上状态应该还不错。我知道我把她逗笑了。我觉得，她终于摆脱了压在她心头的苦闷。正因为这样，我才没有把到头来发生的事放在心上。

"'你不觉得你该离开一个老姑娘了吗？'她说。

"她说话的样子是那么平静，那么快乐，我不假思索地回答道：

"'哦，亲爱的，如果你认为自己是老姑娘，那就太心口不一了。别忘了，司部库的太太小姐们都知道，一个月来，我每天都来看你。她们都觉得，如果我们还没有结婚，那我们早就该结了。你不觉得我把我们订婚的事透露给她们也无妨吗？'

"'噢，马克，千万别把我们订婚的事太当真了！'她说。

"我呵呵笑了起来。

"'你还指望我抱什么态度呢？婚姻大事本来就是认真的嘛！'

"她摇了摇头。

"'不。那天我心烦意乱，有点儿歇斯底里了。你对我太好了。我答应你，是因为我太痛苦了，无法拒绝你的请求。可是现在，我已经冷静下来。不要觉得我无情。是我不对，都怪我。你一定要原谅我。'

"'哦，亲爱的，别瞎说！你并没有对不起我。'

"她沉着地看着我，目光背后甚至还藏着一丝微笑。

"'我不能嫁给你。我不能嫁给任何人。一想到要嫁人，我就觉得荒唐。'

"我没有马上说话。她的态度很奇怪，我觉得最好不要再坚持己见了。

"'看来我怎么努力，都不能把你拖上圣坛啊！'说完，我伸出手，她也伸出手。我搂着她，这次她再没有退缩，但还是像往常一样，不愿意让我吻她的脸。

"第二天早上，我去火车站接蒂姆。这一次，火车居然破天荒地准时到站。就在蒂姆的车厢从我站着的地方徐徐经过时，他向我挥了挥手。等我走上前去，他已经从火车上跳了下来，正搀着自己的妻子下车。随后，他非常热情地跟我握了握手。

"'奥利芙在哪儿？'说着，他瞅了一眼站台，'这位是萨莉。'

"我和她握了握手，同时说明了奥利芙没有来接他们的原因。

"'我们到得太早了，对不对？'哈迪太太说。

"我告诉他们，我们的安排是，先请他们到我家吃早饭，然后开车回家。

"'我想泡个澡。'哈迪太太说。

"'没问题！'我说。

"她生得小巧玲珑，人非常漂亮，大大的蓝眼睛，小鼻子既端正又漂亮。她的皮肤，白中透红，非常细腻。当然，有点像歌舞团的女演员，你可能会觉得这样的女子太娇媚，但这正是她的迷人之处。我们开车先去了我家，他们俩洗了澡，蒂姆刮了脸。我跟他单独在一起的时间只有两分钟。他问我，他结婚的事奥利芙是什么态度。我告诉他，她很难过。

"'我就担心这样。'说完，他皱了皱眉，又叹了口气。'我也没有办法呀！'

"我不明白他这话的意思。就在这时，哈迪太太来到我们身边，用手挎住了丈夫的胳膊。他抓起她的手，轻轻地捏了捏。他看了她一眼，眼神中流露出喜悦和滑稽的柔情蜜意，就好像并没有拿她太当回事，而是在欣赏自己的专利品，以她的美貌自豪似的。她真的很可爱，一点儿也不害羞，反应也快。我们认识了不到十分钟，她就让我称呼她萨莉。当然，这个时候她刚到，还处于兴奋状态。她从没来过东方，所以看到什么，都很激动。很明显，她已经完全彻底地爱上了蒂姆。她的目光从未离开过蒂姆，对他的话也是言听计从。我们高高兴兴地吃完了早饭就分手了。他们上了自己的车回家，我则自己开车去了拉哈。我答应他们，我会从拉哈直接去庄园。其实，回来时，如果路过我家，就转远路了，所以我便临时变通了一下。我不明白奥利芙为什么不喜欢萨莉，她坦率、快活、天真。她非常年轻，年龄不足十九岁，她美丽的外表不可能不让奥利芙喜欢。我很高兴能有一个合理的借口，让他们三人单独待上一天，但当我从拉哈动身时，我突然萌生了一个想法，我到庄园后，他们见了我肯定会很高兴。我开车到了庄园，按了两三声喇叭，希望能有人出来迎接我，可是一个人影都没有。庄园一片漆黑。我很是吃惊。整个庄园一点儿动静都没有。我实在搞不懂，但他们肯定在。真奇怪，我心想。我等了一会儿，然后下车走上台阶。上了台阶后，我还给什么东西绊了一下。我骂了一句，弯腰去看是什么东西，感觉像是尸体。我听到有人哭，原来是奶妈。我碰了碰她，她蜷缩着身子，号啕大哭起来。

"'究竟怎么回事？'我吼道，紧接着，我感觉有一只手放在我胳膊上，随后便听到一个声音：先生，先生。我转过身，在昏暗中认出那人，原来是蒂姆的管家。他惊慌失措地喘着粗气说话，我也惊恐地听着。他跟我说的话简直用语言无法表达。我把他一把推开，冲进屋子。起居室里很暗。我打开灯。看到的第一幕便是萨莉蜷缩在扶手椅里。我突然出现，把她吓了一跳，随后她便号啕大哭起来。我也快说不出话来了。我问她是不是真的，她告诉我是真的。我感觉突然间房间天旋地转起来，只好坐了下来。原来，蒂姆和萨莉的车开到通往庄园的路上，蒂姆按响汽车喇叭，告诉家里人他们到了，男仆们和奶妈都跑出来迎接他们。这时，传来一声枪响。一伙人急忙跑到奥利芙的房间，发现她已经倒在镜子前的血泊中。她用蒂姆的左轮手枪自杀了。

"'她死了？'我问道。

"'没有，他们派人去请医生，蒂姆把她送医院去了。'

"当时我真不知道自己在做什么。我甚至没有告诉萨莉我要去哪里。我站起身来，跌跌撞撞地朝门口走去。我上了车，叫仆人赶紧开车去医院。我冲进医院，问她在哪儿。他们试图阻拦我进去，但被我一把推开了。我知道私人病房在哪里。有人抓住我的胳膊，但被我甩开了。我隐约听到有人说，医生已经吩咐，任何人不准进入病房。我才不管这些呢。门口有个护理员，他伸出胳膊，示意不让我过去。我骂了他一句，叫他给我滚开。大概我当时大吵大闹，情绪失控了。这时，门开了，医生走了出来。

"'谁在这儿大吵大闹呢？'他说，'哦，是你呀。你想干什么？'

"'她死了吗？'我问道。

"'没有。但她现在已经人事不省了。她再也没有恢复知觉，也就是一两个小时的工夫。'

"'我要见她。'

"'不行。'

"'我和她已经订婚了。'

"'你？'他大吼一声，就是在那一刻，我才意识到，他看我的眼神都奇怪。'那理由就更充分了。'

"我不知道他是什么意思。我当时吓傻了。

"'你肯定能想办法救她。'我哭着说。

"他摇了摇头。

"要是你看到她，就不会希望我救她了。"他说。

"我惊讶地盯着他。在沉默的一瞬间，我听到一个人在抽泣。

"'是谁？'我问。

"'她弟弟。'

"接着，我感到有一只手放在我的胳膊上。我转头一看，原来是瑟吉森太太。

"'小伙子，我真为你难过。'她说。

"'她到底为什么这么做？'我抱怨道。

"'亲爱的，跟我来！'瑟吉森太太说，'你在这儿也帮不上什么忙。'

"'不，我不能离开。'我说。

"'呃，那就去我办公室坐坐吧！'医生说。

"我整个人都垮了，只好让瑟吉森太太挽着我的胳膊，把我领到医生的办公室。她扶着我坐了下来。我怎么也想象不到，这一切都是真的。我原以为这是一场可怕的噩梦，自己必须从梦中醒来。我不知道我们在那儿坐了多久。三个小时。四个小时。最后，医生进来了。

"'没有救了！'他说。

"这时，我再也忍不住哭了起来。我不在乎他们怎么看我。我当时真是难过死了。

"第二天，我们葬了她。

"回来后，瑟吉森太太到我家，跟我坐了一会儿。她想让我跟她一起去俱乐部。我根本没有心情去。虽然她是好心，但当她离开时，我心里还是很高兴。我独自一人试着看书，但怎么也看不下去。我已经心灰意冷。仆人进来，把灯打开。我头疼得要命。接着，他又回来说，一位女士想见我。我问是谁。他说他也不太清楚，但他觉得，肯定是必打丹那位先生的新婚妻子。我怎么也想不出她想干什么。我站起身，朝门口走去。他说得没错。是萨莉。我请她进了屋。我注意到，她面色惨白。我为她感到难过。对她这个年龄的女孩子来说，这样的经历太可怕了。对一个新娘来说，第一次回家太悲惨了。她坐了下来，但仍然惊魂未定。我试着跟她聊些家常，让她放松下来。她让我觉得浑身不舒服，因为她在用那双蓝色的大眼睛盯着我，可那双眼睛充满了惊恐。她突然打断了我的话。

"'在这里我只认识你一个人，所以只能来找你，'她说，'我想让你帮我离开这里。'

"我目瞪口呆。

"'这是怎么说?'我问了一句。

"'你还是别问了。我只想让你帮我离开。马上。我想回英国!'

"'可是,你现在不能这样离开蒂姆啊!'我说,'亲爱的,一定要振作起来。我知道,这事对你来说太可怕了。但是,想想蒂姆。如果你真的爱他,起码要试一试,让他不要这么难过才对。'

"'哦,你不知道,我不能告诉你,'她吼道,'太可怕了。我求你帮帮我。今晚如果有火车,无论如何让我坐上车。只要到了槟城,我就能搭上船。我在这里一晚都住不下去了。我会疯掉了。'

"我真的不知道该怎么办才好。

"'蒂姆知道吗?'我问她。

"'从昨天晚上,我就没见过蒂姆。我再也不想见他了。我宁可去死。'

"我想争取些时间。

"'可是,不带东西,你怎么能走呢?你有行李吗?'

"'这有什么关系?'她不耐烦地大声说道,'这次旅行我已经得到了自己想要的东西。'

"'你有钱吗?'

"'够了。今晚有没有火车?'

"'有!'我说,'半夜一过会有一趟。'

"'谢天谢地。你能搞定吗?我可以在你这里等到半夜吗?'

"'这下你让我犯难了!'我说,'我不知道该怎么办才好。要知道,你这么做可不是闹着玩的。'

"'要是你知道了真相,你就明白我只能这么做了。'

"'这就成这里的大丑闻了。我不知道人们会说什么。你想过别人怎么看蒂姆吗?'我又担心又难过,'天知道,跟我没有关系的事,我

不想掺和。但如果你要我帮忙，我起码应该知道实情，这样我才帮你帮得名正言顺。你必须告诉我发生了什么事。'

"'我不能。我只能告诉你，我什么都知道。'

"她用手捂住脸，浑身发抖。紧接着，她身子突然动了一下，就好像看到可怕的景象，突然往后退缩似的。

"'他没有权利娶我。太变态了。'

"她说话的声音越来越高，高得尖利、刺耳。我担心她会歇斯底里地发作。她那张漂亮的娃娃脸吓坏了，眼睛瞪得好像再也合不拢似的。

"'你不爱他了?'我问。

"'出了这种事，我还能再爱他?'

"'如果我不帮你，你怎么办?'我说。

"'这里应该有牧师或者医生什么的。你总不能不愿带我去看牧师或医生吧。'

"'你怎么到我这里的?'

"'管家开车送我来的。不知道他从什么地方搞到的车。'

"'蒂姆知道你不辞而别了?'

"'我给他留了一封信。'

"'他会知道你在我这里的。'

"'他不会阻拦我走。我向你保证。他不敢。看在上帝的分上，你也不要拦我。告诉你，再在这里住一晚上，我肯定会发疯的。'

"我叹了口气。她毕竟已经到了自己拿主意的年龄。"

我，这个故事的作者，已经很久没有说话了。

"你明白她的意思吗?"我问费瑟斯通。

他面容憔悴地盯着我看了好长时间。

"她只想说一件事，可实在说不出口。没错，我知道。一切尽在不言中。可怜的奥利芙。可怜的宝贝儿。我当时大概也失去了理智，在那一刻，面对这个神色慌张、金发碧眼的女子，我唯一的感觉就是恐惧。我恨她，可一时间又不知道该说什么。后来，我告诉她，我会照她说的去做。她连句感谢的话都没说。现在回想起来，我觉得，我对她的态度她心里很明白。吃晚饭时，我让她吃点东西，后来她问我，有没有房间，让她可以躺一会儿，等着去车站。我把她领进空房间，便丢下她一个人，离开了。我坐在起居室里等着。天哪！我现在回想起来，当时时间过得真慢呀。我以为，钟表永远不会敲十二下了呢。我打电话到车站，车站的人告诉我，火车要到快两点才能到。午夜时分，她回到起居室，我们在起居室坐了一个半小时。因为彼此间无话可说，所以也就没有说话。后来，我送她去车站，把她送上了火车。"

"大丑闻有没有传开呢？"

费瑟斯通皱了皱眉。

"我不知道。我请了个短假。之后，我调到了另一个岗位上。后来，我听说，蒂姆卖掉了庄园，又买了一处，但我不知道在哪里。我在这儿刚看到他时，还感到很惊讶呢。"

费瑟斯通站起来，走到桌子前，用苏打水调了一杯威士忌。此刻，在沉默的空当里，我听到青蛙在千篇一律地合鸣。突然，栖息在房子附近一棵树上的一只鹰鹃，开始鸣啭起来。先是用半音阶的降调鸣唱三个音符，然后是五个音符，再然后是四个音符。不同音阶的音符一个接着一个，是那么执着，那么狂热。你只能被动去听，去数，因为你不知道会有多少音符折磨你的神经。

"把那只鸟给我崩了！"费瑟斯通说，"不然，今晚我就别想睡了。"

（李和庆　译）

法国佬乔

　　他的事是巴特利特船长告诉我的。我觉得，去过星期四岛的人并不多。那是个托雷斯海峡中的小岛，之所以这么叫，是因为库克船长发现小岛时是个星期四。我在悉尼时，有人告诉我，小岛是上帝创造的最后一片土地，所以我才去了那儿。人们还告诉我，那里其实没什么好看的，而且还警告我说，到了那儿，我很可能会遭人割喉。我先从悉尼乘一艘日本货船到了岛的附近，他们再用一艘小船把我送上岸。当时正值深更半夜，码头上连个鬼影都看不到。一个水手帮我放下行李，告诉我说，向左走很快就能看到一栋两层楼的房子，那是个旅馆。小船划走后，剩下我一个人留在码头上。我既不想丢下行李不管，更不想睡在码头坚硬的石头上，于是我扛起行李，照水手说的方向走去。夜黑得伸手不见五指。我感觉走了远远不止水手们说的几百码的路，甚至担心自己迷了路。不过，最后还是隐约看到了一栋房子，看样子就是水手所说的那个旅馆。四周没有亮光，不过，这时候我的眼睛已经适应了黑暗。我找到一扇门，划了根火柴照了照，但没找到门铃。我敲了敲门，没人答应。我又用手杖大声敲门，终于，头顶上的一扇窗子打开了，一个女人的声音问我要干什么。"我刚从奈良鹿丸号上下来，"我说，"能开一个房间吗？"

"我就来。"

过了好一阵子，一个身穿红色法兰绒睡衣的女人开了门。她手里拿着一盏石蜡灯，头发梳成一个个长发辫，披散在肩上。她体态丰腴，长着一双炯炯有神的眼睛，还有一个多疑的红鼻子。她热情地跟我打过招呼后，让我进了屋，然后带我上楼，领着我看了房间。

"你先坐一下，我马上就能收拾好，"她说，"你要来点什么？我觉得，你还是来点儿威士忌得好。都这个点儿了，你该不会洗澡了吧，明天早上我再把毛巾拿给你。"

她一边铺床，一边问我姓甚名谁，到星期四岛来干什么。她看出我不是水手——二十年来所有的水手都住这家旅店——不知道我来这里究竟有何公干。她问我，我不会是来检查海关的吧？她曾听说悉尼要派人来检查海关。我问她，有没有水手住在这儿。她回答说，有，有一个人，巴特利特船长，我知道他吗？他是个怪人，不会有错。头上一根毛都没了，不过，单凭他喝酒的架势，就知道他是个怪人。床铺好了，她祝我睡个好觉，有一点她说对了，床单很干净。她点上一支蜡烛，跟我道了声晚安，便离开了。

巴特莱特船长确实是个怪人，但我此次上岛，跟他扯不上什么关系。在第二天吃晚饭时，我才认识了他——在离开星期四岛之前，我经常喝海龟汤，所以已经不再把喝海龟汤当成奢侈的享受了。只是因为在跟他聊天时，我偶尔提到自己会讲法语，他才让我去见见法国佬乔的。

"对老头儿来说，跟他讲讲法语，已经是特别开心的事了。要知道，他已经九十三岁了。"

两年来，法国佬乔一直住在医院里，这倒不是因为他生了什么病，而是因为上了年纪，再加上穷困潦倒的缘故，于是，我便到医院去看望了他。他目光炯炯有神，蓄着雪白的短髭须，眉毛又黑又浓，穿着法兰绒睡衣，躺在病床上。对他这个已经干瘪的小老头儿来说，这件睡衣显得又肥又大。他原本是科西嘉岛人，但因为多年来一直生活在讲英语的族群中，他的母语已经讲不好了，所以，能操着他那明显的科西嘉岛口音，跟我讲讲法语，他很高兴。他讲法语时总是夹杂着使用英语单词，就好像那是法语似的，而且还给每个动词加上法语的词缀。他说话非常快，说起话来也眉飞色舞，大部分时候他说话的声音既清晰又洪亮，但有时候，声音会突然低沉下去，听起来就像是从坟墓里传出来的。这种低沉而又空洞的声音总让我觉得毛骨悚然。说心里话，我无论如何都没办法再把他看成是这个世界的人了。他的真名叫约瑟夫·德·保利，出身贵族，是个绅士。他跟我们在鲍斯韦尔的《约翰逊传》中读到过的那个将军属于同一个家族①，但他对于自己那位赫赫有名的祖先没有什么兴趣。"我们家族出的将军太多了，"他说，"当然，你知道，拿破仑·波拿巴跟我就是亲戚。我没读过鲍斯韦尔的书，我没读过什么书，但我亲身经历过。"

　　他是在一八五一年参加法国军队的。在七十五年前，太不可思议了。一八七〇年，在克里米亚半岛②跟俄国人作战时，（用他自己的话说，跟他表哥拿破仑一样）他是个炮兵中尉；跟普鲁士人打仗时，他是个上尉。他给我看了他光头上的一个伤疤，那是德国骑兵的长矛留下的，接着又作了一个非常夸张的手势，告诉我他是怎样把剑捅进那个德国骑兵的身体里的，因为用力过猛，插进去的剑都拔不出来

① 鲍斯韦尔（James Boswell，1740—1795），苏格兰传记作家和日记家，因结识英国文坛领袖塞缪尔·约翰逊，而著有《约翰逊传》。在游学欧洲期间，拜访了法国著名思想家伏尔泰与卢梭。游科西嘉岛时，结识民族英雄帕斯奎尔·保利将军，归后写《科西嘉岛记行》。

② 克里米亚半岛（the Crimea），黑海北部的一个半岛，地处近东地区两大洲的咽喉，因此历来是兵家必争之地。

了。德国骑兵被刺死后，剑就留在了他的身体里。帝国 ① 灭亡了，他加入了共产党，跟梯也尔的政府军战斗了六个星期 ②。我对梯也尔只有一个模糊的印象，听法国佬乔怀着刻骨铭心的仇恨去讲述一个死了半个世纪的人，我很是吃惊，甚至觉得有些好玩。他不停重复着他当年在国民议会上对这个平庸政客的辱骂，骂他是"东方佬"，骂得嗓门越来越高，声音也越来越尖锐刺耳。后来，法国佬乔被送上法庭，并被判处五年徒刑，流放到南太平洋的新喀里多尼亚 ③。

"他们早就该一枪崩了我，"他说，"但那些下作的懦夫，他们不敢。"接下来便是乘坐帆船的长途航行，到了地球的另一边。当他说起他被肆意污蔑、扣上政治犯的帽子，还跟那些粗俗的犯人一起被驱赶到澳大利亚时，他再一次火冒三丈。船最后在墨尔本靠了岸，一个军官也是科西嘉岛人，让他从船边上溜了下去。他游上岸，听从他那个军官的建议，直接去了当地的警察局。他说的话那儿的人一句也听不懂，不过，他们找来一个翻译，查看了他的证件后，告诉他说，只要别登上法国的船，他就是安全的。

"自由，自由啦。"他对我大声说道。

接下来便是漫长的一系列历险。他当过厨子，教过法语，扫过大街，在金矿上做过矿工，到处流浪，忍饥挨饿，最后跑到了新几内亚。在新几内亚，他不知不觉地游荡到了野人的腹地，经历了最惊心动魄的奇遇。当时，那里的野人还是食人族，经历了一百次殊死历险和千钧一发的逃亡后，他居然摇身一变，成了一个野人部落的酋长。

---

① 此处指拿破仑建立的法兰西第一帝国。
② 此处描写的是 1871 年 4 月至 5 月间，法兰西第三帝国总统路易-阿道夫·梯也尔（Adolphe Thiers）领导的政府军对巴黎公社进行血腥镇压的历史事件。
③ 新喀里多尼亚（New Caledonia），西南太平洋上的一块法国属地，位于澳大利亚以东 1210 公里，距离法国本土 2 万公里。

"看看我，朋友，"他说，"虽然现在躺在医院的病床上，靠别人的施舍过日子，但我曾经是一呼百应的霸主。没错，就是说我曾是个国王。"

但到最后，他跟英国人发生了冲突，他的"独立王国"也毁在他的手上。他逃离了新几内亚，再一次重新开始生活。好在他总能左右逢源，后来在星期四岛上逐渐组建了一支采珍珠的船队。现在他岁数大了，看样子他终于找到了一个清净的避风港，他渴望过一种富足甚至受人尊敬的晚年。但是，一场飓风摧毁了他的船队，他彻底破产了，从此再也没能缓过气来。他的岁数太大了，根本无法东山再起。从那以后，他竭力维持着风雨飘摇的生计，但还是屡屡受挫，到头来只好接受了医院的慈善庇护。

"可是，你为什么不回法国或者科西嘉呢？二十五年前就已经对共产党人实行大赦了。"

"五十年过去了，法国和科西嘉对我还有什么意义呢？我的一个堂兄抢走了我的土地。我们科西嘉人向来都是睚眦必报的。如果我回去，就该把他杀了，可他也已经是子孙满堂了。"

"有意思的老法国佬乔！"站在病床头边的护士微笑着说。

"甭管怎么说，你这辈子也算不赖了。"我说。

"哪里，哪里。我这辈子糟透了。我走到哪里，灾祸就跟我到哪里。看看我现在，行将就木，只等着入土了。感谢上帝，我没有孩子，不会把对我的诅咒传给他们。"

"哎呀！乔，我还以为你不信上帝呢。"护士说。

"没错，我是个怀疑主义者。我从来没见过什么东西，表明在这一系列的事物中有什么至高无上的意图。如果说这个宇宙是某个人创造的，那个人也只是个让人无法接受的傻子。"他耸了耸肩。"反正我在这个肮脏的世界上也待不了几天了，到时候我就自个儿去看看这档子事究竟是怎么回事了。"

这时，护士对我说，我该走了。于是，我便跟他握手道别，问他有什么需要我帮他做的。"我什么都不想了，"他说，"我现在只想死。"他那双炯炯有神的黑眼睛眨了眨。"不过，如果能有包烟抽抽就好了！"

（匙逸然　译）

德国人哈利

　　我人在星期四岛，又很想去新几内亚。唯一的办法就是去弄条采珍珠的小帆船，横渡阿拉弗拉海①。当时，采珠业很不景气，小帆船都整整齐齐地泊在港湾中。碰巧遇到一位船老大，手头刚好没什么事，再加上到马佬奇跑个来回也用不了一个月，于是我便跟他商量，看他肯不肯跑一趟。他又找了托雷斯海峡的几个岛民当船员，整艘小船载重不过十九吨。我们将当地的小店洗劫一空，储备了大量的罐装食品。出发前的一两天，一个有几艘采珠船的老板来找我，问我可不可以顺路停靠一下特里巴克特岛，给岛上的一位隐士送一袋面、一袋米，还有一些杂志。听他这么说，我不由得竖起耳朵。听人说，这位隐士已在这荒僻的小岛上独居了三十年，只要有机会，就会有好心人为他捎去生活用品。这位老板说，他原是丹麦人，不过托雷斯海峡的岛民都管他叫"德国人哈利"。他的故事可是说来话长：早在三十年前，德国人哈利还是个颇为能干的水手，可是在一次航海途经危险的水域，船只不幸失事。两条救生船虽得以逃脱，最终却在一个叫特里巴克

---

① 阿拉弗拉海（Arafura Sea），位于新几内亚岛（伊里安岛）与澳大利亚北岸之间。

特的荒岛上搁了浅。这个荒岛不在任何航线上，因此直到三年后才有人发现了这些幸存者。当初登岛的共有十六人，不过三年后，一艘纵帆船因为天气原因偏离了既定航线，在靠近特里巴克特岛附近停泊时，发现当初的十六人只剩下五人。暴风雨过后，天气好转，纵帆船的船长把其中四人带上船，最后把他们送到了悉尼。德国人哈利却不肯走，他说，三年来，他目睹了同伴的种种恶行。他发誓再也不想见到他们，接着就闭口不语，铁了心要留下来，一个人待在这荒岛上。时至今日，虽然时不时会有船只停留，他也有多次机会可以离开，但哈利从未动过离开的念头。

　　真是奇人异事啊！在横渡阿拉弗拉海单调无聊的航行中，哈利的事我又听了很多。托雷斯海峡的弧形海域中，星罗棋布地遍布着大小不一的岛屿。到了晚上，我们就在其中一个岛附近找个背风的地方停靠休息。这几年，特里巴克岛附近陆续发现了新的采珠点。一到秋季，时不时会有人来采珠，顺便给德国人哈利捎来各种生活必需品，这样他也能过过好日子。他们带来各种各样的报纸、成袋的面粉和大米，还有好多肉罐头。哈利有艘捕鲸船，以前经常去钓鱼，但现在身板儿差了，开不动笨重的捕鲸船了。岛周围的礁石上盛产珍珠贝，哈利过去常常捡来卖给采珠人，换点烟草。有时候运气好的话，珍珠质量不错，他还会赚上一笔。大家都说，他在岛上的某个地方藏了不少上好的珍珠。战争爆发后，采珠人不再去特里巴克岛，哈利一个人在岛上孤苦伶仃地生活了许多年。后来，有人问他，这么多年，他是怎么活下来的。他回答说，当时他以为爆发了严重的瘟疫，人们全死了。他还以为自己是唯一活下来的人类呢。

　　"我原以为出什么事了呢！"他说。

　　火柴用光了，他担心火会灭掉，所以连觉都睡不安稳。不管白天，还是黑夜，他时不时要去添柴。最后一点东西吃完后，他只好吃鸡、鱼和椰子果，有时还能抓到海龟。

最近四个月，大概有两三个采珠人来过特里巴克岛附近，在结束一天的辛苦采珠作业后，时不时会上岛跟他住一晚。他们想法把哈利灌醉后，便开始盘问他：当年两条救生船，十六人上岛，最后怎么只剩下五个了呢？那三年究竟发生了什么？哈利只字不说。不管他是烂醉还是清醒，只要聊起这个话题，他永远是三缄其口。如果再逼问，他就会雷霆大发，甩手离去。

我已经记不清，是过了四天还是五天，才见到了这位隐士的小王国。当时，我们正好碰上恶劣天气，船不得不找地方避风，便在中途的一个岛上停了两天。特里巴克岛海拔不高，也就刚刚超过海平面，面积不足一英里，岛上长满了椰子树。岛的三面全是暗礁，所以只有一面可以上岛。考虑到暗礁附近不便停靠，我们的小帆船只好停泊在离岛一英里左右的地方。我们带着给哈利的东西，上了一条小船，在海上艰难划行。要知道，即便是在暗礁中，海浪依然波涛汹涌。我看到一间小屋，隐藏在树丛中，那就是哈利住的地方。我们靠近时，他慢悠悠地来到水边。我们大声跟他打招呼，可他没有回应。哈利已年过七旬，秃顶，楔子脸，花白的络腮胡子，走起路来摇摇晃晃，让人很难想象他曾是久经风浪的水手。黝黑的皮肤让他那双蓝色的眼睛尤显苍白，眼睛周围满是纵横交错的沟壑，仿佛多年来他一直就是这么无始无终地盯着汪洋大海的。他穿着汗衫，外加粗布背带裤，虽然打着补丁，看上去倒也干净整洁。他带我们去的住处只有一个房间，屋顶上搭着整齐的波状钢板，屋里有一张床，几张他自己做的简易板凳，一张桌子，外加一些炊具。屋外一棵大树下，还有一张桌子，一条长凳。屋后，是他自己垒的鸡圈。

我说不清他到底欢不欢迎我们，不过他接过我们带来的东西时，似乎就是接受一份理所应当的馈赠，连句感谢的话都没说，甚至还嘟嚷了几句，因为他需要的什么东西我们没有带过来。他性格孤僻，大部分时间都沉默不语，对我们带来的消息，也没什么兴趣，毕竟外边的世界他已经不放在心上了。他唯一在乎的，只有他的岛。他用岛主的口气，自豪地把岛称之为"我的养老胜地"，但又很担心岛上丰富的椰子树会招来那些胆大妄为的商人的垂涎。他拉着脸，用怀疑的目光看着我，大概是心想，我为什么会在这里。他说起话来已经磕磕巴巴，更像是喃喃自语，而不是跟我们说话。一开始听到他旁若无人地喃喃自语，你会觉得有些不可思议。后来，船老大跟他说，他的一位跟他年纪相仿的老相识去世了，他才有些动容。

"老查理死了？真是糟糕！老查理死了！"哈利一遍又一遍地念叨着。我问他识不识字，他漠然回答道："识得不多。"

他似乎只关心他的食物、狗和鸡。果如书上所说，一个人和自然、大海长时间朝夕相处之后，定会修身养性、获益良多。但是，哈利是个例外。他还是原来那个狭隘无知、鲁莽暴戾的水手。看着他那张丑陋、布满皱纹的老脸，我心想，三年中到底发生了什么可怕的事，居然让他心甘情愿地忍受这漫长的囚徒岁月。那双蓝灰色眼睛的深处到底埋藏了怎样的秘密，他宁可把它带进坟墓。我仿佛看到了哈利的宿命：总有一天，他不再像往常那样，安静地守在礁石上，等待采珠人的到来；不再像往常那样，把踏足他领岛的采珠人视作入侵的敌人。他会走进自己的茅屋，躺在床上，依稀之中找到曾经的那个自己。也许他也会把荒岛周边翻个底朝天，去寻找许多冒险家梦寐以求的大量珍珠。不过，我觉得，德国人哈利肯定找不到，他也不会让任何人找到。珍珠就在那里，烂在那里。采珠人只好悻悻返回自己的小船上，而这个岛会再一次回归人迹罕至的荒岛。

（王珍珍　译）

四个荷兰人

　　新加坡的范·多斯旅馆远算不上豪华。客房里又黑又脏，蚊帐上全打着补丁。离客房很远的地方有一排浴室，阴冷潮湿，充斥着异味。不过，旅馆还是很有特色的。住宿的多是开往新加坡的不定期货船上的船长、失业的采矿工程师，以及度假的种植园主，不过，在我看来，比起那些环球旅行家、政府官员和他们的太太，还有在欧洲举办午餐会、打高尔夫、出入舞场、穿着入时的阔绰商贾等潇洒一族，这些人要浪漫得多。旅馆里有一间台球室，有一张铺着块破桌布的球桌，船上的工程师和保险公司的职员经常在这里打斯诺克。偌大的餐厅里人不多，很安静。准备前往苏门答腊岛的几家荷兰人，正坐在一起吃饭，可是彼此间一句话也不说，从巴达维亚 ① 出差来的单身客商一边狼吞虎咽地享受美食，一边专心致志地看报纸。餐厅每周两次供应印尼特色的瑞福饭 ②，所以喜欢这一口的新加坡人会经常来就餐。许多人认为，范·多斯旅馆本该是一个很沉闷的地

---

① 巴达维亚（Batavia），印度尼西亚首都雅加达的旧称。

② 瑞福饭（rijstafel），原文是荷兰语，意为"米饭桌"，是荷兰人在苏门答腊西部巴东米饭的基础上改进后的一种美食，即各种做法的米饭配以多达 40 种小菜。

方，其实不然，因为这里发生过一些奇闻趣事，只不过这些奇闻已经渐渐被人们遗忘了而已。旅馆有一个面向大街的小花园，客人们可以坐在树荫下喝冰啤。在这座拥挤而又忙碌的城市里，尽管汽车呼啸而过，黄包车一辆接着一辆，车夫们的脚步声在路上"啪嗒啪嗒"地响个不停，"叮铃铃"的车铃声不绝于耳，但仍不乏荷兰飞地的宁静。这是我第三次住在范·多斯旅馆了。我第一次听说范·多斯旅馆，是一艘荷兰货船 S.S. 乌得勒支号的船长告诉我的。当时，我正从新几内亚的马老奇出发，坐船去望加锡①。由于要装卸货物，货船经常要停靠在马来群岛的一些小岛，阿鲁岛、卡伊岛、班达-奈拉岛、安汶岛，还有我已记不起名字的很多岛，快则停一两个小时，慢则需要一整天，因此整个航程耗了将近一个月的时间。一路上虽然单调，但整个行程倒也十分有趣。船抛锚靠岸后，船代会乘着小艇过来，一般情况下，荷兰籍常驻，还有我们，会聚在甲板上的天篷下，船长点些啤酒。大家一边喝酒，一边相互交流从各地听来的消息，我们还会帮岛上的人带信件。如果待的时间比较长，常驻还会留我们吃饭。把船交给二副以后，我们大家（包括船长、大副、轮机长、货管员和我）都会挤上小艇上岸，晚上开开心心地大吃一顿。这些小岛虽然看上去模样都差不多，但还是经常让我突发奇想，原因只有一个，那就是：我心里清楚，自己再也没有机会见到这些小岛了。很奇怪，这些小岛好像根本不存在似的。我们的船一走远，小岛就消失在海天之中，只有通过想象，我才能让自己相信，虽然看不到，但岛还是存在的。

但是，船上的船长、大副、轮机长和货管员却没有那么魔幻、那么神秘。他们都是些有血有肉的大活人，是我见过的最胖的四个人。虽然货管员皮肤黝黑，其他几个的皮肤很白皙，可我总是搞不清谁是

---

① 望加锡（Makassar），印度尼西亚苏拉威西岛南部城市。

谁，在我看来，他们长得都差不多。几个人都是大块头，圆润的大红脸上没什么胡须，粗壮的胳膊，粗壮的大腿，而且都是膀大腰圆。每次一上岸，他们都会把衣领扣上，勒得就像吃东西被噎住，双下巴都从衣领里突了出来。但大多数情况下，他们是不系扣子的。这些人经常是忙得大汗淋漓，一般都是用头巾擦脸，用芭蕉扇使劲儿扇的主儿。

看他们吃饭可真是难得一见的美事。这些人的胃口特大，他们每天都吃瑞福饭，吃饭时甚至还会相互较劲，看谁吃得多。他们真的很喜欢吃。

"在这个国家，饭要是无滋无味，你根本吃不下去。"船长说。

"在这个国家，要想活着，就得猛吃。"大副说。

四个人是非常要好的朋友，在一起就像学童一样，相互捉弄，相互打趣，对彼此的笑话也都心领神会。往往是笑话刚开口，讲笑话的人自己就先口沫四溅地哈哈大笑起来，但由于膀大腰圆，身体肥胖，笑得浑身的肉直哆嗦，笑话讲到一半就讲不下去了，引得其他人也跟着开怀大笑起来。几个人坐在椅子上笑得前仰后合，脸涨得越来越红，身上也越来越热，这时，船长会吆喝一声"上啤酒"，于是，大家一边开心地不断打嗝，一边喘着粗气，对着酒瓶喝酒。他们在一起跑船有五年了，就在不久前，有人要送给大副一艘船，但他谢绝了对方的好意。他不想离开自己的伙伴。于是，大家商定，四个人如果有谁先退出了，其他人就一起退。

"几个朋友一条船，有肉有酒不间断。生来要做糊涂人，知足常乐到永远？"

刚开始，他们跟我有点疏远。虽然船上可以搭乘六个乘客，但他们很少或者从来不让不认识的人住。在他们眼里，我是陌生人，而且还是外国人。他们有自己的乐趣，不想让外人打扰。四个人都喜欢打桥牌，不过，大副或轮机长有时候需要值班，这样其他人也组不成局。后来，他们三缺一的时候，发现我会打牌，就欣然地接受了我。就跟他们人一样，他们的牌打得也很怪。几个人打牌的赌注小得可怜，打一百分才值五分钱。不过，几个人都说，他们只是喜欢打牌，并不想赢谁的钱。可是，这还叫什么打牌啊！人手拿着一副牌，都想叫到小满贯。只要有机会瞄别人的牌，你就瞄。假如你能侥幸藏牌成功，而且神不知鬼不觉地告诉了自己的同伴，俩人就会哈哈大笑，笑得眼泪都出来了。但如果同伴执意不让你叫牌，却用五张黑桃（最大的是Q）叫到大满贯，而你手中七张小一点的方块本来会好打一点，在你手中的牌凑不成一个赢墩的情况下，你叫了加倍，结果他一下子丢了两三千分，对手也会开怀大笑，桌上的杯子也跟着晃动起来。

我总是记不住他们那拗口的荷兰名字，只能根据他们各自的职责去区分谁是谁，就像意大利假面喜剧里我们只记住潘塔隆、哈乐昆、庞奇尼这几个丑角的名字一样。只要一看到他们四个人在一起，你就会笑。我觉得，只要陌生人看到他们，都会觉得非常惊讶，他们倒也乐在其中。他们都自豪地说，他们是东印度群岛上最有名的四个荷兰人。在我看来，他们也有严肃的一面。有时候，夜深人静时，四个人脱下制服，卸下伪装，换上睡衣和纱笼裤，其中的某一个挨着我躺在长椅上，伤感的情绪会慢慢涌上心头。轮机长快要退休了，上次回家时遇到了一名寡妇，准备和她结婚，然后搬到须德海[1]滨的小镇上，找几间红砖房，度过余生。船长非常迷恋本地的姑娘，一提到对她们的痴迷，他本来就带浓重口音的英语，更是兴奋得语无伦次。曾经有一段时间，船长打算在爪哇岛的小山上买一处房产，娶一个爪哇姑

---

[1] 须德海（the Zuyder Zee），原北海的海湾，在荷兰西北。13世纪时海水冲进内地，同原有湖沼汇合而成。

娘。爪哇姑娘一般长得小巧玲珑，性情温柔，说起话来莺声燕语。船长说，结婚时，他要给新娘子穿上丝纱笼裤，脖子上戴上金项链，胳膊上套上金手镯。因为这事，大副还一直取笑他。

"他那套玩意儿太傻了！她会跟你所有的朋友、所有男仆、所有人上床。老兄，退休后，你要的是保姆，不是老婆！"

"我？"船长嚷道，"就算到了八十岁，我也要娶个老婆！"

上一次，船停靠望加锡时，他挑了件小玩意儿，就在船快要进港时，他开始忙活起来，大副不屑地耸了耸他那厚重的肩膀。船每到一处，船长便一头扎进一个又一个烂女人的怀里，不过，到下一个地方，就把上个岛的人抛在脑后了。每次都是大副帮他擦屁股，这次也不例外。

"老家伙有心脏病。可是，每当我赶过去看他，他又没啥大碍。浪费钱是有点可惜，但既然已经得到了想要的，浪费点钱又算什么呢？"

大副很通情达理。

后来，我在望加锡上岸，跟我的四个胖朋友道了别。

"下次再跟我们一起旅行吧！"他们对我说，"明年或后年再回来。你在这一片会看到我们的，还跟以前一样。"

一晃好几个月过去了，我又游历了不止一个岛屿。我去过巴厘岛、爪哇岛，还有苏门答腊岛，还去过柬埔寨和安南①。此刻，坐在范·多斯旅馆的花园里，我感觉像是又回到家一样。清晨的天气很凉爽，吃完早餐，我读着过了期的《海峡时报》，想看看最近有什么新闻。报纸上没什么大事。突然，一个标题映入我的眼帘：《乌得勒支号悲剧，货管员和轮机长无罪释放》。我大致看了一下报道，不由得坐了起来。乌得勒支号正是我那四个荷兰胖朋友的船。很明显，货管

---

① 安南（Annam），越南的旧称。

员和轮机长因为谋杀，被控上法庭。不可能是我那两个胖朋友。报道中提到了他们的名字，但我并在意他们叫什么。案子是在巴达维亚审的。报道中并没有提供更多的细节，只是一个简要的官方报道，说法官在听完控方和辩方的陈辞后，做出了如上判决。我大吃一惊，不敢相信我的朋友居然会杀人。我翻遍了前几期的报纸，也没能找到被害人的任何信息。报纸上只字未提。

我站起身，走到旅馆经理跟前，把报纸拿给他看。经理是个友善的荷兰人，英语说得很流利。

"这艘船我曾经坐过，在上面待了将近一个月。我敢说，报道中提到的人不是我认识的人。我认识的那几个人都很胖。"

"没错，就是他们，"经理答道，"这几个人在整个荷属东印度群岛很出名，在一起共事的四个大胖子。这件事情很糟糕，引起了不小的轰动。他们是好朋友，这个世界上最好的朋友。我认识他们。"

"可是，究竟发生了什么？"

他回答了我的问题，告诉了我那天发生的事情。但我想知道的有些事，他也回答不上来。一切都令人困惑，令人难以置信，当时究竟发生了什么，只能靠猜测。后来，经理被人叫走了，我一个人又回到花园。此时，天气渐渐热了起来，我便回到自己的房间，但心里仍然像一团乱麻一样。

事情的经过似乎是，在一次旅行中，船长把他一直朝思暮想的一个马来女人带上了船，但是不是我在船上时听他念叨过的那个女人，就不得而知了。其他三个人都反对她上船——船上要女人干什么？她一上船就会把一切都毁了，但船长执意把她带上了船。我想，他们可能是对他心存嫉妒吧。那次航行，几个人再也不像往常一样欢声笑语，相互打趣了。每次其他人想打桥牌，船长却在自己的船舱里跟这个女子乐逍遥。每次船靠岸，四个人虽然都是一起上岸，但对船长来说，从上岸到回到船上的这段时间可谓是漫长的煎熬，因为他已经离不开这女子。对四个好朋友来说，像云雀一样快乐的日子已经一去不复返了。几个人中，大副最不喜欢这个女子。他跟船长一开始从荷兰出来跑船就是搭档，所以关系尤其亲密。对船长迷恋这女子的事，俩人不止一次拌过嘴。没多久，几个好朋友便沉默下来，只有在工作需要时，才说几句话。四个胖男人之间维持了很久的友谊，就这样结束了。再后来，事情越来越糟了。手下的另外两位感觉到，麻烦就要来了。不安。紧张。一天夜里，船上突然传来一声枪响和马来女子的尖叫声。货管员和轮机长一骨碌滚下铺，发现船长拿着手枪，站在大副的舱门口。他把俩人一把推开，跑到甲板上。货管员和轮机长赶紧走进船舱，发现大副已经死了，只剩马来女子蜷曲在门后边。俩人被船长捉奸在床，船长一怒之下杀了大副。他是怎么发现的？大副和女人为什么要私通？没有人知道。是大副引诱女子跑到自己船舱里，以此来报复船长？还是女子明知大副不喜欢自己，所以故意采取怀柔策略，引他上钩？这恐怕是永远也解不开的谜。我脑海里闪现出无数种可能性。就在轮机长和货管员在船舱里被眼前的一幕惊呆时，又传来一声枪响。俩人马上意识到发生了什么，便立刻冲了出去。船长回到自己的船舱，饮弹自尽了。接下来，事情的经过越来越模糊，越来越神秘了。第二天早晨，怎么都找不到马来女子了，已经接管这艘船的二副把情况告诉了货管员。货管员回答道："她可能是从船上跳下去了。这也是她最好的结局。包袱总算给甩了。"但是，据巡航的船员说，就在天亮前，他看见货管员和轮机长把什么东西抬到甲板上，一个鼓鼓囊囊的包裹，大小跟当地女人的身材差不多。俩人四处张望了一下，在确定没人察觉后，把包裹丢下了船。后来，大家都在传，货管员和轮机长跑到马来女子的船舱里找到她，把她掐死，然后把尸体扔进海里，替他们的朋友报了仇。船抵达望加锡后，俩人被捕，被带到巴达维亚，以谋杀罪受审，但因证据不足，被无罪释放。但是，整个东印度群岛的人都知道，货管员和轮机长伸张了正义，动手弄死了那个害死他们的两个好友的婊子。

四个荷兰人广为流传而又充满风趣的友谊，就这样结束了。

（成　爽　译）

宽容以待

　　乔治·穆恩坐在办公室里，虽然工作已经完成，但他并不想去俱乐部，便在办公室里消磨时间。午饭时间快到了，酒吧里人应该很多。那样的话，就会有两三个人主动请他喝一杯。他实在抵不过大家的热情，因为有些人他已经认识三十年了。这些人招他烦，他基本上不喜欢他们，但今天是最后一次见他们了。一想到这里，他心里免不了感到一阵痛。今晚大家要为他举行一个告别宴。所有人都会参加，还会送给他一套银茶具，其实，他根本不想要。告别宴上，还会有人发表讲话，对他在殖民地的工作大肆赞扬一番，对他的离开表示遗憾，并祝他益寿延年，尽享他应得的悠闲生活。他也会适当地做个表态。他已经准备好了讲话稿，其中他会谈到自从当初自己作为一名涉世未深的军校学员在新加坡登陆，直到如今马来联邦发生的变化。他会感谢大家在他荣任蒂姆邦常驻期间给予的忠诚合作，还准备描绘一下整个马来联邦，尤其是蒂姆邦未来的宏伟蓝图。他会提醒大家，他来这里时，这里原本是个只有几家中国店铺的贫穷村庄，但到他离开时，这里已经变成了一个繁华小镇，平整的街道上电车穿梭，石屋错落有致，富裕的华人社区，还有一个仅次于新加坡的气派会所。大家还会一起唱"他是个快乐的好小伙"和"友谊地久天长"。接下来，大家还会跳舞，很多年轻人会喝得烂醉。马来人已经为他举办过欢送会，中国人也为他举办了无休止的宴会。明天大批群众会到车站为他送行，他的任期也将就此结束。他很想知道，他们会怎么评价自己。马来人和中国人会说他很苛刻，但也承认他非常公正。庄园主们从来都不喜欢他，认为他太严厉，不允许他们欺压劳工。他的下属都怕他，因为他逼着他们干活，因为他无法容忍懈怠和低效。他自己从不懈怠，也没有理由容别人懈怠。他们认为他不近人情，但确实也不会由别人左右。就连去俱乐部的时候，他也放不下官架子，听到插科打诨的下流段子，也是不苟言笑。他心里清楚，他每到一处，都让人扫兴。在别人眼里，与他打桥牌（他喜欢每天晚上六点到八点打牌）就是一种特权，而不是娱乐消遣。晚上打牌时，另外一张牌桌上的四个年轻人玩着玩着忘了情，便大呼小叫起来，这时，他会发现大家会朝他这边瞅。有时，一个年长的牌友会悄悄走到吵闹的几个人身边，低声告诉他们安静点儿。乔治·穆恩轻轻地叹了口气。从为官的角度来看，他的职业生涯是成功的，他曾是派驻马来联邦最年轻的常驻，也曾因工作出色而被授予最低等圣迈克尔和圣乔治勋章，但从做人的角度来看，也许就不是这样了。他的能力、勤勉和信誉，为他赢得了尊重，但他太过聪明，以至于片刻都没有想过，自己也有丰富的感情。没有人会为他的离开感到惋惜。几个月后，大家就会把他忘掉。

他严肃地笑了笑。他并不多愁善感。他享受自己的权威，让所有人按照他的要求做事，让他觉得很得意。想到大家都怕他而不是爱戴他，他并没有不悦。他把自己的一生看作是一道高难度的数学题，要解答出来，他必须竭尽全力，但结果没有任何现实意义。这道题的有趣之处在于解题过程错综复杂，而它的美妙之处在于解题结果，但就像唯美的东西一样，无甚大用。他的未来一片迷茫。他虽然已经五十五岁，但精力充沛，头脑一如既往地机敏，阅人经事无数。对他来说，接下来的事就是：在英格兰找个乡村小镇或者到里维埃拉①找一个便宜的地方住下来，与上了年纪的太太们打打牌，跟退役的军官们打打高尔夫球。在休假时，他曾碰到过他的几位老首长，察觉到他们在适应环境变化的过程中遇到的种种困难。他们曾渴望过退休后属于自己的自由，想象过如何更好地享受退休后的闲暇时光。可惜一切都是泡影。已经住惯了宽敞的常驻官邸，习惯了五六个中国仆人前呼后拥的生活，现在却要将就着只有两三个女仆侍候，默默无闻地过日子，这本身就已经让人不痛快了。更有甚者，你已经习惯了那种恰到好处的奉承，知道誉美之辞可以让你心花怒放，攒眉蹙额可以让形形色色的人蒙辱，而如今却发现，在别人眼里你根本无足轻重，是多么令人沮丧。

乔治·穆恩伸手从桌子上的盒子里拿出一支香烟。此时，他注意到自己手背上密密麻麻的小青筋和干瘪的细长手指，厌恶地皱了皱眉。这是一只老人的手。在办公室里，有一面他很久以前买的中国镜子，但已经很久没用了。他站起身，看着镜子里的自己，看到一张消瘦蜡黄的脸，满是皱纹，紧闭的嘴唇，稀疏的白发，灰暗的眼睛。他瘦高个儿，肩膀狭窄，腰板儿一直很直。他一直坚持打马球，甚至现在网球都能打赢大多数年轻人。你跟他说话时，他的目光会锁定在你脸上，全神贯注地倾听，但表情始终没有变化，你根本不知道他对你的话是什么态度。也许他没有意识到他的这种表现是多么令人不安。他的脸上很少露出笑容。

①　里维埃拉（the Riviera），地中海沿岸区域。包括意大利的波嫩泰、勒万特和法国的蓝岸地区。岸边风光吸引众多游客来此度假避寒。

这时，一个勤务兵拿着一张写着名字的纸条走了进来。乔治·穆恩看了一眼纸条，叫他把人带进来。他再一次坐到椅子上，冷眼盯着来人即将进来的那扇门。来人是汤姆·沙法里，乔治·穆恩很纳闷，他来做什么。也许他来是为了当晚的欢送会的事。听到汤姆·沙法里是组织这场欢送会的牵头人，他感到非常高兴，因为去年他们俩的关系有点儿僵。沙法里是庄园主，他的一个泰米尔监工控告他殴打他。泰米尔人一直不把他放在眼里，所以沙法里才把他狠揍了一顿。乔治·穆恩心里明白，沙法里肯定是气坏了才打了他，但他一向反对庄园主动用私刑，所以在审理这个案子时，他判处了沙法里罚金。但案子审完后，为了表明自己没有恶意，他请沙法里吃午饭。可沙法里对他认为不合理的羞辱十分不满，断然拒绝他的好意，从此便不愿意跟常驻来往。乔治·穆恩跟他说话，沙法里也敷衍了事，爱答不理，既不愿再跟他打桥牌，也不愿意跟他打网球。他是这个地区最大的橡胶园的老板。乔治·穆恩自嘲地自问，沙法里是不是已经安排妥了晚宴，是不是已经收了份子钱，因为沙法里认为，凭乔治尊贵的身份，大家应该凑份子。乔治·穆恩还想，既然他的常驻要离开了，在感情上沙法里是不是应该摆个高姿态。一想到晚上汤姆·沙法里要做主题发言，大肆夸赞常驻的高尚品质，对他离任所造成的无法挽回的损失深表遗憾，乔治·穆恩那冷淡的幽默感便被挑逗起来。

汤姆·沙法里被带了进来。常驻从椅子上站起来，微微一笑，跟他握了握手。

"你好！请坐。来支烟吗？"

"你好！"

沙法里在常驻示意的一张椅子上坐了下来，常驻在等着沙法里开口说话。他知道，沙法里有些不自在。沙法里身材高大魁梧，脸色红润，双下巴，黑鬈发，蓝眼睛。身为男子汉，他一表人才，身壮如牛，但他自我感觉太好，所以也就无足挂齿了。他能吃能喝，但很会做生意，干起活来也很卖力。他的庄园管理得有声有色，而且在这个地区口碑很好，是个远近闻名的好人。他出手阔绰，谁有危难，他都乐于伸出援手。常驻突然想起了，沙法里晚宴前来见他，是为了弥合彼此的隔阂。一想到这一点，常驻本该感到激动的心情，突然蒙上了一丝愉悦的轻蔑。他没有敌人，因为没有人值得他去恨，但如果有，他会恨得咬牙切齿。

"今天上午见到我肯定有些惊讶吧。这是你在这儿的最后一天了，我想你应该很忙才对。"

乔治·穆恩没有说话，于是沙法里继续说道。

"我要说的事有些难为情。事实上，我和我妻子今晚无法参加晚宴，但由于去年我们发生了一些不愉快，我觉得，我必须过来告诉你，我们不能参加宴会跟那没有关系。我觉得，你对我很苛刻，我计较的不是罚款，而是有辱尊严，不过，过去的就让它过去吧。既然你要走了，我不想让你觉得，我还在记恨你。"

"在我听说是你在主要张罗为我送行的事时，我就明白你的意思了，"乔治客客气气地说道，"你今晚不能来，我非常遗憾。"

"我也很抱歉，"沙法里犹豫了一下，"因为克诺比·克拉克死了，我和妻子十分难过。"

"确实难过。他是你很要好的朋友吧？"

"他是我在殖民地最好的朋友。"

说着，汤姆·沙法里的眼里泛起了泪花。胖子总是容易动情，乔治·穆恩心想。

"我完全理解，在这种情况下，你根本没有心情参加喧闹的派对，"他体贴地说，"你听说具体是怎么回事了吗？"

"没有，我只在报上看过。"

"他离开这儿的时候看起来还好好的。"

"就我所知，他这辈子都没生过什么病。"

"大概是心脏病。他今年多大？"

"跟我同岁，三十八。"

"那死得太早了。"

克诺比·克拉克是庄园主，他的庄园就在沙法里的旁边。乔治·穆恩很喜欢他。他长相丑陋，头发棕黄，颧骨高突，两鬓凹陷，苍白的大眼睛深嵌眼窝，还长着一张大嘴巴。但他笑起来很迷人，举止也从容大方。他很风趣，也很会讲笑话，不经意间透出的幽默感很讨人喜欢。他人也很聪明，不管是桥牌，还是球类，他都打得很好。乔治·穆恩可能会说他有些平庸。在他的职业生涯中，像克诺比这样的人来来去去，乔治见识得多了。半个月前，他回英格兰探亲去了，常驻知道沙法里一家在他走的头一天晚上为他举办了盛大的晚宴。他已经结婚，妻子当然也跟他去了。

"我真为他妻子难过，这对她肯定是巨大的打击，"乔治·穆恩说，"他是海葬的吧？"

"是的。报纸上是这么说的。"

消息是前天晚上传到蒂姆邦的。新加坡的报纸一般六点送达，当时正值人们陆续前往俱乐部，很多人在等着打桥牌或打台球。其间，人们不经意地浏览报纸上的新闻，突然有人惊叫起来：

"我说，你们看到了吗？克诺比死了。"

"哪个克诺比？不是克诺比·克拉克吧？"

在报纸的一个普通新闻专栏，有一段只有三行字的新闻：

施塔尔先生、莫斯利先生以及船运公司收到一封电报，称蒂姆邦的哈罗德·克拉克先生在回乡途中突然亡故，并已海葬。

一名男子走上前，从说话人手中拿走报纸，带着怀疑的神情自己亲自看了一遍新闻。另一个也从他背后凑过去瞅。大家貌似在漫不经心地看报纸，正好翻到那一页，突然看到那三行无关紧要的文字似的。

"天哪！"一个人嚷道。

"哎呀！太不幸了！"另一个说。

"他走的时候，身体还很棒呢！"

这些本来精神饱满、心情愉快、无忧无虑的人，心头突然掠过一丝沮丧的寒意，刹那间，大家意识到自己总有一天也是要死的。又有一些人走进俱乐部，原本是准备六点钟喝喝酒、会会朋友的，此时走进来，刚好也都得知了这个不幸的消息。

"喂，听说了吗？可怜的克诺比·克拉克死了。"

"没有啊！哎呀，太糟糕了！"

"真倒霉，对不对？"

"确实是。"

"真是个好人。"

"大好人。"

"我在报纸上偶然看到这个消息后，吓了一跳。"

"我不觉得奇怪。"

一人手拿报纸走进台球室，把这个消息告诉了大家。当时，大家正在打威尔士亲王杯的季后赛。这个比赛是亲王本人到访蒂姆邦时带到俱乐部的。汤姆·沙法里正在和一个名叫道格拉斯的人对局，而输掉上一轮比赛的常驻正跟其他十来个人坐在一旁观看比赛。记分员死气沉沉地报着比分。刚进来的人等着沙法里打完这一杆，才把这个消息告诉他。

"我说，汤姆，克诺比死了。"

"克诺比？这不可能。"

对方把报纸递给他，三四个人围拢过来，跟他一起看了起来。

"我的天啊！"

刹那间，一帮人惊讶得说不出话来。报纸从一个人手里传到另一个人手里。很奇怪，大家似乎都不愿意相信这个事实，直到自己看到白纸黑字的新闻报道。

"哦，我很抱歉。"

"我说，这对他妻子来说太可怕了，"汤姆·沙法里说，"她就要临产了，我可怜的老婆也会很难过。"

"哎呀，他离开这里才两周呢。"

"当时他还好好的呢！"

"活蹦乱跳的。"

沙法里胖胖的红脸拉了下来，他走到一张桌子前，抓起酒杯，喝了一大口。

"听我说，汤姆，想叫停比赛吗？"他的对手说。

"已经没法再打了！"沙法里看了一下记分牌，发现自己正领先，"不，打完这局。等会儿回家，再把消息告诉维奥莱特吧。"

道格拉斯又打进了球，得了十四分。一个把母球打落袋的好机会汤姆·沙法里虽然没能抓住，但也没给对手留下机会。道格拉斯再次执杆，但没能得分，可是沙法里又一次打偏了平时必进的球。他皱了皱眉。他知道自己的朋友们在自己身上下了很大的注，他可不想让他们失望。道格拉斯又得了二十二分。沙法里将杯子里的酒喝光，用一种对同情他的看客来说十分明显的意志力，定下心来，专注比赛。他一杆打了十八分，虽然他一击长杆母球并没能击球落袋，在场的人还是热烈鼓起掌来。现在他重新找回了自信，开始快速得分。道格拉斯也打得很好，比赛也越来越激烈起来。在沙法里分神的几分钟里，对手的比分追上了他，比赛现在到了输赢难料的程度。

"道格拉斯二百三十五分，沙法里二百二十八分，"马来人用磕磕巴巴的英文宣布，"道格拉斯击球。"

道格拉斯得了八分，接着沙法里打到二百四十分。沙法里留给对手一个两次击球的机会，但道格拉斯都没有碰到球，所以又送了沙法里一分。

"道格拉斯二百四十三分，"记分员喊道，"沙法里二百四十一分，沙法里击球。"

沙法里打出了三记漂亮的入网球，结束了比赛。

"太棒了！"观众喊道。

"恭喜你，老伙计！"道格拉斯说。

"小伙子，问问先生们想喝什么，"沙法里叫道，"可怜的老克诺比。"

他长长叹了口气。酒水拿来了，沙法里签了单，然后说他可以控制好自己的情绪。另外两个人已经开始新的一局比赛了。

"他赢得很公平。"沙法里随手关上门后，有人说道。

"是的，需要毅力。"

"有一会儿我以为他会输得一塌糊涂呢。"

"他泰然自若，他知道很多人在他身上下了注，他不想让支持他的人失望。"

"当然，这样的消息对他绝对是个打击。"

"他们是特别要好的朋友。不知道克诺比是怎么死的。"

"打得不错，先生。"

乔治·穆恩回想起这一幕，想到汤姆·沙法里在听到朋友的死讯后还能表现得这么镇定，现在却表现得这么脆弱，觉得很奇怪。可能就像一个人在战争中经受多次打击后毫无知觉，过后才意识到一样，直到沙法里有时间去思考这件事，才发现哈罗德·克拉克的死对他的打击有多大。但在乔治看来，更有可能的是，沙法里自己可以一如既往地做事，在朋友的陪伴之下找到失去挚友后的慰藉，但他妻子则恪守习惯上的礼节，认为这样去参加欢送晚宴有失妥当，因为他们正经受悲痛，理应避开小型的喜庆聚会才对。维奥莱特·沙法里是个善良的小女人，比她丈夫小三四岁。她长得并不漂亮，但很受看，而且穿着总是很得体。她为人总是和蔼可亲、端庄娴淑，从不矫揉造作。在与沙法里家还很友好的日子里，常驻还时常跟他们一起吃饭。他发现她虽然和蔼可亲，但缺乏风趣。除了老生常谈，俩人从来没说过话。近来他都很少看到她了。偶尔一见，她也只是冲他友好地微微一笑，有时他会回敬她一两句客套话。不过，只能凭借强记，他才能把她跟辖区里跟他有过工作接触的五六个女人区分开来。

沙法里大概说完了他来这里要说的话，常驻纳闷他为什么还不起身离开。奇怪的是，沙法里瘫坐在椅子上，让你觉得他的骨架已经无法支撑他的身体，他身上大块大块的肉好像直往下坠。沙法里茫然望着把他与常驻隔开的桌子，长长叹了口气。

"沙法里，别太难过了！"乔治·穆恩说，"你知道在东方生活有多么不稳定。我们不得不接受失去至亲至爱的现实。"

沙法里的目光慢慢离开桌面，开始一动不动盯着乔治·穆恩看，于是两人的眼睛一眨不眨地对视起来。乔治·穆恩喜欢跟别人对视。他也许觉得，这样捕获别人的目光，就能牢牢地掌控他们。此时此刻，沙法里蓝色的眼睛里浸满了泪水，然后慢慢顺着面颊流了下来。他脸上有一种奇怪的疑惑表情。是什么东西把他吓坏了。是死亡吗？不。是比死更可怕的东西。他看上去很害怕。他卑躬屈膝的样子让你想起了刚挨了一顿乱棍的狗。

"不是这事，我本来是可以忍的。"沙法里支支吾吾地说。

乔治·穆恩没有说话。他面无表情地平视着眼前这个高大壮硕的男人，耐心地等他说下去。一想到自己居然这么冷淡，他心里便冒出一丝惬意。沙法里不耐烦地瞥了一眼桌上的文件。

　　"恐怕我占用你的时间太多了。"

　　"哪里，反正我现在也没什么事。"

　　沙法里看着窗外。他的肩膀微微一颤，似乎有些犹豫。

　　"不知道能不能征求一下你的意见。"他终于说道。

　　"当然能啊！"常驻嘴角掠过一丝微笑，说道，"这也是我的职责嘛。"

　　"纯粹是私事。"

　　"你尽管相信，我不会背叛你对我的信任。"

　　"那还用说，我知道你不会，可这事很难说出口，日后再见到你时，我肯定会感到不自在。不过，反正你明天就要走了，说出来也无妨，对不对？"

　　"没错。"

　　沙法里开始闷声闷气地说了起来，那样子就好像他感到很羞耻，说起话来就像不善言辞的人一样语无伦次。他颠来倒去，同样的话要反复说几遍，完全没了章法。刚开始说话时，他本想说一个复杂的长句，可中途因为不知道该如何说完，又突然停了下来。乔治·穆恩面无表情地抽着烟，默默地听着。他只是把目光从沙法里的脸上移开，从面前的烟盒又抽出一支烟，用快要吸完的烟头点了起来。沙法里的倾诉仿佛成了背景音乐，他倾听着，仿佛看到了庄园主单调的生活，就像一曲轻柔的弦乐伴奏，在一段意想不到的旋律中，故意拨弄出几个不和谐的音符，把旋律衬托得更加感人似的。

　　由于橡胶价格低廉，所以要千方百计地节约，汤姆·沙法里的庄园规模很大，要是放在经济景气时，这种事他会有助手帮他，但现在，他不得不亲自动手。天不亮，他就起床，到苦力们集合的地方。天光刚蒙蒙亮，他便开始对着名单点名，凡是答到的，他就打个钩，然后再给各小组分派工作。有的组割胶，有的组除草，有的组挖沟。然后，沙法里回去好好吃顿早饭，点上烟斗，再动身去查看苦力们的住处。孩子们在嬉戏玩耍，婴儿们到处乱爬。路边上，泰米尔女人们在煮饭，黝黑的皮肤油光发亮。这些女人个个头戴金饰，披着死气沉沉的红色棉纱。其中不乏漂亮的尤物，身姿挺拔，五官清秀，双手小巧玲珑，但沙法里只是厌恶地看着她们。然后，他又出发去巡工，在长势良好的庄园里，一排排的橡胶树给人以德国童话里原始森林才有的那种诱惑力。地面铺满了厚厚的落叶。陪同他的是个泰米尔工头，此人把黑色长发梳成发髻，光着脚，穿着纱笼和短上衣，手指上戴着一枚耀眼的戒指。在橡胶园里，沙法里走得很艰难，碰到沟渠，他就得跃过去，所以很快便弄得他汗流浃背。他再查看苦力割胶的方式对不对。如果碰到苦力在割胶，他会看一看割胶的开口，如果发现割得太深，他就会责骂苦力，而且还扣他半天的工钱。如果哪棵树不能再取胶了，他会告诉工头，把取胶桶和树上系桶的铁丝拿走。除草工都是结队干活。

中午，沙法里回到屋子，喝杯啤酒，因为没有冰块，啤酒也是热乎乎的。他脱下卡其布短裤、法兰绒衬衫、沉重的靴袜，然后刮个脸，洗个澡，换上纱笼和短上衣吃午饭。午饭后，他会躺下来休息半小时，然后到办公室，一直工作到五点钟，喝杯茶之后，便去俱乐部。八点钟左右，他回家吃晚饭，半小时后便上床睡觉。

但是，昨晚沙法里一打完比赛就回了家。那天维奥莱特也没有陪他来俱乐部。克拉克一家在的时候，他们每天下午都在俱乐部碰头，但现在克拉克家回国了，维奥莱特也就很少来俱乐部了。她说俱乐部里没有一个人让她觉得开心，每个人说的每句话，她都听腻了。她不打桥牌，沙法里打桥牌时，她在旁边候着，觉得很无聊。维奥莱特告诉汤姆不用在意把她一个人丢在家里，家里有很多事要做。

看到他这么早就回来，维奥莱特就猜到他是来告诉她他比赛打赢了。在赢得这种小打小闹的胜利之后，沙法里每次都像个孩子，表现得很得意。他为人善良、纯朴，维奥莱特心里清楚，每一次的胜利不仅给他自己带来喜悦，他认为也会给她带来快乐。他匆忙赶回家，就是为了马上把这事告诉她，对他来说，肯定是美事一件。

"呃，比赛怎么样？"他拖着沉重的步子一走进起居室，维奥莱特就问道。

"我赢了。"

"轻松拿下？"

"呃，本来是可以轻松拿下的。我本来是领先一点的，可是我卡壳了，怎么也打不进去，你知道，道格拉斯这个人从不显山露水，但很沉着，所以他的比分追上了我。后来，我心想，哎呀！如果我不打起精神来，我就完蛋了。不过，不管什么事，我的运气都还不错。长话短说吧，我最后赢了他七分。"

"很棒啊！你应该能捧个奖杯了，对不对？"

"哦，还有三场比赛。如果能进入这些小决赛，我应该有机会。"

维奥莱特笑了。她很想告诉沙法里的是，她会像他希望的那样对比赛感兴趣。

"比赛的时候，你怎么卡壳了呢？"

他的脸沉了下去。

"就因为这，我才匆忙回来的。我本想放弃比赛，只是我认为放弃比赛对那些支持我的人不公平。维奥莱特，我不知道该怎么跟你说。"

她疑惑地看着他。

"哎呀，怎么回事？不是坏消息吧？"

"坏透了。克诺比死了。"

整整一分钟，维奥莱特盯着他。她的脸，那张友善、小巧的脸，变得面如枯槁，充满了惊恐。起初，她好像根本接受不了似的。

"你什么意思？"她哭戚戚地问道。

"报纸上报道了。他死在船上。他们把他海葬了。"

突然，维奥莱特撕心裂肺地哭嚎了一声，一头栽倒在地板上，晕死过去。

"维奥莱特！"沙法里大喊，赶紧跪在地上，把她的头抱在怀里，"来人！来人！"

一个男仆被主人惊恐的叫声吓了一跳，赶忙冲了进来，沙法里叫他拿白兰地来。他往维奥莱特嘴里强灌了一点。维奥莱特睁开双眼，但一想到克诺比的死，她的眼神又痛苦地黯淡下去。就在她要放声大哭的时候，她的脸就像小孩子一样，扭曲变形了。沙法里把她抱起来，放在沙发上。她扭过头去。

"哦，汤姆，那不是真的，不可能是真的。"

"恐怕这是真的。"

"不！不！不！"

维奥莱特放声大哭起来，哭得浑身抽搐。看她哭成这个样子，沙法里不知道该如何是好。沙法里跪在她身边，试图抚慰她。他试图把她抱在怀里，但维奥莱特突然把他推到一边。

"不要碰我！"她扯着嗓子喊道。

沙法里吓了一跳，于是站起身来。

"亲爱的，别太难过，"沙法里说，"我知道这是沉重的打击。他是我们最好的朋友。"

维奥莱特把脸埋在靠垫里，绝望地哭泣着。看到她身体因情不自禁的抽泣而抽搐，沙法里饱受折磨。他把手轻轻地放在维奥莱特的肩上。

"亲爱的，别这样。对你身体不好。"

维奥莱特把他的手甩开。

"看在上帝的分上，让我一个人静一静，"她哭喊道，"哦，哈尔，哈尔。"他从来没听她这么叫过克诺比。当然，他的名字是哈罗德，但大家都叫他克诺比。"我该怎么办啊？"她恸哭着，"我受不了，我受不了。"

沙法里开始有些不耐烦了。在他看来，这么痛不欲生似乎有些过了头。维奥莱特一般不会那么动情。沙法里认为这是因为该死的风土，让女人这么焦躁，这么敏感。维奥莱特已经四年没有回国探亲了。此刻，她不再埋着脸。她躺在沙发上，那样子近乎要掉下来，嘴如丧考妣地张着，泪如泉涌。她已经悲痛欲绝了。

"再喝点儿白兰地，"沙法里说，"亲爱的，克制一点儿。你这个样子对克诺比的死根本无济于事。"

维奥莱特突然从沙发上跳起来，把他推到一边，一脸憎恨地看着他。

"走开，汤姆。我不需要你同情，让我一个人待着。"

维奥莱特快步走到一把扶手椅前，一屁股坐了下来。她头往后一仰，那张可怜而又苍白的脸痛苦得都扭曲了。

"哦，这不公平，"维奥莱特呻吟道，"我现在是怎么了，哦，天哪！真希望我死了。"

"维奥莱特！"

沙法里痛苦得声音都颤抖了，就差放声大哭了。

维奥莱特不耐烦地跺着脚。

"走开，我说走开！"

沙法里吓了一跳，两眼盯着她，倒抽了一口凉气，让他这大块头感到不寒而栗。他朝她迈了一步，然后停了下来，但目光从未离开过维奥莱特那苍白而痛苦的脸。沙法里目不转睛地看着，仿佛从中看到了什么使他胆战心惊的东西。然后他低下头，一言不发地走出了房间。他走进后面一间不常用的起居室，一屁股坐在椅子上，陷入了沉思。没多久，鸣锣传饭了。他还没有洗澡。他瞥了一眼自己的手，也懒得去洗了。他慢慢地走进餐厅，叫仆人去告诉维奥莱特晚饭准备好了。仆人回来说，她不想吃。

"那好吧！我就先吃了！"沙法里说。

他盛了一碗汤拿了一片吐司，用盘子送给维奥莱特。鱼烹好后，他在盘子里给放了一些，递给仆人。但仆人马上又端了回来。

"老爷，她说她不要。"仆人说。

沙法里独自一人吃着晚餐。他已经养成了习惯，吃饭总是吃那几样东西，这已经是雷打不动的了。他喝了一瓶啤酒。吃完后，仆人端来一杯咖啡。他点了一支烟，静静地坐着，直到把烟抽完。他百思不得其解。最后，他站起身来，走回他们经常坐的大阳台上。维奥莱特还蜷缩在那张椅子上，双眼紧闭，但在听到沙法里进来时，她睁开了眼睛。沙法里拿了一把轻便的椅子，在她面前坐了下来。

"维奥莱特，克诺比究竟是你什么人？"沙法里问。

维奥莱特微微一惊，把目光移开，但没有说话。

"我搞不懂，听到他去世的消息，你为什么这么难过？"

"打击太大了。"

"当然。可是，好像很奇怪，有谁会为朋友的死这样痛不欲生呢？"

"我不明白你的意思。"维奥莱特说。

她几乎无言以对，沙法里看到她的嘴唇在颤抖。

"我从没听过你叫他哈尔。就连他老婆都叫他克诺比。"

维奥莱特沉默不语。在悲痛的打击下，她的双眼茫然地盯着远方。

"维奥莱特，看着我！"

维奥莱特微微转过头，漠然地盯着沙法里。

"他是你的情夫？"

她闭上眼睛，泪水夺眶而出，嘴角扭曲。

"你真的没有什么要说的吗？"

维奥莱特摇了摇头。

"维奥莱特，你必须回答我！"

"我现在不想跟你说话，"维奥莱特嘟囔道，"你怎么这么没心没肺呢？"

"此刻恐怕我不会有什么同情心。我们现在必须把话说清楚！你要喝杯水吗？"

"我什么都不想要。"

"那就回答我的问题。"

"你没有权利问我。你这是在羞辱我。"

"你是要我相信像你这样的女人，听到一个认识的人死了，先是会昏过去，等再醒来后会号啕大哭？哎呀！即便是一个人的独生子死了，也不至于这么难过吧。当然，在我们得知你母亲去世的消息时，你抱头恸哭了。这事放在谁身上，都会这样。我知道你非常悲恸，但你来找我寻求安慰，还说，要是没有我，你不知道该怎么办。"

"克诺比死得太突然了。"

"你母亲死得也很突然。"

"当然，我很喜欢克诺比。"

"有多喜欢？喜欢到你听说他死了，你不知道，不在乎你在说什么吗？你为什么说这不公平？你为什么说'我现在该怎么办？'？"

维奥莱特长长叹了口气，左右摇晃着脑袋，就像绵羊试图摆脱屠夫的双手。

"维奥莱特，你不要把我当大傻瓜。我告诉你，如果你们没有什么事，听到克诺比去世的消息后，你不可能这么撕心裂肺。"

"既然你这么想，为什么还要来逼问我？"

"得了吧！别遮遮掩掩了。我们不能再这样下去了，你考虑过我的感受吗？"

听他这么说，维奥莱特看了他一眼。她过分沉溺于自己的痛苦，根本没有考虑过沙法里的感受。

"我好累！"她叹了口气，说道。

沙法里往前探了一下身子，一把抓住她的手腕。

"说！"沙法里吼道。

"你弄疼我了。"

"那我呢？你这样，我的心就不疼吗？你怎能忍心让我承受这样的痛苦呢？"

沙法里一下子甩掉维奥莱特的胳膊，腾地站起身来，走到房间的尽头，又折了回来。这一举动似乎突然让他火冒三丈。他抓起她的肩膀，把她拽起来，使劲摇晃着。

"你不说实话，我就宰了你！"他吼道。

"我巴不得你把我杀了！"维奥莱特说。

"他是你的情夫？"

"是。"

"你这个贱人。"

说完，沙法里一只手仍然抓住维奥莱特的肩膀，让她无法动弹，另一只胳膊向后抡起，使出浑身气力，在维奥莱特脸上狠狠地抽了几巴掌，抽得维奥莱特全身发抖，但她没有退缩，也没有叫喊。沙法里一次又一次地扇她。突然，沙法里感到维奥莱特呆滞了，他松开了手，维奥莱特瘫倒在地上，不省人事。这下可把沙法里吓坏了。他俯下身，抚摸着维奥莱特，唤她的名字。她一动不动。他把她抱起来，放回到之前刚把她拉起来的沙发上。维奥莱特第一次晕倒时拿来的那杯白兰地还在房间里，沙法里一把抓起来，强往维奥莱特的嘴里灌。白兰地一下子把她呛醒了，溅到她的下巴和脖子上。本来苍白的脸庞的一侧，因刚才几记重重的耳光，变得发青。她轻轻叹了口气，睁开了眼睛。沙法里又把酒杯凑到她嘴上，扶着她的头，她抿了一小口。沙法里用懊悔而又焦急的眼神看着维奥莱特。

"对不起，维奥莱特。我不是故意的，我很惭愧。我从没想过，我会下作到打一个女人。"

虽然维奥莱特感到四肢无力，脸也生痛，但嘴唇上还是掠过一丝微笑。可怜的汤姆。沙法里确实说过这样的话，这是他的真心话。如果你问他为什么男人不应该打女人，他会多么气愤。但是，看到维奥莱特苍白的笑，沙法里觉得，她真有那股子不认输的勇气。他心想，天哪，她真是有胆识的小女人。说"胆大包天"都不为过。

"给我一支烟！"维奥莱特说。

沙法里从烟盒里取出一支烟，放在她嘴里。他拿打火机试着打了两三次，都没能打着火。

"还是去拿火柴吧！"她说。

那一刻，维奥莱特已经忘记了令自己心碎的悲痛，眼前的一幕让她觉得有些好笑。沙法里从桌子上拿起火柴盒，划着火柴，给她点上烟。维奥莱特深深地吸了一口，觉得舒缓多了。

"维奥莱特，我说不出心里有多惭愧，"沙法里说，"我恨自己，我不知道自己怎么了。"

"哦，好啦！这很正常。你为什么不喝一杯？喝点酒，你会感觉好一些。"

沙法里一言不发，肩膀缩成一团，仿佛压在他身上的是实实在在的重担，他喝了一杯白兰地加苏打水，然后，仍然一言不发地坐了下来。维奥莱特看着蓝色的烟雾袅袅升腾。

"你打算怎么办？"她终于开口说道。

沙法里神情疲惫地做了个绝望的手势。

"我们明天再谈吧。今晚你心情不好，抽完烟，就去睡吧。"

"既然你已经知道这么多了，我就都告诉你吧。"

"维奥莱特，现在别说了。"

"现在就说。"

维奥莱特开始说了起来，虽然沙法里在听，可基本上没有听懂她的意思。他感觉好像一个人在精心打造的自己房子，而且想在这个房子里过一辈子，可不明白为什么，他看到一群强盗冲进来，手里拿着锄头和锤子，开始一间一间地砸，直到把整个漂亮的房子砸成一堆瓦砾。可怕的是，这事居然是克诺比·克拉克干的。他们一同坐船来到马来联邦，最初还在同一个庄园工作。他们管年轻的庄园主叫爬山虎，走在新加坡的大街上，从那顶双层毡帽和手腕处翻出来的卡其布外套，你一眼就能认出他来。两个乳臭未干的年轻人在街头闲逛，东瞅瞅，西看看，结果被狡猾的中国人骗着买下了从伯明翰进口来的破烂玩具卡车，当作东方古玩寄回了家。两人坐在廉价旅馆的酒廊里，不停地喝酒，有时候晚上看完电影，就坐上人力车，到华人区去过一个晚上。汤姆和克诺比形影不离。汤姆人高马大，为人朴实，又能吃苦耐劳；克诺比则相貌平平，但不知为什么却招人喜欢，他有一双深陷的眼睛、凹陷的脸颊和一张诙谐的大嘴巴。俩人在一起，开玩笑的总是克诺比，开心笑的总是汤姆。汤姆先结的婚。他是在休假时遇到维奥莱特的。维奥莱特的父亲是一名医生，在战争中阵亡了，她在父亲的一个同乡家里当家庭教师。汤姆之所以爱上了她，是因为她在这个世界上孤苦伶仃，一想到摆在她面前单调的生活，汤姆那颗慈悲心肠被打动了。但是，因为汤姆结婚了，没有他，克诺比感觉怅然若失，于是便娶了一个与家人一起来东方过冬的女子。伊妮德·克拉克金发碧眼，当时看上去非常漂亮。虽然她那曾经清纯细嫩的皮肤已经黯然失色，但她那张圆乎乎的脸到现在仍然很漂亮。但她那弱小到可以忽略不计的下巴，从侧面看上去，会让你想起绵羊。她长着一双蓝瓷色的眼睛和一头漂亮的淡黄色头发，直的，因为天气炎热，头发不可能一直保持波浪状。虽然只有二十六岁，但她已显露疲态。结婚一年后，她生了孩子，但只活到两岁就夭折了。正是在孩子夭折后，汤姆·沙法里设法帮克诺比谋了他隔壁庄园经理的职位。俩人高高兴兴地恢复了过去的亲密交往，俩人的妻子以前还不熟悉，没多久也成了朋友。两家人穿同样的衣服，举办派对时还互相借用对方的餐具，请对方的仆人来帮忙。四个人天天见面，到哪儿都在一起。汤姆·沙法里认为两家的关系太融洽了。

奇怪的是，两家的这种关系一直维持三年后，维奥莱特与克诺比·克拉克才爱上对方。俩人都没有察觉到爱情在向他们走来，谁也没有想过，在愉快的相伴中，除两人因生活际遇而促成的友谊之外，还有什么别的。在一起的时光并没有带给俩人特别的幸福感，只不过是一种恬静的舒心。若是偶尔一天没有会面，俩人便会觉得莫名的无聊。这一切似乎都很自然。两家人一起玩乐，一起跳舞，互相打趣。一次看似偶然的意外泄露出一丝端倪。那一次，两家人都去俱乐部跳舞，过后开沙法里的车回家。中途因为路过克诺比的庄园，沙法里便准备把他们送回去。维奥莱特和克诺比坐在后排。克诺比喝了很多，但没喝醉；俩人的手无意中触碰到了对方，他便握住了她的手。一路上他们都没有说话，因为太累了。但突然间，香槟的酒劲失效了，他完全清醒过来。仅仅是一瞬间，俩人知道自己已经坠入爱河，无法自拔，同时还意识到，俩人之前从未真正爱过。到达克拉克家后，汤姆说：

"维奥莱特，坐到前边来吧。"

"我累得动不了！"她说。

她的双腿似乎羸弱不堪，她觉得自己再也站不起来了。

第二天见了面，俩人都没提昨天的事，但彼此心照不宣。俩人的言行举止一如往常，就这样一连持续了好几周，但俩人心里都清楚，一切都变了。后来，俩人再也克制不住肉体上的欲望，成了情人。但肉欲似乎是俩人关系中最无足轻重的，生活环境确实很少允许俩人做出任何亲昵的举动。只要每天能看到对方，即便有他人在场，俩人也就心满意足了。能看一眼对方，或是碰一下手，就能让俩人笃定彼此间的爱，对俩人来说，这才是最重要的。性爱只不过是对俩人心灵结合的一种肯定。

俩人极少谈及汤姆或伊妮德。即便有时一起嘲笑对方伴侣的缺点，也并没有恶意。俩人仔细思考便会发现，那两个与他们朝夕相处的人，对他们其实已经无足轻重了，这也许会让俩人感到奇怪。他们与各自伴侣的关系已经沦为像剃须、穿衣、一日三餐一样没人注意的日常琐碎。俩人都用一种别样的温柔去对待各自的伴侣。俩人甚至像对待卧病在床的病人一样，煞费苦心地讨好汤姆和伊妮德，因为他们自己享有了洪福，出于恻隐之心，必须尽其所能帮助另外两个倒霉蛋。俩人没有什么顾虑。他们把心完全托付给了对方，连片刻的悔意都没有。如今，美好的爱情点燃了俩人长期平静而又单调的生活。

可是后来发生了一件事，让俩人惊慌失措。汤姆工作的公司开始就大规模收购英属北婆罗洲的橡胶园进行谈判，请汤姆前去管理。这份工作比他现在的工作好得多，薪水也高，因为会给他安排几个助手，所以工作也不比现在辛苦，沙法里便高高兴兴地接受了。克拉克和沙法里原本都准备休假，所以两对夫妻便安排一起回国探亲，行程也已经订好。但这个突如其来的变故打乱了一切。汤姆至少一年内不能离开。等到克拉克夫妇回来时，沙法里一家应该已经在婆罗洲安顿下来了。没过多久，维奥莱特和克诺比便商定，现在只有一件事可做了。虽然两人的恋情受到了阻隔，但他们相信见面的机会还会经常有，所以两人还是想维持恋情。他们认为，他们有的是时间，未来也会无比幸福。但一想到要分开，哪怕只是一瞬间的念头，两人谁也受不了，于是，两人便决定私奔。他们突然觉得，要是两人不能在一起，不能时时刻刻在一起，每一天都是白过的。就这样，两人的爱发生了变化，演变成一团吞噬一切的激情之火，这种激情只能为自己独占，不能与他人分享。他们根本不在乎会给汤姆和伊妮德带来多大的痛苦。这是不幸的，也是在所难免的。于是，两人开始精心筹划。克诺比假装要去新加坡出差，维奥莱特则告诉汤姆，她要和朋友们在一个庄园里住一个星期，随后两人在新加坡会合。接着，两人准备去爪哇岛，然后再坐船到悉尼。到了悉尼，克诺比再去找份工作。当维奥莱特告诉汤姆，麦肯兹邀请她过去住几天时，汤姆很高兴。

"太棒了。亲爱的，你需要换换环境，"他说，"我觉得你最近有点憔悴。"

他柔情蜜意地摸着她的脸，这让她心头一阵刺痛。

"汤姆，你一直对我特别好。"说着，她的眼睛里噙满了泪水。

"哎呀！这是我最起码该做的。你是世界上最好的小女人嘛。"

"八年来，你跟我过得开心吗？"

"那还用说？"

"事实就是如此，对吧？没人能抢走属于你的快乐。"

她心想，汤姆是那种很快就会找到自我安慰的人。他喜欢女人，是因为她们是女人，相信在重获自由后用不了多久，他就能找到自己想娶的人。跟新婚妻子在一起，会像跟她在一起一样快乐。也许他会娶伊妮德。一想到伊妮德是那种凡事都依赖男人的小女人，根本就不可能产生真挚的感情，她多少有些恼火。她的虚荣心会受到伤害，但她的心不会碎。不过，事到如今，已经都安排就绪，私奔的日子也定了，她却不安起来，懊悔起来。她不希望另外两个人遭受如此可怕的痛苦。

"汤姆，在这儿我们生活得很愉快，"她支吾道，"我在想，就这样走了，是不是明智。我们放弃稳定的生活，可未来会怎样，我们根本不知道。"

"亲爱的宝贝，这可是千载难逢的好机会，钱也能赚得更多。"

"金钱不是万能的，快乐才最重要。"

"这我懂，我们同样可以在北婆罗洲过上快乐的日子。再说，我们别无选择。我做不了主。董事会希望我去，我就得去，事情就是这样。"

她叹了口气。她也别无选择。她耸了耸肩。给别人带来痛苦是可恨的，但有时你就是情非得已。对她来说，汤姆只不过是航行中遇到的谦谦路人，可现在，居然让她为他牺牲一生的幸福，这太荒唐了。

克拉克夫妇准备两周后乘船回英格兰，而这也是他们私奔的日期。日子一天天过去了，维奥莱特心里既焦躁又兴奋。她满怀几乎痛苦的喜悦，期待着他们一上船就能过上的那种平静生活，相信这种生活一定会给她带来十全十美的幸福快乐。

维奥莱特开始打包行李。她要去的朋友家里招待得很周到，这给了她多拿行李的借口。第二天她就准备动身。早上十一点，汤姆正在庄园里巡视。一个仆人来到她房间，说克拉克夫人来了，同时她也听到伊妮德在唤她。她迅速盖上行李箱，走到阳台上。让她吃惊的是，伊妮德走上前来，用手搂住她的脖子，热情地吻她。维奥莱特看着伊妮德，她以往苍白的脸庞此刻涨得通红，双眼泪汪汪的。伊妮德突然放声哭了起来。

"亲爱的，到底怎么回事？"维奥莱特嚷道。

有那么一刻，她真担心伊妮德什么都知道了。但伊妮德涨红的脸上写满了喜悦，根本没有嫉妒或愤怒的神色。

"我刚去了哈罗医生那儿，"她说，"我本来不想说的。我有过两三次误诊，但他说这次肯定没错。"

维奥莱特的心顿时凉了半截。

"什么意思？你不会……"

她看着伊妮德，伊妮德点了点头。

"没错，他说这次肯定没问题。他认为我已经怀孕至少三个月了。哦，亲爱的，我简直开心死了。"

她又一头扑到维奥莱特的怀里，紧紧搂着她，哭泣起来。

"哦，亲爱的，别这样。"

维奥莱特觉得自己的脸白得就像死了一样。她知道，如果不努力克制自己，她肯定会晕过去的。

"克诺比知道吗？"

"他不知道，我什么都没跟他说。前几次他都很失望。孩子没了，他悲痛欲绝。他特别想让我再怀一个。"

维奥莱特无奈地说出对方希望自己此时该说的话，但伊妮德根本没听。她想告诉维奥莱特事情的经过，告诉维奥莱特她的希望和担心，告诉维奥莱特她身体的反应，还有医生的诊断。伊妮德不停地说个没完。

"你准备什么时候告诉克诺比？"维奥莱特最后问道，"他一进家门就告诉他？"

"哦，不，他巡工回来肯定又累又饿。我要等到晚饭后再跟他说。"

维奥莱特强压住怒气。伊妮德准备闹这么大的动静，她真会挑时候。不过，这也在情理之中。好在这倒给了她先见到克诺比的机会。

摆脱了伊妮德的纠缠之后，维奥莱特马上给克诺比打电话。她知道，他每次回家都会顺路去办公室看看，于是她便留了话，让他打电话给她。她唯一担心的是，他会在汤姆回来后才回电，但她不得不冒这个险了。电话铃响了，打电话来的并不是汤姆。

"哈尔？"

"是我。"

"你三点钟会在小屋那儿吗？"

"会的。出什么事了？"

"见面后，我再告诉你。别担心。"

维奥莱特挂断电话。克诺比的庄园里有一处小屋，她可以轻而易举地到那里去，所以俩人时不时在那里幽会。干活时苦力们会经过小屋，所以这里根本没有隐私可言，但对俩人来说，这里是个便利的地方，说上几分钟话，也不用担心别人去嚼舌头。三点钟，正是伊妮德休息的时候，而这个时间汤姆还在办公室里忙活。

维奥莱特走过去时，克诺比已经在那里等着了。看到她的样子，他倒吸了一口冷气。

"维奥莱特，你脸色怎么这么苍白？"

她向他伸出手。俩人根本不知道什么人的眼睛正盯着他们，在小屋里，俩人的举止是什么人都能看到的。

"伊妮德今天上午来找过我。她准备今晚告诉你。我原以为你应该心里有数。她怀上孩子了。"

"维奥莱特！"

他惊愕地看着她。她哭了起来。俩人从没谈起过他跟妻子的关系，也没谈起过她跟丈夫的关系。他们故意回避这样的话题，是因为这样的问题让双方都很痛苦。她自己的生活是什么样，维奥莱特心知肚明。她满足丈夫的欲望，但是以女人特有的冷漠满足他的，因为满足丈夫的欲望并没有让她快乐，所以也就不在乎了。但不知怎的，她说服自己，对哈尔来说，情况不一样。他本能地察觉到，得知伊妮德怀孕的消息给她造成的伤害有多大，所以尽量在为自己辩解。

"亲爱的，我也是情非得已。"

她默默地哭着，克诺比难过地看着她。

"我知道情况很糟糕，可我能怎么办呢？"他说，"我好像没有理由去……"

她打断了他的话。

"我不怪你。这种事在所难免。要怪就怪我太蠢了，居然会为这种事而心痛。"

"亲爱的！"

"两年前我们就应该一起离开。我们居然还以为可以继续这样下去，真是疯了。"

"你确定伊妮德说的是真的吗？三四年前她就以为自己怀上了。"

"哦，没错，是真的。她高兴坏了。她说你特别想要孩子。"

"这来得太突然了，我居然没有想到。"

她看着他。见他正用疲惫的双眼盯着撒满树叶的地面，她笑了笑。

"可怜的哈尔，已经没有挽回的余地了，"她长叹了一口气，"我们到此为止吧。"

"什么意思？"他大声说道。

"哦，亲爱的，你现在没法离开她，对不对？放在以前，这没什么关系。她虽然会很难过，可最终会挺过去。现在就不一样了。对女人来说，怀孩子无论如何都不能算是好事。有几个月的时间，她会有妊娠反应，会很难受，需要关怀，需要照顾。把她丢下不管，是非常可怕的。我们可不能做这种下三烂的事。"

"你是说，你让我跟她一起回英格兰？"

她认真地点了点头。

"还好你要走了。你走后，我们虽然不能天天见面，事情反倒好办多了。"

"可我现在不能没有你啊！"

"哦，不，你能。你必须这么做。我也能。但对我来说，情况更糟，因为你把我丢下，我一无所有了。"

"哦，维奥莱特，我做不到。"

"亲爱的，不用争了。她告诉我的那一刻，我就明白这意味着什么了。这就是我想先见你的原因。我觉得，你听到这个消息后会非常震惊，搞不好会把我们的事全说出来。你知道，我爱你胜过世间的一切。伊妮德从来没有伤害过我。在这当口上，我不能把你从她身边夺走。只怪我们倒霉，但事已至此，我没有勇气去做这种龌龊事。"

"我真想死了算了！"他呜咽道。

"你死了，对她没好处，对我也没好处。"她笑着说。

"那将来怎么办呢？我们必须赔上我们一辈子的幸福吗？"

"恐怕是的。亲爱的，虽然情况听上去不那么乐观，但我想，我们早晚是会克服的。没有过不去的坎。"

维奥莱特看了看手表。

"我该回去了。汤姆快回来了。我们五点在俱乐部见吧。"

"汤姆要和我打网球的，"他可怜巴巴地瞅了她一眼，"哦，维奥莱特，我真的很难过。"

"我知道。我也很难过。不过，这事多说无益。"

她把手递给他，他却把她搂在怀里，亲吻她。当她挣脱他的搂抱时，克诺比的泪水已经沾湿了她的脸颊，但她绝望得已经哭不出来了。

十天后，克拉克夫妇乘船离开了。

一边听着汤姆·沙法里讲述事情的经过，乔治·穆恩一边在冷静、超然地思考，心想这些平时生活单调的普通人，居然会遭受这种悲剧的折磨，真是奇怪。谁会想到，平日里坐在俱乐部里看画报，和朋友们喝着柠檬水闲聊的维奥莱特·沙法里，这么端庄娴雅的女人，居然会因为爱上那么个普通男人而心如刀割呢？乔治·穆恩还记得，在克诺比启程前的那天晚上，自己在俱乐部还见过他。克诺比看起来精神头十足。大家都羡慕他，因为他要回国了。那些刚从国内回来的人告诉他，千万不要错过国家画廊的展览。大家推杯换盏，开怀畅饮。没有人邀请常驻参加沙法里一家为克拉克夫妇举办的告别宴会，但他非常清楚晚宴的盛况，美酒佳肴、相互祝福、相互打趣、晚饭后留声机响起，大家开始跳舞。他在想，维奥莱特和克拉克两人共舞时心里想的是什么。一想到两人装作若无其事的快活劲儿，心里却充满了绝望，乔治·穆恩不禁感到一阵惆怅。

同时，乔治·穆恩回想起自己的过去。很少有人知道他的往事，毕竟已经过去二十五年了。

"沙法里，你现在打算怎么办？"他问道。

"呃，我想听听你的意见。既然克诺比已经死了，要是我提出跟维奥莱特离婚，不知道她会出什么事。我在想，我该不该等她提出离婚。"

"哦，你想离婚？"

"嗯，必须离。"

乔治·穆恩又点了一支烟，盯着袅袅青烟看了一会儿。

"你知道我结过婚吗？"

"知道，我想我听说过。你夫人去世了，对吗？"

"没有，我跟她离婚了。我有个二十七岁的儿子，在新西兰务农。上次回国休假时，我还看到我前妻了呢。我们是在看戏时碰到的。一开始，我们都没认出对方来。她跟我说话，我便请她一起到伯克利吃了个午饭。"

说着，乔治·穆恩情不自禁地咯咯笑了起来。那是一场音乐喜剧，当时他是独自一人，坐在一个皮肤黝黑、块头很大的胖女人旁边。凭着模糊的记忆，他觉得自己以前在哪儿见过她，但因为音乐剧刚开始，他便没有再去打量她。第一幕结束时，她用炯炯的目光看着他，说道：

"乔治，你好吗？"

这个女人就是他的前妻。她举止大方，待人随和，一举一动都非常放松

"我们好久没见过面了。"她说。

"是啊。"

"你过得好吗？"

"哦，还好吧。"

"你现在已经是常驻了。还没退吧？"

"是啊！我运气差，很快就退了。"

"为什么？你看起来身板很结实嘛！"

"我快到年龄了。我已经是不中用的老东西了。"

"你一直都这么瘦，真是难得啊！我就很糟了，是吧？"

"你看起来没有瘦的意思嘛。"

"我知道。我很胖，而且会越来越胖。我忍不住，我好吃。看到奶油、面包和土豆，我就忍不住。"

乔治·穆恩哈哈笑了起来，不是笑她说的话，而是笑自己的想法。在过去的岁月中，他有时会想到，将来有一天可能会遇到她，但他从没有料到，真正见面时的场景会是这样。音乐剧落幕后，她微笑着向他道晚安。这时，他说：

"你大概不愿意找个时间跟我吃午餐吧?"

"随便哪天都行。"

两人定好了日期,如期赴约见面。他知道,她已经嫁给了导致他俩离婚的那个男人,从她的穿着判断,她生活得很惬意。两人喝了杯鸡尾酒,她津津有味地吃着开胃小菜。她至少有五十岁了,但看起来精神还是很爽朗。她身上有一种活泼、随和的特质;她反应机敏,十分健谈,笑起来既爽快又富有感染力,是那种胖女人特有的纵情的笑。如果事先不知道她的家族一百年来一直在驻印度行政部门供职,他肯定会以为她是歌舞团的女演员。她并不俗气,但有一种让人联想到演员的俗丽。两人见面后,她一点都不拘束。

"你没有再婚吧?"她问道。

"没有。"

"真可惜。第一次婚姻不成功,并不代表第二次也不成功。"

"看样子我用不着问你是不是过得幸福。"

"我没什么不满意的,我觉得自己是个乐天派。吉姆对我一直很好。他现在退休了,我们住在乡下,我很爱贝蒂。"

"贝蒂是谁?"

"哦,是我女儿。两年前,她结婚了。我眼看就要当外婆了。"

"我们都老了。"

她放声大笑起来。

"贝蒂二十二岁了。乔治,很高兴你能请我吃午饭。不管怎么说,如果对很久以前的事念念不忘,那就犯傻了。"

"没错。"

"我们俩过不来,幸好我们在为时已晚之前发现了这一点。当然我很蠢,不过那时我还年轻。当时你也觉得幸福吗?"

"我想我可以说是的。"

"呃，那可能是你所能拥有的全部幸福了。"

对她的机灵劲儿，他报以赞赏的微笑。随后，她把两人的事随手撂在一边，谈论起别的事来。虽然法庭把儿子的监护权判给了他，但他却无法照顾儿子，所以只好把监护权让给了他母亲。儿子十八岁就移民海外，现在已经结了婚。在乔治·穆恩眼里，儿子非常陌生，乔治知道，如果在大街上遇到儿子，他肯定也认不出来了。他太直率，根本装不出自己对儿子很感兴趣的样子。但是，俩人还是聊起自己的儿子，然后又聊起演员和戏剧。

"好啦！我必须走了，"她最后说道，"这顿饭吃得很痛快。乔治，见到你很开心。非常感谢。"

他把她送上出租车，然后摘下帽子，独自一人沿皮卡迪利大街走去。他觉得她是个既讨人喜欢又很有风趣的女人。一想到他曾疯狂地爱过她，他就禁不住笑出声来，就连再跟汤姆·沙法里说话时，嘴角上仍挂着笑。

"我娶她的时候，别提她长得有多好看了。问题就在这里。当然，如果她不漂亮，我根本就不会娶她。追她的人就像围着蜜罐转的苍蝇那么多。我们以前经常吵架。最后，我发现她出轨了，便跟她离了婚。"

"那是当然。"

"没错，但我知道，自己是个彻头彻尾的傻瓜，"他向前倾了倾身子，"亲爱的沙法里，我现在搞懂了，当时如果我还有点理智，我会睁只眼闭只眼。她一定会定下心来，给我做一个好老婆。"

他真希望自己能向汤姆解释清楚，当他坐在那儿和那个乐观、自信、爽朗的女人谈话时，他觉得太奇怪了，当时他居然会因为现在看来鸡毛蒜皮的小事跟她计较。

"可是，人都要考虑自己的名声吧！"沙法里说。

"让名声见鬼去吧！人都有自己想要的幸福。人的名声真的跟老婆和别的男人上床有什么关系吗？你和我，不是十字军战士，也不是西班牙大公。我喜欢自己的老婆。我没说自己没有过别的女人。我有过。但她身上有种东西，是别的女人无法给我的。把自己在这个世上最想要的东西扔掉了，就因为自己不能独享，我是多么愚蠢啊！"

"我万万没有想到，居然从你嘴里听到这些话。"

看到沙法里肥胖而又困惑的脸上明显流露出一丝尴尬，乔治·穆恩淡淡地一笑。

"我可能还是你听到的第一个把赤裸裸的真相说出来的人。"他说道。

"你是说，如果一切重新来过，你会做出不一样的选择？"

"如果我二十七岁，我大概还会像以前那样干蠢事。但既然我已经有了现在的理智，那我告诉你，如果发现妻子对我不忠，我会怎么做。我会像昨晚你干的那样：狠狠揍她一顿，然后就算了。"

"你要我原谅维奥莱特？"

常驻慢慢摇了摇头，微微一笑。

"不。你已经原谅她了。我只是劝你不要跟自己过不去。"

沙法里闷闷不乐地看了他一眼。眼前这个冷面缜密的男人居然看穿了他如此反常的心结，这让他很狼狈，于是他干脆一吐为快。

"你不了解情况，"他说，"克诺比和我就像亲兄弟一样。我帮他找工作，他什么事都多亏了我。要是没有我，维奥莱特可能一辈子都得当家庭教师。我觉得她干那种活太屈才，便动了恻隐之心。你明白我的意思吗？从我开始注意她起，就是一个错误。我千方百计对他们好，可他们居然背着你做出这种龌龊事来，你不觉得我特别蠢吗？真是恩将仇报！"

"呃，年轻人，千万别指望别人对你感恩戴德。没有人有权利这么做。毕竟，你做好事，是因为做好事能给你带来快乐。这才是最纯洁的幸福。指望别人对你感恩戴德，实在是太过分了。如果你得到了别人的感谢，呃，这就像你已经得到了分红，却还想要奖金。这可是一笔钱赚头，但你不能指望那是你应得的。"

沙法里皱了皱眉。他很茫然。他不明白，对在他看来根本没有第二种解决方案的问题，乔治·穆恩居然会有如此不同寻常的看法。不管怎么说，凡事都有个限度。我的意思是，如果想顾及颜面，你必须表现得像个爷们儿，这是涉及你个人尊严的问题。有趣的是，乔治·穆恩给出的理由听上去言之有理，但，呃，该死，你不得不承认，如果你认同，你会很乐意照他说的做。当然，乔治·穆恩为人古怪，没有人真正了解他。

"沙法里，克诺比·克拉克已经死了，你就不要再嫉妒他了。除了你、我和你的妻子，没有人知道这件事，而且明天我也要永远离开了。你为什么不让过去的事过去呢？"

"维奥莱特会看不起我的。"

乔治·穆恩笑了，出乎意料的是，他的微笑出现在他那张古板、正经的脸上，有一种无比的甜蜜。

"我不太了解她。我一直以为，她是个很不错的女人。她就那么可恶吗？"

沙法里吓了一跳，脸红到了耳朵根。

"不，她是个善良的天使。我说了她那么多坏话，我才是可恶的人。"他的声音嘶哑，微微抽泣了一下。"天知道，我不想做错事。"

"不做错事就是善良的事。"

沙法里双手捂着脸，他抑制不住让他心绪不宁的情绪。

"我似乎在付出，一直在付出，可是他妈的居然没人愿意为我做点什么。不管有没有心碎，我必须坚持下去。"他用手背擦了擦眼睛，长长叹了口气。"我愿意原谅她。"

乔治·穆恩若有所思地看了他一眼。

"换了我，就不会拿这种事去大肆张扬，"他说，"你要三思而行。她也有很多地方需要反思。"

"你是说，因为我打了她？我知道，我那么做太不像话了。"

"一点也不。你打她，对她反而大有好处。我不是这个意思。你表现得很宽容，老伙计。要知道，一个人需要非常成熟，才能让人原谅他。幸好女人都是轻浮的，她们很快就会忘记你给她们的好处。否则，跟她们一起生活就没有意思了。"

沙法里目瞪口呆地看着他。

"说实话，穆恩先生，你真是个怪人，"他说，"有时你看起来像钉子一样冷酷，但你说起话来，让人又觉得很有人情味。当然，一个人对你的看法不一定会准确，你有一副慈悲心肠，你身上有种东西让人难以置信。这大概就是所谓的愤世嫉俗吧。"

"这我还没认真想过，"乔治微笑着说道，"不过，正视事实而不是一不如意便心生怨恨，直面人性，笑对荒谬，即便可悲也不要过分伤心，如果这样就是愤世嫉俗，那我就是愤世嫉俗。大多数情况下，人性既荒谬又可悲，但如果生活教会了你包容，你会发现，微笑着面对人性，比哭丧着脸去面对人性，要好得多。"

汤姆·沙法里离开房间后，常驻慢条斯理地点燃了他打算在午饭前抽的最后一支烟。让愤怒的丈夫和越轨的妻子和好，让他觉得自己增添了一个新角色，而这个角色给他平添了一丝乐趣。他继续思考着人性问题，苍白的薄嘴唇上挂着冷冰冰的微笑。他回忆起，自己过去经常站在海岸边干涸的小溪旁，兴致勃勃地盯着弹涂鱼。有时有几百条，小的几英寸长，大的像脚掌那么长。这些鱼长在泥巴里，颜色也和泥巴一样。它们竖起身子，瞪着圆圆的大眼睛看着你，然后突然钻进洞里。看着弹涂鱼借助腹鳍在泥滩上掠过，真是不可思议。泥滩上到处都是弹涂鱼。当你想起这些巨大而可怕的生物曾经是地球上唯一的居民时，你会觉得非常可怕，觉得泥滩本身也突然有了生命，一种返祖般的恐惧会让你心头一颤。弹涂鱼既神秘又有趣，会让你想起人类。站在那儿半个小时，看着弹涂鱼嬉戏跳跃，无疑是一件好玩的事。

乔治·穆恩从挂钩上摘下遮阳帽，因为生活没有什么让他不开心的，所以他踏步走进明媚的阳光里。

〔郭应可　译〕

邮轮之行

　　哈姆林太太躺在长椅上，慵懒地看着沿舷梯走来的旅客。船是夜里到达新加坡的，从黎明起绞车就一刻不停地装货，她的耳朵已适应了周围不停的嘈杂声。在一家欧洲餐厅用过中饭后，她无事可做，便扬招了一辆人力车，在城里拥挤热闹的街道上漫游。新加坡是个多种族聚集的地方，但这里土生土长的马来人过得并不如意，而且人数也不多。倒是中国人，动作灵活、头脑敏捷，又勤勤恳恳，满大街随处可见。皮肤黝黑的泰米尔人一声不响地赤着脚走路，仿佛是途径异地的过客。孟加拉人却大不一样，时髦又富有，逍遥自在，春风得意。日本人则是一副阴险狡诈、点头哈腰的样子，好像忙着什么急不可待又不可告人的勾当似的。英国人戴着遮阳帽，身着白鸭绒装，开着车呼啸而过，或悠然自得地坐在人力车上，一副若无其事、逍遥自在的样子。而统治这些杂居民族的官老爷们，笑容可掬、漫不经心地行使着手中的权力。这会儿，哈姆林太太又累又饿，只等着船再次起航，好继续她横跨印度洋的旅程。

　　哈姆林太太体格壮硕，此时她看见医生和林泽尔太太结伴登上船，便举起宽大的手掌，朝两人挥了挥。自从在横滨上船后，她就一路观察着这俩人间的各种暧昧，虽感觉可笑，但多少心里有些酸溜溜的。林泽尔先生是位海军官员，在东京的英国使馆工作，医生对他太太不寻常的关注，他居然毫不在意，这着实让哈姆林太太不解。舷梯上走来两个人，应该是新上船的乘客，她观察俩人的举动，判断他们是单身还是已婚，对这种事她总是乐此不疲。不远处，一群男人，看样子是一帮农场主，穿着卡其衣服，戴着宽边帽子，坐在藤椅上大声说笑。一帮人显然是喝多了，大声吵嚷着，丑态百出，服务生被他们指使得团团乱转。他们应该是在给其中一位送行，但哈姆林太太看不出是哪一位。距离出发的时间越来越近，登船的乘客渐渐多了起来。杰夫森先生沿着舷梯款款走来，他是一位领事，从上海登的船，这次是乘船回家度假。他一上船就立刻向哈姆林太太示好，但那时她对所有以调情为目的的示好都极为反感。一想到回英国的事由，她就不禁眉头紧蹙。她要在海上过圣诞了，远离那些毫不关心她的人，有那么一会儿，她感到心头一紧。虽然她曾想永远从心头上抹掉那件事，但还是时不时惹她心烦。想到这儿，她就不禁心生烦恼。

铃声突然响起，提醒人们快开船了，附近的那群男人开始躁动起来。

"好了，要是我们不想被船拉走，就赶紧下船吧！"其中一个说。

一帮人站起身，朝着舷梯走去，于是，大家开始握手道别，哈姆林太太终于弄明白他们是为谁送行的了。那男人没什么诱人之处，但哈姆林太太实在无事可做，就多打量了他几眼。这家伙块头不小，足足超过六英尺，膀大腰圆，身上的卡其布工装皱皱巴巴，帽子也变形了，邋里邋遢的。他那帮朋友下了船，站在码头上远远跟他打趣。哈姆林太太注意到他一口浓重的爱尔兰乡音，声音浑厚响亮，中气十足。

林泽尔太太下楼去了，医生走过来，在哈姆林太太身旁坐下，两人聊起了白天的见闻。不一会儿，铃声再次响起，船开始缓缓驶离码头。爱尔兰人跟朋友们最后挥手告别，然后朝堆着他的报纸和杂志的椅子慢慢晃悠过来，向医生点头示意。

"你认识他吗？"哈姆林太太问道。

"午餐前在俱乐部，有人介绍我们认识的，他叫加拉格尔，是个农场主。"

港口的喧闹和送行人群的嘈杂声渐渐消失了，船上安静得令人心醉。此时，轮船吐着蒸汽，慢慢驶过郁郁葱葱、岩石耸立的悬崖，驶出了小海湾（轮船停泊在一个迷人而又隐蔽的小海湾里），进入了主港口。各个国家的船都停泊在这里，所以聚积了大量的客船、拖船、驳船，还有不定期货船。远处，防波堤后面，平底帆船桅杆林立，像一片长满光秃秃树木的森林。在夜晚柔和光线的衬托下，这一派繁忙的景象竟然显得有些神秘，让人不禁有种感觉：所有船只眼下都停当下来，一定在等待什么重要的事情发生。

哈姆林太太睡眠不好，她习惯天蒙蒙亮就起床，然后来到甲板上。看着天空中即将湮没在白日里、闪着微弱光芒的星星，此情此景令她阴郁的心情稍有平复。黎明时分，海面出奇的平静，面对平静的海水，尘世间所有的痛苦都显得微不足道了。天色苍白，空气中有一丝令人愉悦的悸动。但是，第二天清晨，她来到甲板的尾部散步时，竟然发现有人比她来得还早，是加拉格尔先生。他正盯着苏门答腊岛低平的海岸，此时太阳正从海平面冉冉升起，那海岸就像是被太阳从深海里魔术般召唤出来一样，浮现在眼前。看到加拉格尔先生，她先是吃了一惊，随即又有一丝不安，正要转身离开时，加拉格尔先生看到了她，向她点头致意。

"起得早啊，来支烟吗？"他说。

他穿着睡衣和拖鞋，从衣服口袋里取出烟盒，递给她。哈姆林太太犹豫了一下。她只披了件睡袍，乱蓬蓬的头发上戴了顶蕾丝小帽，她知道这副样子狼狈极了，但再一想，就算这样也无可非议，她难道就不能睡不好觉吗？

"四十岁的女人大概已经没权利去在意自己的外表了。"她微笑着自嘲道，好像加拉格尔先生已经看透了她的心思。她接过香烟，说道："你起得也很早嘛！"

"我是下地种田的，多年来已经养成了习惯，清早五点起床，已经不知道怎么改掉这个习惯了。"

"等回到家你就知道这习惯多招人烦了。"

这会儿他没戴帽子，哈姆林太太终于看清了他的脸。他长相虽然谈不上英俊，但也不令人反感，可着实是胖了些，看得出年轻时身材一定不错，但现在已经发福。皮肤发红肿胀，深色的眼睛透着愉悦的神情。他最多四十五岁，但头发已经花白。总体给人的感觉是非常健壮，块头很大，举止也谈不上优雅，是个普通得不能再普通的人。若不是因在船上百无聊赖，哈姆林太太是永远不会劳神与加拉格尔先生这样的人聊天的。

"你是回家探亲吗？"她唐突地问道。

"不是，我这次回去就不出来了。"

他深色的双眸闪烁着，很乐意和人交流。哈姆林太太还没来得及下去冲澡，他就开始滔滔不绝地讲起自己的经历。他在马来联邦生活了二十五年，最近十年在印尼南角购置了一处产业，那里和人类文明完全隔绝，生活非常孤独，但能赚到钱。在橡胶业蒸蒸日上的时候，他凭借自己的精明，投资政府债券，走了大运，赚得钵满。他看上去像是随遇而安的那种人，没想到居然如此精明能干。现在行情大跌，他决定彻底退休了。

"你是爱尔兰什么地方的？"哈姆林太太问道。

"戈尔韦^①。"

哈姆林太太曾开车走遍爱尔兰，她依稀记得戈尔韦这座小城，到处是用大块石头砌成的仓库，面朝着大海，破烂不堪，空无人烟，整个小城笼罩在悲伤阴郁的氛围中。她还记得那里绿草茵茵，总是细雨蒙蒙，一派宁静而又与世无争的景象。难道加拉格尔先生是要在那个地方度过余生吗？说起戈尔韦，他语气中带着年轻人才有的那种向往。那个晦暗的世界和他充满活力的身影格格不入，想到这儿，哈姆林太太不禁好奇起来。

"家人都住在戈尔韦？"她问道。

"我没有家人，父母都过世了。在这个世界上，我已经没有亲人了。"

未来的日子他已经计划好了，过去二十五年他一直在规划，可只能放在心里头，现在有机会能和别人聊聊这些，他很高兴。他想买栋房子，再买辆车，还准备养几匹马。他不喜欢打猎，在马来联邦的头几年曾捕获过一些大型猎物，但现在他对打猎已经没有什么热情了。他想不通为什么要捕杀生活在丛林里的动物，他自己在也丛林里生活了那么多年，但他还是可以打猎的。

"你觉得我太胖了吗？"他问道。

哈姆林太太微微笑着，用赞许的目光上下打量着他，说道："你得有一吨重吧！"

他哈哈大笑起来。爱尔兰的马是全世界最好的，所以他也一直很健壮。在橡胶园，他需要走很多路，还经常打网球。等回到爱尔兰他肯定会瘦下来，然后就结婚。哈姆林太太一言不发地望着大海，此时太阳刚刚探出海平面，海面被柔和的日光映成红色。她不由得叹了口气。

"要抛开这里的一切重新开始不容易吧？就没有人让你舍不得离

---

① 戈尔韦（Galway），爱尔兰西部港口城市，戈尔韦郡首府，濒临大西洋。

开吗？我在想，无论你多么盼着回家，但这么多年过去了，真到该回家的时候，心中还是难免会不舍的。"

"离开那个地方，我太高兴了，那里让我烦透了，再也不想看到它，再也不想看见那里的人。"

这时，有一两个早起的乘客也在甲板上来回走动，哈姆林太太想到自己衣衫不整，就赶紧回客舱去了。

接下来一两天，哈姆林太太没怎么见到加拉格尔先生，他一直都在吸烟室打发时间。因为当地罢工，船没有在科伦坡停留，乘客们继续他们穿越印度洋的愉快之旅。人们要么聚在甲板上玩各种游戏，要么聊别人的八卦，要么是男女间调情逗乐。即将到来的圣诞节让大家忙活起来，因为有人提议圣诞当天应该举办一场化装舞会，所以船上的女士们就开始忙着给自己准备盛装。头等舱的乘客还专门开会讨论是否应该邀请二等舱的乘客也来参加舞会，尽管船舱里闷热，讨论还是异常激烈。女人们说二等舱的乘客一定会感到局促不安。圣诞节那天，他们一定会喝过头，也许会因此引发一些不愉快。发言的旅客都认为，没有舱位等级之分，大家不应该这么势利，把人按照头等舱和二等舱区分开来。对二等舱乘客而言，最好是不被人另眼看待。如果在二等舱举办自己的舞会，他们会玩得很尽兴。其实，没有人想要伤害他们的情感，但现在这个时代讲求的是民主，尽管他们心里不情愿，但应该会来参加。这些话是说给那位在中国传教的传教士夫人听的，她说自己三十五年来经常乘坐半岛-东方邮轮，从未听说过有谁邀请二等舱的乘客参加头等舱舞会的。因为双方投票结果接近，领事先生把加拉格尔先生从牌桌上拉过来，问他的看法，搞得他一脸不高兴。他此行带了个随从，是他在橡胶园的雇工，现在就坐在二等舱。他在沙发上抬了抬他那巨大的身躯，说道：

"非要我表态，我只能说，我带了一个帮我照看机器的人。他很棒，和我一样完全有资格参加我们的舞会。但他不会来的，因为圣诞节那天六点钟，我就会把他灌得酩酊大醉，他什么也干不了，只能倒头大睡。"

领事杰夫森先生的脸抽搐了一下，尴尬地笑了笑。因为他的身份，大家选他来主持这次会议，他也希望大家能够认真对待。他时常挂在嘴边的一句话就是：一件事如果值得做，那就值得做好。

"你这么说，让我觉得你好像没把会议的议题当回事。"他尖刻地说。

"没错，可以说是毫无意义。"加拉格尔先生眨巴着眼睛说道。

哈姆林太太大笑起来。会议最后决定邀请二等舱乘客，但要私下跟船长说，不允许二等舱乘客进入一等舱的舞厅。圣诞节当天晚上，哈姆林太太为赴宴穿戴好之后，来到甲板上，碰巧遇到加拉格尔先生。

"哈姆林太太，正好赶得上鸡尾酒会啊！"他乐呵呵地说。

"我真想喝一杯。说心里话，我正想提提神呢。"

"为什么？"他笑着问道。

哈姆林太太虽然觉得他的笑很迷人，但并不愿回答他的问题。

"那天早上我就告诉过你，我已经四十岁了。"她乐呵呵地说道。

"我从来没见过哪位女士像你这样一再强调自己的年龄。"

俩人走进酒吧，加拉格尔先生为她点了一杯马丁尼，给自己要了一杯杜松子酒。在东方生活这么久，别的酒他都喝不惯了。

"你在打嗝。"哈姆林太太说。

"没错，从下午开始，就一直没停过，"他满不在乎地说，"有意思的是，我们刚离开港口，看不见陆地后，就开始了。"

"吃过晚饭肯定就好了。"

俩人正喝着酒，提醒晚餐的铃声第二次响起，于是，便一起走进宴会厅。

"你打不打桥牌？"分手时，加拉格尔先生问了一句。

"不打。"

哈姆林太太根本没有注意到，自己已经有两三天没有看到加拉格尔先生了，她完全沉浸在自己的思绪中。做针线活时，心里就像倒了五味瓶，她想通过看小说摆脱纠缠她的心思，可无济于事。她原希望，随着轮船驶离让她伤心的地方，自己内心的折磨会逐渐缓解，但实际上恰恰相反，越是接近英格兰，她的内心愈发备受煎熬。一想到即将迎接她的凄凉而又空虚的生活，她心里就非常难过，一想到自己已经计穷智短，她就不由得退缩。让她逃离的那个场景，她已经不知道回想过多少次了。

她结婚已经二十年了，自然不能指望丈夫仍然疯狂地爱着她，再说她对他也没有了疯狂的爱，但夫妻彼此相濡以沫，志同道合。用婚姻的标准来判断，他们的婚姻也许算得上成功。然而，她突然发现丈夫坠入了爱河，若只是简单的调情，她倒也不会在意，丈夫以前也有过，她还为此打趣他，他也不气恼。偶尔跟别的女人调个情让他自我感觉不错，只要不是太认真，也陷得不深，她不会在意，俩人还一起拿这种事当笑话讲。可这次却不同，他用情太深，不能自拔。他已经五十二岁了，可疯狂得就像个十八岁的小伙子，春心躁动得完全丧失了理智，这简直太荒唐了，不成体统。当事情实在瞒不住，到她知道的时候，整个横滨的外国人圈子都已经传开了。她最初的反应是震惊和愤怒，因为在她看来，这种荒唐事是最不可能发生在她丈夫身上。震惊之余，她劝自己，如果他爱上的是一位年轻姑娘，她或许可以理解，也可以原谅，毕竟中年男人遇上年轻女子，智商就会归零。在远东生活了二十年，她知道，对男人来说，五十多岁是个危险年龄。但让她无法原谅的是，他居然爱上了比她还大八岁的女人，这太荒唐了，简直让她颜面扫地。多萝西·拉克姆差不多五十岁了，他们已经相识了十八年，都在横滨做丝绸生意，年复一年，每周差不多要见三四次。有一次在伦敦相遇，还一起在海边住在同一所房子里。但他们之间什么都没发生过，直到一年前还是这样，俩人之间的友谊不过是一起开开玩笑而已。这简直不可思议。当然，多萝西以前相貌不错，身材姣好，略微有点儿健壮，但整体看着还算舒服，她曾经有过深色的眼睛、红红的嘴唇、迷人的秀发，可这些都已不复存在，她毕竟已经四十八岁了。四十八了啊！

哈姆林太太得知后，便在第一时间去质问丈夫。一开始，他发誓说，这都是子虚乌有。但面对太太的证据，他绷着脸，最后不得不承认了。然而，他接下来说的话，着实让哈姆林太太大吃一惊。

"你为什么这么在意呢？"他问道。

这句话彻底把她激怒了。她扯着嗓子，连讽带刺地回答他，把自己内心里的苦水和所受的伤害倾倒了个干净。而他只是静静地听着，一言不语。

"我们结婚二十年来，作为丈夫，我并没有你说的那么糟糕。很长一段时间以来，我们只是朋友。我对你的爱至今也没有丝毫改变，也没有把对你的爱拿走一丁点儿给多萝西。"

"你对我有什么不满意的？"

"没有，再也找不到比你更好的妻子了。"

"你这么残忍对我，怎么还能说出这种话呢？"

"我也不想这么残忍，但我实在克制不住自己。"

"是什么让你爱上她的？"

"我也说不清。你不会认为是我想这样吧。"

"你就忍不住吗？"

"我试过，我跟多萝西都试过。"

"你说这话，就像二十岁的孩子。天哪！你们都已经人到中年了。

她比我还大八岁，这简直让我颜面扫地。"他没有回答。哈姆林太太自己也说不清心里的感受，堵在喉咙里难以下咽的是嫉妒，是愤怒，或仅仅是她受伤的尊严。

"这事我不会坐视不管。如果只是事关你们俩，我倒愿和你离婚，可她也是有丈夫和孩子的。天哪！你想没想过？如果她的孩子不是儿子而是女儿，她现在早该当外婆了。"

"这很有可能。"

"我们没有孩子，真是万幸！"

他伸出手，像是要安抚她，可她吓得一下子躲开了。

"你让我成了朋友们的笑柄。为了我们，我愿意闭口不谈，但前提是你必须现在就和她结束。立即！永远！"

他低头不语，若有所思地摆弄着桌子上的一个日本小玩意儿。

"我会把你的话告诉多萝西。"沉默了良久，他最后说道。

她微微欠了欠身子，什么话也没有说，就从他身旁走过，离开了房间。她太生气了，居然没意识到自己心里多少还是有些伤感的。

她等着丈夫告诉她和多萝西见面的结果，但他只字不提，闭口不谈，倒是彬彬有礼。最后，她只好问他。

"你忘记我那天说的话了吗？"她面无表情地问道。

"没有，我和多萝西谈过了。她让我告诉你，给你造成这么大的痛苦，她非常抱歉。她想来见你，可又怕你不想见她。"

"你们怎么决定的？"

他有些犹豫，表情非常严肃，说话的声音都有些颤抖。

"做一个根本不会遵守的承诺，恐怕没什么用吧。"

"那就是有了决定喽！"她回答道。

"我觉得应该告诉你，如果你要起诉离婚，我们只好应诉了。你会发现你根本没有证据，所以，打官司你必输无疑。"

"这我没想过。我要回英格兰去咨询一下律师。现在处理这种事应该很容易，我还要仰仗你的大恩大德。我相信你会给我自由，而且不要让多萝西·拉克姆掺和进来。"

他叹了口气。

"这非常麻烦，是不是？我不想跟你离婚，但我肯定会尽我所能满足你的愿望。"

"你究竟想让我怎样？"她怒火再一次上升，高声嚷道，"是希望我毫无反应，活生生地被愚弄吗？"

"非常抱歉，让你受委屈了，"他用疲惫不堪的眼神看着她，"我敢保证，我和多萝西并不是想爱上对方，我们太清楚自己的年龄了。像你说的，多萝西已经到了可以当外婆的年纪，我也五十二岁了，身体已经发福，头发也开始脱了。人在二十岁爱上一个人，一定会觉得爱得长远，但人到了五十岁，对生活，对爱情，已经非常了解，明白凡事都是短暂的。"他说话的声音很低，但听上去又很悲凉，仿佛展现在他面前的是秋风瑟瑟、树叶凋零的凄凉景象。他神色凝重地看着她，继续说道："到这个年纪，你会觉得，任何快乐的机会，都是无常命运的恩赐，怎么能忍心放弃。这种快乐用不了五年，也许到不了半年，就会消失。生活总是单调乏味的，所以快乐才这么难得。我们早晚都会死的。"

丈夫曾经是脚踏实地的实干家。听了他这番颇感压抑的话，哈姆林太太心头一阵酸楚。他这样说话的口吻，她还是第一次听到。他的性格突然变了，变得有些惆怅，变得有些悲观，而她根本没有察觉。他们共同生活了二十年，二十年的夫妻生活没有让他有丝毫的改变。面对他毅然的抉择，她居然这么无助，唯一的选择就是离开。此刻，她就是带着痛苦的离婚抉择，登上了回英格兰的邮轮的。

平静的海面在阳光的照耀下，好似一块巨大的玻璃，表面上空空荡荡，而且充满了敌意，好似她的生活，让她无处安身。三天来，无际而又静寂的大海上，连一艘船的影子都看不到，只有飞鱼偶尔会跃出水面。天气酷热难当，就连那些精力充沛的乘客午饭后也不得不停止甲板上的各种活动，要么回了船舱，要么就躺在甲板的椅子上。林泽尔先生溜达过来，在她身旁坐了下来。

"林泽尔太太呢？"哈姆林太太问道。

"哦，不知道。不知道跑到哪里去了。"

林泽尔先生对太太的漠不关心让她愤愤不平。他难道看不出自己的太太和外科医生已经坠入爱河了吗？也许，不久前，他一定是在意的。他们的结合也曾是浪漫的。订婚的时候，林泽尔太太还是个学生，林泽尔先生也只不过是个大男生。他们一定是郎才女貌、令人羡慕的一对儿。两人的青春和相互的爱恋肯定也感过天、动过地。可现在，还没过多久，彼此就厌倦了。真是令人心痛！她丈夫是怎么说的来着？

"你回国后应该会住在伦敦吧？"林泽尔先生没话找话地说。

"应该是吧。"哈姆林太太淡淡地回答。

其实，她根本无处可去，这个世上根本没有人在意她住在哪儿，想到这些，她便无法释怀。这时，她突然想起了加拉格尔先生。看到他回家的急切心情，她发自内心地羡慕，又为之感动，想到他描述自己未来的房子和妻子时那股高兴劲儿，又不禁觉得好笑。在横滨的朋友赞扬她毅然决定离婚的勇气，安慰她说她还可以再结婚。这段婚姻令她失望至极，她不愿再走进第二段婚姻，再说跟一个四十岁的女人结婚，大多数男人都会三思。加拉格尔先生不就想娶一个丰满的年轻女人吗？

"加拉格尔先生在哪儿？"她问林泽尔先生，"我有一两天没看见他了。"

"你没听说？他病了。"

"天可怜见！他怎么了？"

"他一直打嗝。"

哈姆林太太呵呵笑了起来。

"打嗝不会有大碍吧？"

"医生很担心，他用了各种方法，但还是止不住。"

"这太奇怪了。"

她没再多想，但第二天清早，碰巧撞见了医生，便问起加拉格尔先生的情况。医生那张原本稚气未脱、笑容可掬的脸一下子拉了下来，表现出一副困惑的样子。

"恐怕情况很严重，可怜的老兄。"

"就因为打嗝吗？"她惊讶地说道。

打嗝不过是身体机能暂时紊乱，没有人会把它当回事。

"知道吗？他吃不下饭，也睡不着觉，疲惫得像散了架一样。能想到的方法我都试过了。"他迟疑了一下。"除非能很快让他止住打嗝，否则真不知道会出什么岔子。"

哈姆林太太呆住了。

"可他身体那么壮，看上去很有活力嘛！"

"希望你现在去看看他。"

"他愿意我去吗？"

"一起走吧。"

加拉格尔先生已经从客舱搬进了船上的医院，哈姆林太太和医生走到门口时，房间里传来一声响亮的打嗝声。可能因为丝毫不加节制，打嗝声听起来有些荒唐可笑。但当看到加拉格尔先生时，哈姆林太太着实吓了一跳。他消瘦了很多，脖颈周围的皮肤也松弛下来，在阳光下，他的脸色显得很苍白。那双眼睛，从前闪烁着希望与快乐，如今却尽显憔悴和痛苦。打嗝时，他那魁梧的身躯不停地抖动，打嗝声此时听上去一点也不觉得可笑了。不知为什么，哈姆林太太觉得非常可怕。她走进来时，加拉格尔先生冲她笑了笑。

"看到你这样，我真难过。"她说。

"要知道，我还死不了，"他喘着气说，"我会平安抵达爱尔兰绿色海岸的。"

加拉格尔先生身边坐着一个男人，见他们进来，便站了起来。

"这位是普赖斯先生。在加拉格尔先生的庄园，他负责管理机械。"医生说。

哈姆林太太冲他点了点头。那天在讨论圣诞派对时，加拉格尔先生提起的那位二等舱乘客就是他。此人身材短小，但长得很结实，一副充满自信的样子，虽然有些粗鲁，但并不令人反感。

"要回家了，高兴吗？"哈姆林太太问他。

"那是肯定的，夫人。"他说。

短短几个字，哈姆林太太听出他是伦敦人，而且还开朗、机智、幽默，无忧无虑，给哈姆林太太留下了不错的印象。

"你不是爱尔兰人？"她笑着问道。

"不是，小姐。我家在伦敦，一想到马上就回到家，别提有多高兴了。"

被人称呼自己"小姐"，哈姆林太太居然一点也不觉得被冒犯了。

"哦，先生，我先出去了。"他对加拉格尔先生说，然后做了个道别的手势，像是要去扶一扶头上的帽子，其实他根本没戴帽子。哈姆林太太问加拉格尔先生自己能为他做些什么，几分钟后，她就和医生离开了。那位伦敦的矮个子正在门外等候。

"小姐，我能和您说两句话吗？"他问道。

"当然可以。"

医院位于船尾，俩人倚靠在栏杆上，俯视着下面的井型甲板。那些没当班的水手和服务生都懒洋洋地站在舱门口。

"我不知道该怎么说。"普赖斯表情很严肃，不再是刚才那副活泼的样子。他吞吞吐吐地说："我跟着加拉格尔先生已经有四年了，他是个难得的好人。"

他欲言又止。

"我不想说，但这是事实。"

"你不想说什么？"

"既然你问我，我就说吧。医生不知道。我跟他说过，可他不肯听。"

"普赖斯先生，你别太难过。医生虽然年轻，但很聪明。要知道，打嗝是不会打死人的。我相信加拉格尔先生再过一两天就会没事了。"

"你知道他什么时候开始打嗝的吗？我们刚看不到陆地，他就开始打嗝了。那女人说，他回不到家。"

哈姆林太太突然转过身，面对着他。她站在那里，身高足足比他高出三英寸多。

"这是怎么说？"

"我觉得他是被诅咒了，不知道您是不是懂我的意思。药对他根本不管用。你不了解马来女人，我太了解她们了。"

哈姆林太太一下怔住了，随即耸了耸肩，笑着说道："哦，普赖斯先生，别瞎说了！"

"医生也是跟我这么说的。但你记住我的话，没等我们看到大陆，他就会没命的。"

普赖斯先生严肃的样子令哈姆林太太隐约有些不安，虽然并不愿把他的话太当回事，但心里还是留了个神。

"为什么有人要诅咒加拉格尔先生？"她问道。

"呃，跟女士说这个有点儿尴尬。"

"还是告诉我吧。"

普赖斯一脸的尴尬，换作别的场合，看到他这副样子，哈姆林太太肯定会忍不住笑出来。

"加拉格尔先生在鸟不拉屎的地方生活了这么久，当然非常孤单。你懂我的意思吧，你懂男人的，小姐。"

"我结婚二十年了。"她微笑着回答道。

"非常抱歉，夫人。实际情况是，他一直跟一个马来女人生活在一起。我不知道有多久，应该有十年或十二年吧。呃！他打定主意回家，永远不再回来后，她一句话也没说，只是坐在那儿，一声不吭。加拉格尔先生以为她会吵闹不休，可她没有。当然，加拉格尔先生把她今后的一切都安顿好了，给了她一幢小房子，并修缮好，这样每月可以有一些进账。他一点儿都不吝啬，我还是要为他说话。她从头都清楚，他早晚有一天要离开。她不哭，也不闹。他把行李打包好寄走，她就那么呆呆地坐着，看着东西寄走。他把家具卖给中国人，她仍然一声不吭。她想要的东西，他都留给了她。到他要去赶船的时候，她还是坐在平房前的台阶上，眼睁睁地看着，一声不吭。他想同她道别，什么人都会道别的，对吧？她居然一动不动。'你不打算跟我道别吗？'他说。她脸上居然露出一种奇怪的表情，知道她怎么说吗？她说，'你走吧。'当地人说话的样子很奇怪，跟我们不一样。'你走吧！'她说，'可我告诉你，你永远到不了自己的国家。船一离开海岸，陆地在你眼前消失的时候，死神就会降临到你头上。你再看到陆地时，死神就会把你带走。'她的这番话着实把我吓了一跳。"

"加拉格尔先生怎么说？"哈姆林太太问道。

"你知道他的，他就是哈哈一笑，对女人说了句'永远快乐'，然后就跳上车，我们就出发了。"

哈姆林太太眼前浮现出那一路的景象：明媚的阳光下，主仆二人穿行在橡胶园的小路上，橡胶树在两旁一字排开，默默地目送着他们离开。随后，车子在山间蜿蜒而上，继而又一路下行，穿过盘枝交错的丛林。一个莽撞的马来司机载着两个白人，一路疾驰，两旁是成排的椰子树，沿途的马来房屋被抛在身后。那些房屋都远离大路，与世无争地藏身于椰子树丛中。车子又驶过嘈杂的村庄，村里的集市挤满了身材短小的当地人，个个皮肤黝黑，身着明快的纱笼。傍晚时分，车子进了城，终于看到了现代社会的影子，各种俱乐部、高尔夫球场、整整齐齐的独家房屋和居住在里面的白人，还有火车站。主仆二人就要从这里乘火车前往新加坡。橡胶园里的那个女人就那样坐在平房前的台阶上，看着车子开走，加速离开，直至消失在暮色中。平房里已清理一空，正等着新主人搬进去。

"她长什么样子？"哈姆林太太问道。

"呃，在我看来，马来女人长得都差不多，"普赖斯说，"当然，她已经不年轻了。要知道，当地女人到了这个年纪就开始发胖，胖得吓人。"

"发胖？"

虽说听起来有悖常理，但着实让哈姆林太太有些沮丧。

"加拉格尔生可是从不会亏待自己，你懂我的意思吧？"

说到肥胖，一下子让她清醒过来。刚才有那么一瞬间，她似乎相信了小个子伦敦佬的说法，对自己有些不耐烦了。

"这太荒唐了，普赖斯先生。那胖女人不可能在一千英里外给人施魔咒。其实，对发胖的女人来说，生活无论如何都是不容易的。"

"小姐，你可以一笑置之。但记住我的话，如果不想点儿办法，先生就栽在这上面了。药救不了他，就连白人的药也救不了他。"

"普赖斯先生，请你理智些。那胖女人不会记恨加拉格尔先生的。按照东方人的看法，他待她还是不薄的。她为什么要伤害他呢？"

"我们不了解当地人是怎么看的。就算跟当地女人一起生活二十年，你真觉得他就会懂得她黑心肝里想的是什么吗？他不会的。"

听到这段动情又伤感的话，哈姆林太太笑不出来了，因为她知道，男人的心思也是一样，是永远揣摩不透的。不论是黄皮肤、白皮肤，还是黑皮肤的男人，都是一样。

"就算她对加拉格尔先生有怨气，就算她恨他，甚至想杀了他，她又能怎样呢？"这个问题多少有些奇怪，其实想想自己的处境，哈姆林太太下意识里是想宽慰自己而已。"即便是给他下毒，也不可能在六七天后才发作吧。"

"我从没说过是下毒。"

"很抱歉，普赖斯先生，"她微笑着说，"要知道，我根本不相信魔咒之类的说法。"

"你在东方生活过吗？"

"断断续续生活了二十年吧。"

"呃，如果你能说出什么他们能做，什么他们不能做，那算你比我强。"他死死地攥着拳头，压着怒火，突然重重一拳打在栏杆上。"我受够了这血腥的国家，烦透了，就是这样。这地方不适合我们白人，这是事实。不好意思，我有点醉了，我要走了。"

他突然朝哈姆林太太点了下头，就离开了。她看着他从自己身边走开，这个身材结实的小个子，穿着破破烂烂的卡其布衣服，拖着双脚，耷拉着脑袋，走下了船舱，消失在二等舱酒吧里。她不明白为什么他隐约不安地离开。她脑子里一直挥之不去的是，一个青春已逝的矮胖女人，穿着纱笼和一件五颜六色的上衣，带着金饰，坐在平房前的台阶上，凝望着空荡荡的乡间道路。涂过脂粉的脸毫无表情，那双没有眼泪的大眼睛神情呆滞。汽车里的男人像是放假回家的学生，归心似箭，一路狂奔而去。加拉格尔先生长长地舒了口气。清晨阳光明媚，让他的心绪开始兴奋起来。未来好似一条阳光大道，穿越绿油油的宽广平原，在眼前一路蜿蜒而去。

当天晚些时候，哈姆林太太向医生询问了加拉格尔先生的情况。医生摇了摇头。

"我已经尽力，束手无策了，"他皱着眉说，"碰到这种病，真是晦气。就算是在家里，这病也很棘手，何况是在船上。"他是爱丁堡人，刚拿到行医资格，这次出行本是为在正式行医前度假放松一下。他觉得自己很憋屈，也很揪心，本想出来好好玩玩，谁知碰到了这种怪病。当然，他虽然经验不足，但也尽了全力。想到船上的旅客可能会觉得他是一个庸医，心里就非常憋屈。

"你听过普赖斯先生的想法吗？"哈姆林太太问。

"我才不听他那些废话呢。我告诉了船长，他也拿不出什么好办法。他不希望船上有人谈论这个。他觉得，这会引起旅客的不安。"

"我不会说出去。"

医生突然看着他。

"你肯定不会相信那些鬼话吧？"他问道。

"当然不会。"此刻的大海风平浪静，湛蓝的海水波光粼粼。她望着大海，说道："我在东方生活了很久，那里经常发生各种各样的怪事。"

"你这话让我有点儿紧张。"医生说。

不远处，两个日本人在玩套环游戏，俩人身材匀称，身着网球衫，白色长裤，布面鞋子，欧洲味十足，报分的时候居然用的是英文。但不知为什么，看着他们，哈姆林太太内心就泛起一阵不安。他们的穿着如此放松，似乎是为了掩盖内心的邪恶。她神经一下子紧张起来，临近崩溃的边缘。

不知怎么，加拉格尔先生被施了魔咒的事很快在整个船上都传开了。甲板上，太太小姐们坐在椅子上，一边缝制圣诞派对上穿的盛装，一边小声谈论着加拉格尔先生被诅咒的事。吸烟室里，男人们也是一边喝着鸡尾酒，一边谈论着。船上的很多乘客都在东方生活过很长时间，他们从记忆深处搜刮着一些耸人听闻、无法解释的诡异事件。当然，如果真的相信加拉格尔先生所遭受的一切都是因为被诅咒了，未免也太荒唐了，因为这种事根本是不可能的，但他的情况明摆在那里，谁也说不清是怎么回事。医生不得不承认，他也说不清加拉格尔先生的病因，他能从生理上做出解释，但至于为什么这种生理的紊乱会把他折磨成这样，他没说。或许他隐约觉得大家在怪他，所以在尽量为自己开脱。

"哎呀！这种病一个医生一辈子都可能碰不到，"他说，"算我倒霉。"

他用无线电与附近过往的船只联系，于是各种治疗建议纷纷发来。

"他们说的各种方法我都试过了，"他气呼呼地说，"一艘日本船的医生让我试一试肾上腺素。真见鬼！漂在这印度洋上，我到哪里能搞到肾上腺素呀？"

想到船在空寂的大海上疾速前行，而看不见的无线电又从四面八方不断传来，这场面真是令人动容。此时此刻，邮轮似乎既孤立无援，却又好似处在世界的中心。船上的医院里，加拉格尔先生仍在不停地打嗝，难受得死去活来。突然，乘客们发现船改变了航向，人们听说船长决定在亚丁①靠岸，把加拉格尔先生送到亚丁的医院，那里的医护条件比船上好。轮机长接到指令，开足马力全力航行。船年头太久，加大马力后，船身开始剧烈抖动。乘客们本已适应了船的噪音和抖动，但此时船身的抖动加剧，让他们不由得紧张起来。剧烈的抖动已经让乘客们无法置身事外，船每抖动一下都刺激着他们的神经，

---

① 亚丁（Aden），亚丁湾西北岸的一个小半岛，今属也门。

大家都为自己担心起来。海面上看不到一艘船，他们仿佛正在穿越一个空无一人的世界。整条船都笼罩在一种不祥之中，大家都心神不宁，可谁都避而不谈。乘客们的情绪开始暴躁起来，人们会因为鸡毛蒜皮的小事争吵不休，换作别的时候，这种小事谁也不会在意。杰夫森先生照旧开着老掉牙的玩笑，但此时大家连牵强一笑的心情都没有了。林泽尔夫妇开始争吵，晚上有人听到林泽尔太太和先生在甲板上边走边压低声音激烈争执。有天晚上在吸烟室里，一伙人打桥牌时发生了争斗，不过后来在众人的劝解下，总算是和好了。大家虽然嘴上不谈加拉格尔先生，但心里未免还在嘀咕他的事。医生说，加拉格尔先生最多挨不过三四天，于是，大家开始研究地图，激烈讨论最快能几天到亚丁。至于把加拉格尔先生送上岸后会怎样，没有人关心，大家只是不希望他死在船上。

哈姆林太太每天都去探望加拉格尔先生，眼睁睁看着他在眼前一点点垮掉，好比在热带地区，每场春雨后，目睹牧草一点点生长一样。他已瘦成了皮包骨头，皮肤松松垮垮地耷拉着，原来的双下巴已经不见了，只有皱皱巴巴的皮肤，像是雄火鸡脖颈上的肉垂，脸也陷了下去。这时，你才能看出他的骨架有多大，被单下的身躯像个史前巨人。大部分时间他都是闭着眼睛躺在床上，因为注射了吗啡，一动也不能动，但整个身子还是会随着阵阵打嗝而颤动。眼睛现在也已深陷在眼窝里，而且显得大得出奇，他时不时会睁开双眼看着你，眼神中满是疑惑和惆怅。但当他从恍惚中清醒过来，认出是哈姆林太太，便艰难地挤出一个殷勤的笑。

"感觉怎么样，加拉格尔先生？"她问道。

"好多了，好多了。等这讨厌的热天过去后，我就会没事了。天啊！我真想一头扎进大西洋！只要能让我痛痛快快地游个泳，让我干什么都行。真想念戈尔韦冰冷的海水拍打胸口的那种感觉啊！"

说完，他又打了一个嗝，从头到脚都在颤抖。照顾他的是普赖斯先生和女乘务员。小个子伦敦佬拉着脸，再也没了之前不知天高地厚的快活劲儿。

"船长昨天找我了，"房间里只剩他们两人时，他对哈姆林太太说，"他跟我说过了。真是稀罕！"

"说了什么？"

"他说他根本不相信那些妖术。他说，乘客们都被吓倒了，我最好管住嘴巴，要不然，他饶不了我。不是我说的。除了你和医生，我跟谁都没说过。"

"船上已经传开了。"

"我知道。你也觉得就只有我这么说吗？船上的印度水手和中国人都明白加拉格尔先生到底是怎么回事。这种事，你用不着教他们，对吧？他们知道这不是普通的病。"

哈姆林太太一言不发。她从船上有些乘客的奶妈嘴里得知，船上除了白人，大家都认为是那个远在印尼南角、被加拉格尔先生抛弃的女人，正在用魔法慢慢地毁掉他。所有人都相信，等到阿拉伯半岛陆地上光秃秃的岩石进入他们视线的时候，加拉格尔先生的灵魂就会离肉体而去。

"船长说，如果他听到我在捣鬼，就要把我关进船舱，一直关到下船。"他满是褶子的脸上，突然横眉立目起来。

"捣什么鬼？"

一瞬间，他怒目圆睁地盯着哈姆林太太，仿佛要把对船长的怨恨发泄到她身上似的。

"医生能试的都试过了。该死！一路上，他都在用无线电跟外界联系，可有啥用？你告诉我！他难道看不出这个人要死了吗？现在可以救他的办法只有一个。"

"你什么意思？"

"要弄死他的是魔法，所以只有魔法才能救他。哦，千万别说不能用魔法。我亲眼看到有人用过。"他的嗓门越来越高，声音越来越尖，也越来越气愤。"我亲眼看到巫医稍施魔法，就把一个人从鬼门关给拽了回来。告诉你，我是亲眼所见。"

哈姆林太太一言不发。普赖斯试探地看着她。

"船上有个印度水手是巫医，就是我们在马来联邦看到的那种。他说他可以试试，但得有个活物。一只鸡就可以。"

"要活物干什么？"哈姆林太太攥起眉头，不解地问。伦敦佬用怀疑的目光看了她一眼。

"如果你听我的建议，就什么也不要问。但我告诉你，我会不顾一切地救我的主人。就算是船长知道了，把我关进船舱，我也不在乎。呃，随他去好了！"

这时，林泽尔太太走了过来，普赖斯先生抬手打了个招呼，随即就走开了。林泽尔太太想请哈姆林太太帮她修改一下为圣诞化装舞会准备的衣服。于是，俩人一同下楼朝船舱走去，一路上，林泽尔太太焦虑地说，加拉格尔先生可能会死在圣诞节。如果那样，舞会肯定就没法举办了。她说，她已经告诉医生，如果真的发生这种事，她就再也不搭理他了。医生向她保证，他无论如何会让病人熬过圣诞节。

"这样对他也好。"林泽尔太太说。

"谁？"哈姆林太太问。

"当然是可怜的加拉格尔先生呀！谁愿意死在圣诞节呢，对不对？"

"我真的不知道！"哈姆林太太说。

当天晚上，睡了一小会儿，她突然从梦中哭醒。睡着觉居然哭了起来，这让她非常沮丧，感觉自己被虚弱的肉体所控制，意志力完全塌陷，面对自发的忧伤，毫无还手之力似的。自己经历的这场大难对她造成的影响太大了，她总是不停地去回想其中的细节。她总是不停地回想起跟丈夫的谈话，心里真希望当时应该这么说，而不应该那么说。她真希望当时对丈夫的出轨视而不见。她问自己，揣起自尊心，对不愿乐见的事视而不见，是不是不够明智？她是个见过世面的女人，心里很清楚现在这样，她将要失去的远远不止丈夫的爱，还有安定富足的生活、被人认可的地位，以及强大的后盾。她认识很多离异的女人，靠着微薄的收入勉强度日，很快就被朋友们嫌弃。而哈姆林太太就非常孤独，孤独得就像这艘孤零零的邮轮，在这空无人烟的海面上匆匆前行；孤独得就像那个独自躺在病房里奄奄一息的男人，身边一个朋友都没有。她知道，此时思绪已经占据了大脑，自己再也无法入睡。船舱里闷热难耐。她看了看表，才四点半不到，还要再熬两个小时，黎明才会来临，只有黎明的来临才会带来思绪安定的白天。

她披上和服式睡衣来到甲板上。夜色阴沉，虽然没有云，但也看不见星星。这艘老掉牙的邮轮开足了马力，喘着粗气，摇晃着身躯，轰隆隆地在夜色中航行。四周静得可怕，哈姆林太太赤着脚，在阒无人迹的甲板上摸索着前行。

四周一片漆黑，什么也看不见。她来到游步甲板的尽头，倚在栏杆上。突然，她吓了一跳，注意力顿时被什么东西吸引过去。原来她注意到下层甲板上有忽明忽暗的光，于是小心翼翼地将身子向前探去。原来是一小堆火，一群打着赤膊的男人围着火半蹲着，遮住了火焰，所以只能看见光。围着的一圈人里，她好像看到一个身材敦实的家伙，穿着睡衣，是个欧洲人，其余的都是当地人。那人一定是普赖斯先生。她立刻猜到，一伙人肯定在暗地里举行驱邪仪式，于是竖起耳朵，听到一个低沉的声音，咕哝着一串听不懂的话。这时，她害怕起来，浑身开始发抖，一动也不敢动。她知道，这伙人正专注做法事，不会注意到有人在看他们。突然，一声公鸡的啼叫划破了令人窒息的寂静，好像一块绸缎被猛地撕成两半。哈姆林太太差点尖叫起来。在西方人眼里，虽然东方的神明非常奇怪，但普赖斯先生为了救自己的朋友和主人，却甘愿去求助。低沉的咕哝声一直没断。紧接着，黑乎乎的人群开始动了起来，肯定发生了什么事，但她不知道是什么。她先是听见公鸡的"咯咯"叫声，愤怒的、恐惧的叫声，然后是一个诡异的、难以名状的声音，原来是巫师在割公鸡喉咙发生的声音，然后便悄无声息了。接下来一帮人做的事，哈姆林太太的思路有些跟不上了。不一会儿，好像有人在把火踩灭似的。她隐约看到的人影在夜色中散去，甲板上又恢复了寂静。哈姆林太太耳边再一次传来轮船引擎的轰鸣声。

她一动不动站了一会儿，浑身莫名其妙地打颤，然后沿着甲板慢慢走。她看到一张椅子，便蜷曲着身子躺下来，但她浑身还是不住地打颤。她只能猜测刚才发生的一幕。她不知道自己在椅子上躺了多久，但最后感觉到，黎明终于来了。天还没有大亮，但黑夜已经过去。在天空的映衬下，她看到了船的栏杆。这时，她看到一个身影朝她走来。那人也穿着睡衣。

"谁呀？"她紧张地叫了声。

"是我，医生。"一个友善的声音说道。

"噢！这个钟点你在这儿干什么？"

"我一直陪着加拉格尔先生，"他在她身边坐下，点了一支烟，"我给他打了一针，他现在平静了。"

"他情况很糟糕？"

"我觉得他快不行了。我一直在观察他，他会突然坐起来，开始讲马来语。我什么也听不懂，他只是不停地重复一个词。"

"也许是人名，一个女人的名字。"

"他想下床。别看他现在这副模样，力气可大着呢。天哪！我费了好大劲儿才让他安静下来。我担心他会从船上跳下去。好像有人在召唤他似的。"

"什么时候的事？"哈姆林太太慢吞吞地问道。

"四点到四点半之间吧。怎么了？"

"没什么。"

她不禁打了个寒颤。

早上晚些时候，新一天的航行开始了，船上又恢复了生气。哈姆林太太在甲板上遇到普赖斯先生，他匆匆地寒暄了一句，就警觉地走开了，样子看上去很疲惫、很紧张。哈姆林太太又想起那个胖女人，浓密的乌发上戴着金色的配饰，坐在空无一人的平房前台阶上，茫然望着在橡胶树林中延伸而去的路。

天气热得让人心慌。现在她明白夜晚为什么那么黑了。天空不再是蓝色，而是死一般平坦的白色，天际平得根本没了云的样子，热气悬在高空中，犹如棺罩一样。空气中没有一丝风，海面一派平静，像天空一样黯然失色，好似染缸里的染料一样熠熠发光。乘客们一个个无精打采地在甲板上走着，喘着气，前额上渗出豆大的汗珠。人们都在交头接耳地交谈着。船上笼罩着一种令人不安的诡异气氛，没人笑得出来，每个人内心里都泛起一股怨恨。人们都活得活蹦乱跳，想到此时身边有人奄奄一息，马上就要死去，不免有些气恼。这个人虽然跟大家非亲非故，但还是莫名其妙地影响了人们的心情。吸烟室里，一个农场主一边喝着杜松子酒，一边野蛮地说了一番话，这番话正是船上的大多数人心里想说却没人说出来的。

"哎呀！这个人要死就快点死，这样半死不活的，弄得我浑身不舒服。"他说。

这一天过得太漫长了。终于等到晚饭时间，哈姆林太太才松了一口气。这么漫长的时间终于过去了。她在医生的餐桌旁坐下来，问道:"我们什么时间到亚丁?"

"明天吧。船长说,明天早晨五点到六点,我们就能看到陆地了。"

她瞪了医生一眼。医生也盯着她看了一眼,然后红着脸垂下了头。他想起了坐在平房台阶上的胖女人说过的话,加拉格尔先生再看不到陆地。哈姆林太太不知道,眼前这个凡事讲求实际、根本不信普赖斯先生话的年轻医生,最后是不是动摇了。医生微微地皱了下眉,随后像是故作镇定似的,又看了她一眼。

"告诉你,把病人转给亚丁的医生,我没有什么不好意思的。"他说。

第二天就是圣诞前夜。哈姆林太太一夜没睡好,醒来时已是黎明时分。她从舷窗向外望去,这是个宜人的清晨,清澈的天空已经泛着银白色,雾气经过一夜已经散去。她来到甲板上,走到甲板的尽头,心情轻松了不少。地平线上,一颗星在忽明忽暗地闪烁。海面一阵波动,就像一阵微风用指尖轻轻拨弄着似的。光线柔弱得好像春天刚刚发芽的小树,通透得让人想起山谷中潺潺的溪水。她转过身,看着玫瑰色的太阳在东方冉冉升起。这时,她看见医生朝她走了过来。他穿着工作服,因为一夜没睡,头发非常凌乱,肩膀也耷拉着,一副无精打采的样子。哈姆林太太立刻猜到,加拉格尔先生死了。医生走到她身旁时,她才发现他一直在哭。他这么年轻,哈姆林太太不由得开始心疼起他来。她抓起医生的手。

"可怜见的,可把你累了。"她说。

"我尽力了,我真的很想救他。"他说。

他说话的声音有些哽咽,哈姆林太太看得出,他简直快要撕心裂肺了。

"他什么时候死的?"她问。

医生闭起双眼,努力控制自己的情绪,但嘴唇还是在颤抖。"就在几分钟前。"

哈姆林太太叹了口气,实在不知道该说些什么。她望着亘古不变、风平浪静、冷漠无情的大海。一望无际的海面向四周延伸，好似凡人的痛苦一样没有尽头。突然，什么东西吸引住了她的目光，在前方的地平线上，有一团云彩一样的东西，但那团东西轮廓分明，显然不是云。她碰了碰医生的胳膊。

"那是什么？"

他盯着看了一会儿，哈姆林太太注意到他那张已经被晒黑的脸顿时变得苍白起来。

"是陆地。"

哈姆林太太又一次想起了那个胖马来女人，默默地坐在加拉格尔先生房前台阶上。此时她知道了吗？

上午晚些时候，人们为加拉格尔先生举行了葬礼。头等舱和二等舱的乘客，还有白人侍者和欧洲官员，站在底层甲板和舱门口。牧师在致悼词："人为妇人所生，日子短少，多有患难。出来如花，又被割下；飞去如影，不能存留。"①

普赖斯眉头紧锁，牙关紧咬，眼皮耷拉着，看着甲板。他一点儿也不悲伤，因为他心中充满了愤怒。医生和领事并肩站着。林泽尔先生的神情拿捏得恰到好处，略带遗憾的表情中又不失官员的威严。医生刚刚刮过胡子，穿着整洁的工作服，一头金发，脸色苍白，显得疲惫不堪。哈姆林太太看了看医生，又看了看林泽尔太太。她紧紧倚在丈夫身上，不停地抽泣，林泽尔先生温柔地握着她的手。不知道为什么，眼前这一幕让哈姆林太太深受触动。当悲伤来临，几近崩溃的时候，这个小女人还是本能地寻求丈夫的保护和支持。但紧接着，她盯着甲板上的缝隙，感到自己的身体在微微颤抖，因为接下来的一幕，她实在不忍心去看。牧师停顿片刻，人群中出现了一丝躁动。一位官

---

① 源自《圣经·旧约·约伯记》（14：1～2）。

员发了指令，牧师继续念道："鉴于全能上帝的仁慈之心已经得到宽慰，所以这里把我们亲爱兄弟的灵魂归还于他：我们把他的躯体托付给大海，期待大海放弃他的肉体，灵魂得以复活。"

哈姆林太太感到炙热的泪水顺着脸颊流了下来。接着，"噗通"一声，尸体被抛进了大海。牧师还在继续念着。

葬礼结束后，人们渐渐散去。二等舱的乘客回到自己的船舱，随后，午餐的铃声响了。一等舱的乘客漫无目的地在甲板上闲逛。大多数男人朝吸烟室走去，想去喝点威士忌、苏打水或是杜松子酒来放松一下。但是，领事在晚宴厅外面的告示板上贴了一张告示，要召集乘客开会。这次开会的目的大家都清楚，所以便在预定时间聚在了一起。一个星期来，人们还从未像现在这样高兴过，大家轻松地交谈着，但出于礼节上对死者的尊重，还是比较收敛。林泽尔先生戴着一副眼镜，说召集大家是为了讨论第二天化装舞会的问题。他说非常理解大家对加拉格尔先生感到痛心，所以提议以他们共同的名义给逝者的亲人发一封电报，但事务长先生已经检查过他的文件，没有找到任何可以联系的亲人或朋友。已故的加拉格尔先生似乎是只身一人活在世上。同时，他本人，作为领事，向医生先生表达了亲切的慰问，因为他知道，为了挽救加拉格尔先生，医生先生尽了最大的努力。

"有道理，有道理！"乘客们纷纷说道。

林泽尔先生继续说，这段时间大家过得都不容易，从某种意义上说，将舞会推迟到新年前夜，似乎对死者更为尊重。但他坦白地告诉大家，这并不是他的意思，他相信加拉格尔先生本人也不希望这样。当然，这要由大多数人决定。医生站起身来，先是对领事和其他乘客对他的溢美之辞表达了谢意，然后说，这段时间确实很难熬，但船长授权他告诉大家：船长希望舞会如期在圣诞节举行，就像什么也没发生一样。医生自信地继续说，船长认为乘客们最近状态不佳，所以圣诞节大家好好乐一乐对每个人都有好处。随后，牧师的妻子站起来说，大家不应该只考虑自己，负责这次舞会的娱乐委员会已经为孩子们在晚宴后准备了圣诞树，孩子们早就盼着看所有人穿着舞会盛装的样子了，如果让他们失望真是太不应该了。她和所有的人一样对死者怀有深深的敬意，也理解大家因内心过度悲伤，不愿去想舞会的事情，她的心也非常沉重，但她认为，如果因此沉浸在悲伤之中，不但对谁没好处，而且也过于自私。大家应该为孩子们着想。她的这番话说到了大家的心坎上。人们想忘掉多日来一直笼罩在船上、挥之不去的阴霾。既然大家都还活着，那就应该让自己开心，可现在最得体的做法是向死者表示哀悼，想到这一点，大家内心又未免有些不安。但如果为他人着想，选择另一种做法，这也没有什么不妥。领事要求大家举手表决，除了哈姆林太太和一位上了年纪、患有风湿病的太太外，其他人都迫不及待地高举起自己的手。

"那就这么定了，"领事先生说，"恕我冒昧，恭喜大家做出了明智的决定。"

人群正准备散去，这时，一位农场主站起来，说他想提个建议。无论如何，大家是不是觉得应该邀请二等舱的乘客一起参加呢？因为二等舱的乘客早上也一起参加了葬礼。牧师也跳起来，附和农场主的建议。过去几天里，加拉格尔先生的事把头等舱和二等舱的乘客凝聚在一起，况且死亡面前人人平等。领事先生又开口讲话，说这个话题在上次会议上曾经讨论过，当时认为二等舱的乘客还是单独组织舞会比较适，但时过境迁，情况不同了，他明确表态，之前的决定可以改变。

"赞成！赞成！"一群人纷纷说道。

大家都为这次口头的民主表决感到高兴，一个个带着轻快的心情离开了，为自己的仁慈和善良感到欣慰。吸烟室里，大家相互买单喝酒庆祝。

就这样，第二天晚上，哈姆林太太穿上了化装舞会的盛装。她没有心思去应付即将到来的欢庆，甚至想过装病不参加，但她清楚没人会相信，况且也担心别人会说她过于做作。她把自己装扮得像卡门①一样，因为她克制不住自己的虚荣心，让自己尽可能的美丽迷人。她抹了浓浓的睫毛，两颊涂了胭脂，妆容得体。集合号吹响后，她走进沙龙，一时间惊艳了四座。一贯幽默风趣的领事把自己装扮成芭蕾舞女郎，博来大家阵阵笑声。牧师和他的妻子虽然有些难为情，但心情却非常舒畅，一举一动就像中国满族皇室贵胄。林泽尔太太装扮成科隆比娜②的样子，把自己迷人的双腿尽情地显露出来，而她丈夫却打扮成阿拉伯酋长。医生则装扮成马来国苏丹的样子。

为了能在晚宴上给大家提供香槟，之前组织了筹款，所以整个晚宴充满了洋洋的喜气。半岛-东方邮轮给大家提供了圣诞彩包爆竹，里面是大小各异的纸帽，乘客们拿到后都纷纷戴在了头上。还有五颜六色的纸彩带和小气球，大家拿着彩带互相扔着，把气球从大厅的这头打到那头。人们笑着，喊着，到处洋溢着喜庆。没有人会说自己玩得不尽兴。晚饭一结束，人们便走进舞厅，舞厅里已经装扮好圣诞树，蜡烛也已经点好。孩子进来后，挨个领到礼物，都高兴地狂呼乱叫。随后，舞会开始了。二等舱的乘客面带羞涩地站在甲板上为跳舞留出的空地上，只是偶尔互相邀请跳支舞。

"很高兴邀请了他们，"领事一边跟哈姆林太太跳舞，一边说道，"对民主，我举双手赞成。不过，我觉得，他们只跟自己人交往，还是比较明智的。"但哈姆林太太注意到，舞厅里并没有看到普赖斯，于是便找了个机会，问了一个二等舱乘客普赖斯哪里去了。

---

① 卡门（Carmen），法国现实主义作家梅里美创作的中篇小说《卡门》中的女主人公。
② 科隆比娜（Columbine），意大利传统戏剧中的喜剧女角。

"他喝得烂醉，"那人回答道，"所以我们下午就把他安顿到床上，把他关在船舱里了。"

领事这人简直太滑稽了，又邀请她跳了一支舞。哈姆林太太突然觉得，业余乐队蹩脚的演奏，领事粗俗的玩笑，舞池里的欢笑声，再也无法让自己忍受了。她也不知为什么，但船上无处不在的欢愉和孤独的大海形成鲜明的对比，这样的夜晚让她突然感到恐惧。舞曲结束后，领事松开她，她赶忙逃开，看到没人注意，便匆匆来到甲板上。甲板上漆黑一片，她轻轻走到一个地方，她知道在这里不会有人打扰。突然，她听到一阵微弱的笑声，随后看见一个科隆比娜模样的女人和一个马来苏丹模样的男人正躲在一个看不见的角落里。前阵子，加拉格尔先生的事打断了林泽尔太太和医生的调情，现在俩人又可以继续前缘了。

很显然，这些人已经把那个死得不明不白、可怜而又孤独的男人抛在脑后了。人们对他不再有丝毫的同情，唯有怨恨，因为这段时间以来，就是因为这家伙，大家过得都不开心。此时此刻，他们贪婪地抓住生命，尽情地开着玩笑，调着情，说着长，道着短。哈姆林太太回想起领事说过的话，在加拉格尔先生的文件里，没有找到任何书信，也没有找到一个朋友的名字，所以无需把他的死讯发给谁。哈姆林太太不明白，为什么想到这些，她就无比难过。一个人就这样孤独地在世上走了一回，这多少有些不可思议。她回想起加拉格尔先生在新加坡上船时的情景，那一幕近在眼前。当时他还是身强力壮，充满活力，对未来心怀憧憬，想到这些，哈姆林太太不由得暗自忧伤。葬礼上牧师的话让她敬畏：**人从母体出生，经过短暂光阴，万般苦难。他来了，又像花一样……**年复一年，他一直在筹划未来，他这么想活着，对生活又这么充满了憧憬，但是，突然间，两手一摊，就这么去了。唉！实在是令人惋惜。和死相比，世间其他的痛苦都不值一提。

充满神秘的死亡才是真正重要的。哈姆林太太靠在栏杆上，抬头凝望繁星点点的天空。人为什么要自寻烦恼呢？还是让人们为亲人的离去痛哭吧，因为死亡本就是可怕的，但对大多数人来说，值得心怀鬼胎、虚情假意、毫不容情地去表现得悲痛欲绝吗？她又想到自己和丈夫，还有丈夫莫名其妙爱上的那个女人。他也说过，和死亡相比，我们活着去追求快乐的时光太短暂。哈姆林太太静下心来，沉思良久，突然内心有所发现，好像夏日的闪电划过漆黑的夜空，吓得她胆战心惊。她发现，在内心深处，她不再怨恨丈夫，也不再嫉妒那个女人。在她意识里遥远的地平线上，突然冒出了一个念头，犹如清晨的阳光，用温柔幸福的光芒照耀着她。这个素不相识的爱尔兰人的死让她鼓起勇气，得意地做出了一个义无反顾的决定，让她的心跳不由得加快，迫不及待地要付诸行动。一种自我牺牲的冲动在她内心激荡。

音乐停了，舞会结束了。大部分乘客已经回舱休息，余下的则跑进了吸烟室。哈姆林太太下楼来到船舱，路上一个人也没有碰到。她拿起信纸，提笔给丈夫写了一封信：

亲爱的，

今天是圣诞节，我想告诉你，此时此刻，无论对你，还是对她，我的内心都充满了深深的思念。这些日子，我太傻，太不理智。我觉得，我们应该允许我们关爱的人以自己的方式活得快乐。既然我们这么关心他们，就不该为此而不快。不论这份快乐如何莫名其妙进入你的生活，我只想告诉你，我不再为此耿耿于怀。我不再嫉妒，不再觉得受到了伤害，也不会觉得自己孤独和不快。只要你觉得自己需要我，就来找我，我会满怀喜悦地欢迎你，不会指责，也不会怨恨。这些年来，你给了我幸福和温柔，我心存感激。为了报答你，我希望给你我无私的爱，不求任何回报。请不要把我想得太坏。永远快乐！永远快乐！

　　她签上名，将信塞进信封。虽然到了塞得港 ① 后信件才会发出去，但她还是想立刻把信投进邮筒。这一切完成后，她一边卸妆，一边盯着镜子中的自己。她的眼睛炯炯有神，涂了胭脂的脸也明亮起来。因为心存了希望，未来已不再孤凄，而是充满了光明。她钻进被窝，立刻就睡着了，而且睡得很香，连梦也不见了。

（朱向荣　译）

---

① 塞得港（Said），埃及东北部城市，埃及第二大港口，位于苏伊士运河北端地中海岸。

插曲

　　因为女主人喜欢大众话题，所以聚会的规模一般不大，一起吃饭的最多八人，一般只有六位。饭后到客厅时，座次安排得也相当用心，任何两个人都别想躲到某个角落说悄悄话让大家扫兴。一进屋我就高兴地发现，在座的宾客我全认识。除了女主人，还有两位精明优雅的女宾。除了我，还有两位男宾，其中一位就是我的好友内德·普雷斯顿。女主人一直有条规矩，那就是从不邀请夫妻同来，她说那会让夫妻二人都备感拘束，无法尽兴。要是哪对夫妇不乐意独自前来的话，那就干脆别来。不过，她的餐桌上一直酒菜都不错，加上聊天话题也总十分有趣，她请的人一般都会来。大家有时候说她请丈夫的次数要比请妻子的次数多，她解释说，这可不能怪她，谁让为人夫的男人比为人妻的女人多呢？

　　内德·普雷斯顿是苏格兰人，脾气不错，活宝一个，讲故事很有天分，因为他真不是一般的健谈，所以有时难免太啰嗦。不过，他讲的故事都极富戏剧性，而且也能引人入胜。他是个单身，收入不多，不过他生活节俭，够开销了。他算是挺走运的，因为他得了慢性结核病，这种病能拖上好多年，虽然不致命，却影响上班谋生。他不时会旧病复发，得卧床两三个星期，不过病体又会好转，他又会和以前一样开心、快乐和健谈。我怀疑他也许没有足够的钱去昂贵的疗养院休养，但我能肯定的是，他的性格绝对无法习惯那里面的生活。他见多识广，喜欢交际。只要身体允许，他总不愿困在家里，喜欢出去吃午饭，出去吃晚饭，而且还喜欢抽着烟斗，狂饮威士忌，一坐就是大半夜。如果他能接受病人那种残缺不全的生活，他也许能活到现在，可他才不干呢。不过，谁又能因此责怪他呢？他五十五岁时就死于大出血，死的那天夜里，他刚参加完外面的一次聚会回来，他完全可以为自己的表现心满意足了，因为当晚的聚会相当成功，靠的就是他。

　　他具有结核病人特有的那种疯狂活力，总是找些事来满足他那行动的欲望。不知道他从哪儿听说沃姆伍德-斯克拉比斯监狱 [①] 需要囚犯巡视，这勾起了他极大的兴趣，于是他自己跑到内政部求见监狱管理官员，主动要求干这份差事。这份差事没有报酬，尽管有不少人或出于同情，或出于好奇，愿意尝试一下，但要不了多久就厌倦了，要么就是嫌占用的时间太多，于是便打了退堂鼓，至于他们原本关心的诸如囚犯们所面临的各种问题、囚犯们的权益以及未来等等，也就全抛到一边，不再关心了。这样一来，内政部的官员开始留了心眼儿，不再接受那些看着就干不长的人，对应征者的经历、性格以及整体适应能力都会进行认真筛查。然后，还会有一个试用期，对其进行细致观察，如果印象不佳就会婉言谢绝，告诉对方不需要再干下去了。不过，内德·普雷斯顿却让那位阴沉、干练的面试官相当满意，觉得他在各方面都值得信赖。从一开始，他就跟典狱长、狱吏和囚犯们处得不错。他完全没有等级观念，囚犯们无论入狱前是什么身份，跟他在

---

① 沃姆伍德-斯克拉比斯监狱（Wormwood Scrubs），位于英国伦敦西南部哈默史密斯与富勒姆市的艾沃姆伍德-斯克拉比斯区的男子监狱。

一起都觉得轻松自在。他从不说教，也不讲大道理。别说犯罪，他一辈子就连亏心事都没干过，可他把囚犯们犯下的罪行当作他的结核病一样来看待：必须忍受这种讨厌的麻烦事，但整天挂在嘴上又有什么用呢？

沃姆伍德-斯克拉比斯监狱关的都是初犯，建筑阴森冰冷，令人望而生畏。内德带我去过一次，当穿过一道道牢门，进入监狱后，我浑身直起鸡皮疙瘩。我们穿过犯人们正在里面干活的大厅。

"要是看到自己的朋友，就当没看见好了，"内德跟我说，"他们可不喜欢给人认出来。"

"在这儿还能碰到我的朋友？"我冷冰冰地回了一句。

"谁能说得准呢？你要是有朋友因为经常开空头支票或是在公园里干了伤风败俗的勾当被抓，我觉得没有什么好大惊小怪的啊。你要是知道我在这儿有多少次看到一起吃过饭的朋友，肯定会吃惊的。"

内德的职责之一就是帮那些刚被抓进去的囚犯度过难熬的头几天。他们因为经历了审判和刑罚，精神上经常会受到极大的打击。在经历了初步法律程序后，他们还要忍受入狱的整个流程：脱光、淋浴、体检、接受盘问，最后换上囚服带进牢房，再关门上锁，经过这一番折腾之后，他们的精神几乎都要崩溃了。有时囚犯会歇斯底里地哭喊，有时会吃不下饭，睡不着觉。内德的任务就是帮他们打起精神，而他那轻松愉快的举止和亲切自然的态度，经常能带来神奇功效。如果囚犯放心不下老婆孩子，他就亲自前去探望；如果他们家徒四壁，他会自掏腰包接济他们。他跟囚犯们讲各种新闻和消息，帮他们消除自感与世隔绝、众叛亲离的苦恼。他会广泛阅读体育报刊，以便告诉囚犯们哪匹马在哪项重要赛事上夺冠，或者拳击冠军是否打败了对手。他会为囚犯们出狱后的生计出谋划策，在囚犯就要刑满出狱时，帮他们留意有没有合适的工作，然后还会不辞辛劳，亲自前去说服老板给他们重新做人的机会。

因为大家对犯罪话题都感兴趣，所以只要内德在场，话题迟早会转移到这上面来。那天晚饭过后，我们都手里端着酒杯，在客厅里舒舒服服地坐了下来。

"内德，斯克拉比斯最近可有什么有趣的案子？"我开始问他。

"也没什么。"

他说话的嗓音又高又尖，笑起来非常沙哑，"咯咯"作响。这会儿，他又"咯咯"笑了起来。

"我今天刚去探视了一个老姐，她可真逗。她老公是个入室盗窃的夜贼。警察盯他好几年了，可一直都抓不到他现行，直到最近才让他认了罪。他每次行窃前都会跟妻子精心编造一套他不在现场的证词，因此他之前虽然被捕过三四次，而且都进入庭审，警方却一直都找不出什么破绽，无法证明他有罪，他也总能化险为夷、逃脱惩罚。这不，前不久他再次被捕，可他一点儿都不慌，他跟妻子一起编造的不在场证词，可谓是完美无缺、滴水不漏，他断定肯定会跟以前一样无罪释放。可谁想他妻子走上证人席后，却没有照两人商量好的证词说，这让他大吃一惊！结果，他被判有罪，入狱服刑。我去看他的时候，与其说他是担心自己被抓进大牢，倒不如说他因为妻子没替他作假证而感到大惑不解，于是他就求我去看她，问问她在捣什么鬼。所以，我就跑了一趟，知道她是怎么跟我说的吗？她说：'噢，先生，是这样的，这次谎编得太精彩啦，我实在不忍心这么轻易说出来。'"

当然，在场的人都哄堂大笑起来。讲故事的人就喜欢会欣赏的听众，而且内德·普雷斯顿从来都不喜欢长篇大论，让人厌烦。他又讲了两三个有趣的段子，这些段子无一例外地都印证了他一直津津乐道的一个观点：那就是在实现普遍民主之前，相对于富裕和有教养的阶层，在英国所谓的下层社会中，总是存在着更强的激情、更多的浪漫、更多不计后果的真性情。相比之下，上层社会总显得谨小慎微、墨守成规。

"只是因为劳动阶层读书不多，只是因为他们不善言辞，你就认为他们缺乏想象力，那你就错啦，"他说，"他们恰恰拥有极为丰富的想象力。只是因为他们看上去粗鲁，你就认为他们头脑简单，没有七情六欲，那你又错啦。其实，他们的情感非常细腻。"

接下来，他便给我们讲了个故事。下面，我就尽可能用自己的话把这个故事讲一遍吧。

弗雷德·曼森是个非常帅气的小伙子，身材高挑、体格匀称，眼睛碧蓝，五官俊朗，脸上总是挂着和蔼而愉悦的微笑。不过，最让他与众不同的，还是他那浓密的深红色头发，如波浪般卷曲，走在大街上回头率极高，真是帅极了。也许正是这一头美发让他有了性感的外貌，他那迷人的男人味如同香水般醉人。两道浓密的剑眉，颜色比头发略浅一点；他天生丽质，不像一般红头发的人那样肤色粗陋，让一头红发黯然失色。他的皮肤光彩照人，是漂亮的橄榄色。他的眼神直率而大胆，每当他浅笑或大笑时，那模样真可谓勾魂摄魄。他正值青春年少，浑身都洋溢着健康活力，总不缺少开心的理由。他只有二十二岁，但总能给人一种尽情享受生活、生机勃勃的愉悦感。拥有如此相貌，尤其是浑身洋溢的那种撩拨人心的性感魅力，他在女人堆里自然是如鱼得水。他温柔迷人、热情洋溢，不过，感情上未免有些不检点，且男女不论。他倒不是铁石心肠、厚颜无耻，相反是天性温和友善，不过，他总能让他见异思迁的对象明白：他追求的不过是一时的快活，要让他跟任何人厮守终身是绝对不可能的。

弗雷德是个邮差，在布里克斯顿^①工作。那是伦敦人口稠密的一

---

① 布里克斯顿（Brixton），伦敦南部兰贝斯区的一个地区，是街头市场和零售业比较集中的居民区。

个地区，以比伦敦其他郊区窝藏了更多的罪犯而闻名，原因是有轨电车通宵达旦穿梭于泰晤士河两岸，所以罪犯在西区入室行窃后可以轻而易举地乘车溜回来。弗雷德喜欢自己的工作。布里克斯顿区有无数条街道，街道两边鳞次栉比的矮小房屋里住的大都是劳动阶层，有在附近上班的工人，也有职员、店员和各类技工，有的还得每天到泰晤士河对岸去上班。弗雷德体格强壮、身体健康，走街串巷地递送信件，对他来说倒是一件乐事。有时候，包裹需要交给收件人，挂号邮件需要签收，他就有机会跟人打交道。他很喜欢与人交往，无论负责哪个地段，用不了多久，就跟当地的居民混熟了。一段时间以后，他的工作发生了变动，他不再直接送信，转而负责从各个邮筒里收取邮件，送到布里克斯顿区的中心局。有时取完邮件后，他的邮袋会很重，可他有的是力气，这点分量只不过让他呵呵一笑而已。

一天，他正在一条高档街道上清空邮筒，那条街上全是半独立式的住宅。他刚扎好邮袋，一个姑娘就朝他跑了过来。

"邮差，请把这封信也带上好吗？"她高声叫道，"我是特地跑来想赶上这一趟的。"

他和和气气地冲她笑了笑。

"我一向乐意为女士效劳。"说着，他放下邮袋，打开了口袋。

"本来不想麻烦你，可这是封加急。"她一边把手中的信递给他，一边解释道。

"给谁写的啊？男朋友？"他咧嘴笑着说。

"关你什么事？"

"好嘛！还挺傲娇。不过，我可告诉你，那家伙没啥好的。千万别信他。"

"你脸皮还真够厚的嘛！"她说。

"大伙儿都是这么说我的。"

他脱下帽子，用手理了理他那蓬松的红头发。女孩子一看，不禁呆住了。

"你的头发是在哪儿烫的？"姑娘笑嘻嘻地问道。

"想去的话，我哪天带你去。"

他笑眯眯地俯视着她，他身上有种奇特而又微妙的东西令她心头一颤。

"得了，我要走啦，"他说，"要不是我不住脚地干好活，这个国家说不定会出什么乱子呢。"

"我可没缠着你呀！"她冷冰冰地说。

"这就是你的不对了。"他回了一句。

他瞄了她一眼，这一眼搅得她心怦怦直跳，感觉脸一直红到了耳根。她赶紧转身往家跑。弗雷德注意到她家跟邮筒之间隔了四户人家。那正是他的必经之路，他走过那户人家的时候抬头望了望，看见窗纱动了一下。他明白，她也在看他，心里甚是得意。接下来的几天，每次经过这户人家，他都要朝里面张望，可再也没见着女孩子的身影。一天下午，他刚踏上她住的那条街，居然意外撞见了她。

"你好呀！"他停下来跟她打招呼。

"你好！"

她的脸涨得通红。"最近没见到你嘛。"

"对你也没什么损失吧。"

"你不就想这样嘛！"

她比他印象中还要漂亮，深色头发，深色眼睛，高挑个头，身材苗条，皮肤白净，还有雪白的牙齿。"找个晚上跟我去看电影吧？"

"你挺会自作多情的嘛，是不是？"

"走过路过，不能错过嘛。"他说着，迷人地咧嘴放肆一笑。

她也忍不住笑了。

"我可不这么想，不行。"

"呃，答应吧。人不轻狂枉少年嘛。"

他身上有种吸引人的特质，让她不忍断然拒绝。

"真不行。我们家可不喜欢我跟不认识的男孩子出去。要知道，我可是爸妈的独生女，他们可稀罕我了。话说我连你叫什么还不知道呢。"

"这好办啊，我现在就可以告诉你，是不是？弗雷德，弗雷德·曼森。你就不能跟家里说是跟闺蜜去看电影吗？"

此时，她的感受是从未有过的。她不清楚到底是痛苦还是快乐。她只是有点异样，感觉气不够喘的。

"我想应该可以吧。"

于是，两人约定了时间和地点。那天晚上，弗雷德等她来以后一起走进电影院，但电影开演后当他伸出胳膊去搂她的腰时，她却一声不吭地只盯着银幕看，轻轻地推开他的手臂。他又握她的手，她再次轻轻地抽回去。他很吃惊，他平时约的那些姑娘可不这样。他不明白，不是为了搂搂抱抱，来电影院干什么？看完电影，他送她回家。她跟他说了名字：格蕾丝·卡特。她爸爸在布里克斯顿街上有个门面，经营布匹，手下有四名员工。

"他生意做得肯定不错吧。"弗雷德说。

"他倒是没怨声载道。"

格蕾丝是伦敦大学的学生，等拿到学位后，打算去当老师。

"这么好的生意等你去做，干吗要去当什么老师呢？"

"爸不想让我掺和他的生意——尤其是他供我读书，接受了这么好的教育之后。他想让我上进，你明白我的意思吧。"

在布店里，她父亲一开始只是个跑腿的小听差，后来才当上了伙计，因为踏实肯干、忠厚可靠，再加上头脑灵活，现在成了小店的老板，生意做得风生水起。事业上的成功让他对自己的独生女寄予了厚望。他不想让她跟自己的生意有什么瓜葛，希望她能嫁个医生、律师这样的知识分子，或者至少是伦敦金融商业区的人。到那时，他就能把布店卖掉，正式退休，安享晚年，而格蕾丝也能脱胎换骨，成为上流社会的贵妇人了。

等两人走到她住的那条街的拐角时，格蕾丝伸出手。

"你还是别送我到门口了。"她说道。

"你不想跟我吻别？"

"不。"

"为什么？"

"因为我不想。"

"你还会跟我一起看电影吧？"

"我觉得还是不去为好。"

"哦，别这么狠心嘛！"

他言语中的恳求是那么情真意切，她实在不忍心一口回绝。

"我肯来的话，你能规矩点儿吗？"他马上点了点头。"你能保证？"

"骗你就不是人！"

与她分手后，他不禁挠了挠头。这姑娘可真有意思，他还从未遇到过她这样的女孩。高傲、优越，这是不容置疑的。不过，她的声音中有种特别撩人的东西，热情而温柔。他努力去想那种感觉到底是什么，感觉她说的话像是在亲吻你。听起来有点儿傻，却是真的，那种感觉确实如此。

自那以后，俩人每周都会一起看一两场电影。一段时间后，她也允许他搂她的腰、牵她的手了，不过，仅此而已，除此以外，再不许他越雷池半步。

"你让男孩亲过吗？"他有一次问她。

"没，从来没有，"她很坦然地说，"我妈很可笑，她说女孩子家一定得让男人尊重才行。"

"格蕾丝，为了能亲你一下，我愿放弃世间的一切。"

"别傻了。"

"你就不能让我亲一下吗？"她摇了摇头。"为什么？"

"因为我太喜欢你了。"她声音有些沙哑地说道，然后快步从他身边走开了。

这话让他着实吃了一惊。他以前从来没有像现在想要她一样想要一个女人。她说的那句话彻底要了他的命。他无时无刻不想着她，他一心只盼着两人要一起度过的每个夜晚，他还从未对任何东西有过如此强烈的期盼。有生以来头一回，他对自己没了把握。她任何方面都比他优越，无论是她父亲日进斗金地大把赚钱，还是她接受的教育，以及一切的一切，而他只不过是个邮差。两人已经约好下周五晚上见面，而他就像热锅上的蚂蚁一样焦急不安，唯恐她爽约。他一遍又一遍地对自己重复着她对他说过的话：也许她的意思是她已经决心要甩掉他了。当他最终看着她沿街朝他走来时，他简直要喜极而泣了。那天晚上，他既没搂她的腰，也没牵她的手，就连送她回家时，都一言没发。

"弗雷德，今晚你可真安静！"她最后说道，"你到底怎么了？"

又走了几步，他才开口回答。

"我不想告诉你。"

她骤然停下脚步，抬头望着他，脸上带着惊恐的神情。

"有话就说吧！"她声音有些抖颤。

"我没救了，已经无法自拔。我全心全意地恋着你，茶不思，饭不想，夜不能寐。我真不知道我爱你能爱到这分上。"

"噢，就这些？你吓了我一大跳。我还以为你要跟我说你很快就要结婚了呢。"

"我？你把我当什么人了？我想娶的人只有你。"

"哎呀！傻瓜，有什么拦着你呢？"

"格蕾丝，你这话算数？"

他猛地把她揽入怀中，狂吻起她的嘴唇来。她非但没有反抗，反而回吻他，他能感觉到她的激情一点儿也不逊于他。

俩人商定，由格蕾丝告诉父母她已经跟他订婚了，而他要在周日上门跟她父母正式见面。由于布店周六很晚才打烊，卡特先生到家已经筋疲力尽了，所以一直等到周日吃过正餐，格蕾丝才提了这事。乔治·卡特是个精力充沛的人，个子不高，不过身体健壮，面色红润，随着生意渐渐兴隆，身体也在发福。他的头发差不多已经掉光了，嘴上留着一撮灰白的唇髭。同很多从劳动阶层爬到老板位置上的人一样，他是个非常苛刻的老板，总是想方设法让他那几个员工拼命干活。他老于世故，容不得半点废话和胡来，不过，他倒也通情达理，可以说是相当和善，所以手下人也并不讨厌他。卡特太太生性文静和蔼，长得十分讨人喜欢，虽已是徐娘半老，倒也风韵犹存。夫妻俩都已五十好几，因为他们结婚很晚，相恋了近十年才"步入"婚姻殿堂的。

当格蕾丝把事情的来龙去脉和盘托出之后，夫妻俩虽然很吃惊，但也没有露出不悦。

"你这个小淘气！"她父亲说，"嗨，我倒是从没觉察到你已经谈男朋友了。得了，这也是早晚的事。他叫什么啊？"

"弗雷德·曼森。"

"在大学里认识的？"

"不是。你一定也见过他。他是个邮差，就负责收集我们街头邮筒的信件。"

"啊！"卡特太太叫道，"格蕾丝，你不是在开玩笑吧？我们让你接受这么好的教育，你可不能就这么嫁给个普通的邮差啊！"

卡特先生一时间无语了。他原本红润的脸涨得愈发通红。

"丫头，你妈说得没错，你不能这样自暴自弃，"他憋了半天终于开口说道，"哎呀！这也太荒唐了。"

"我没有自暴自弃。等见了他，你们再说也不迟。"

卡特太太已经开始哭了。

"你这不是作践自己嘛！真是丢人现眼。我还怎么抬头见人呀！"

"噢，妈，别这么说。他是个棒小伙，也有份不错的工作。"

"你懂啥呀。"她呜咽着说。

"你是怎么认识他的？"卡特先生插嘴问道，"他是什么出身？"

"他爸是开邮车的。"格蕾丝带着挑衅的口吻说。

"劳动阶层。"

"哎呀！那又怎样？他爸在邮局工作了二十四年，全局上下都很尊敬他。"

卡特太太咬着手帕的边角。

"格蕾丝，我想告诉你件事。我跟你爸结婚前，给人家当用人。他一直都不想让我告诉你，因为他不想让你为我抬不起头来。也是因为这，我们订婚多年才结的婚。我服侍的那位太太说，如果我愿意服侍她到老，她就在遗嘱里给我留一笔钱。"

"我就是靠那笔钱起家的，"卡特先生插嘴道，"要不然，我也不可能有今天。我还想跟你说，你妈真是男人能找到的最贤惠的妻子。"

"我没受过什么像样的教育，可我的心气儿一直很高，"卡特太太接着说，"我这辈子最自豪的时候，就是你爸说，我们能请得起一个女佣来帮我，他当时说：'总有一天，你会有厨师和女佣伺候的。'他已经说到做到了，可你现在要走我的老路。我可是全指望你能嫁个绅士啊。"

她又唉声叹气起来。格蕾丝很孝顺，看父母这么难过，也于心不忍。

"妈，对不起，我知道我让你很失望，可我也没办法，我真的是情不自禁。我很爱他，实在是太爱了。我相信，你要是见到他，也会喜欢他的。我们约好今天下午去公园走走，我能带他回来吃晚饭吗？"

卡特太太焦虑不安地看了丈夫一眼。他叹了口气。

"我不愿意，也用不着假装，不过，我觉得，我们还是见见他吧！"

这顿饭吃得比预想的要顺利。弗雷德并不怕生，他跟格蕾丝父母聊天的态度就像是老朋友一样亲切自然。尽管他从没有由女佣伺候着在摆有桃花心木家具的餐厅里优雅地用过餐，用餐后又来到摆着一架大钢琴的客厅里就座，但他也没有流露出丝毫的窘迫。他走后，卡特先生和太太回到卧室里，老两口对小伙子品头论足起来。

"不得不承认，他长得确实不错。"她说道。

"帅有啥用？厚道才是最重要的。你觉得他图的是咱女儿的钱吗？"

"哦，他八成知道你手上有点儿干货，不过，他倒也是真心爱她。"

"啊，你凭啥这么肯定呢？"

"哎呀！你看看他瞅咱女儿的眼神，这不是明摆着嘛！"

"呃，这才是最要紧的。"

最后，卡特夫妇也不再反对这门亲事了，不过提出一个条件，那就是：得等格蕾丝拿到学位后才同意他们结婚。这就意味着，老两口还有一年的回旋余地，暗地里还抱有一线希望，指望她兴许到时候会改变主意呢。自那以后，老两口就经常看到弗雷德，他每个周日都会和他们共同度过。久而久之，老两口也越来越喜欢年轻人了。弗雷德为人总是那么随和，性格总是那么开朗，整天兴致勃勃的，而且更重要的是，他是那么明显地、全心全意地爱着格蕾丝。结果，没过多久，卡特太太就被小伙子的魅力所折服，又过了一段时间，就连卡特先生也开始承认，他确实是个好小伙。弗雷德和格蕾丝也过得非常快乐。她每天去伦敦上学，学习非常刻苦，然后俩人一起度过愉快的傍晚。他送给她一枚十分精美的订婚戒指，还经常带她到西区吃饭看戏。周日晴朗的时候，弗雷德就开车带她去乡下郊游，他说汽车是跟一个朋友借来的。当格蕾丝问他怎么会有那么多钱花在她身上时，他哈哈一笑，说是有个朋友给他透露了赛马的内幕，他把宝压在一匹很不被看好的马上，赚了不少钱。俩人在一起没完没了、乐此不疲地讨论着婚后俩人会拥有的小屋，还有亲手布置新房的无穷乐趣。至此，俩人比以往更亲密了。

后来，突然飞来横祸。弗雷德因偷窃他收集的信件中夹寄的钱被捕了。不少人为了省事，寄钱不买汇票，直接就把钱塞进信封里。要知道，要想发现信封里是否有夹寄的钱，并不是什么难事。弗雷德被送上法庭，他认了罪，被判处强制劳役两年。格蕾丝也去旁听了庭审，直到最后一刻，她都希望他能自证清白。他当庭认罪对她简直是致命打击。法庭不允许她与他会面，直接把他从被告席押上了囚车。她回到家中，将自己反锁在自己房间里，趴在床上放声痛哭。等卡特先生从店里回家后，格蕾丝的母亲上楼来到她的房间。

"格蕾丝，你下楼来，"她说，"你爸有话要跟你说。"

格蕾丝从床上爬起来，下了楼，已经懒得去擦满面的泪痕。

"看报纸了吗？"说着，他把《晚报》递给她跟。她没说话。

"唉！这就是那小子的下场。"他恶狠狠地说。

弗雷德被捕的时候，格蕾丝的父母也十分震惊。可是看到她如此悲痛，又如此坚信他是无辜的，一切都可以解释清楚，老两口也都不忍心开口叫她一定要跟他分道扬镳。不过，事到如今，他们觉得该把事情跟女儿挑明了。

"吃饭看戏的钱原来是这么来的。还有那辆车，本来我就觉得蹊跷，星期天正是自己用车的时候，怎么会借给他，哪里会有这样的朋友？我猜车是他租的吧？"

"应该是吧！"格蕾丝悲痛地回答道，"可他当时说什么我都信。"

"丫头，我只能说，你这也算是侥幸了。"

"他这么做完全是为了讨好我。他不想让我觉得，跟他一起，我享受不到在家里能享受的优越条件。"

"我觉得，你就别再帮他找借口啦。不用说了，他就是个贼。"

"我不在乎。"她拉着脸说。

"不在乎？你啥意思？"

"就是我说的意思。我要等他，等他一出来，就嫁给他。"

卡特太太吓得倒吸了一口冷气。

"格蕾丝，你可千万别这么干！"她叫道，"想想这种丑事。你让我们怎么见人呢？我们一向都是抬头做人的。他是个贼啊！一次做贼，一辈子都是贼。"

"不许再叫他贼，"格蕾丝气得直跺脚，厉声说道，"他做的一切都是因为他爱我。我不在乎他是不是贼。我现在比以前更爱他了。你根本不懂什么是爱。为了一个老太太可能给你一笔钱，你就肯等上十年才嫁给爸。你还好意思说那是爱吗？"

"不许跟你妈这么说话！"卡特先生吼道。接着，他突然想起了什么，用敏锐的目光扫了她一眼。"你该不是已经木已成舟，不得不嫁给那小子了吧？"

格蕾丝脸涨得通红。

"没有。从来就没那种事。再说，我也决不会那样做。他太爱我了，决不想干出事后可能会后悔的事。"

那些夏日的夜晚，两人搂搂抱抱、亲吻着一起躺在郊外田野时，她的欲望时常跟他一样强烈。她知道他多么想要她，而且只要他开口，她就会委身于他。但当两人的激情眼看就要失控时，他总能突然跳起来说：

"来，我们还是走走吧。"

他会把她拉起来。她知道他心里是怎么想的。他想一直等到结婚。对她的爱已经给了他一种从未有过的细腻情感。他自己也许都说不明白，但对她有一种奇妙的感觉，觉得如果婚前就占有她，那就糟蹋了美好的东西。正因为她猜透了他的心思，她只会比以前更爱他。

"真不知道你这是造了什么孽，"卡特太太难过地说，"你一向都很听话，一天都没让我们操过心。"

"孩子她妈，别说啦！"卡特先生气呼呼地说，"我们得把这事一次说清楚。你必须跟这小子一刀两断，懂吗？我不能不顾及脸面，要是你觉得我会认个贼当女婿，那你是在妄想。这种废话我已经说得够多了。你要向我保证，今后再也不要跟那小子有任何瓜葛。"

"你觉得事到如今我能甩了他吗？我已经说了，等他一出来，我就嫁给他，你还要我说多少遍？"

"好吧，那你就滚出这个家！越快越好，永远别回来！"

"她爸！"卡特太太哭喊着。

"闭嘴！"

"我巴不得这就走！"格蕾丝说。

"噢，是吗？那你觉得你靠什么活下去呢？"

"我就不能上班吗？我可以到佩恩-帕金斯找份活干。他们会很乐意用我的。"

"啊，格蕾丝，你可不能到商店去站柜台呀。你不能这么作践自己。"卡特太太说。

"孩子她妈，你能不能闭嘴！"卡特先生忍不住勃然大怒，吼道，"上班，就凭你？你这辈子除了大学里的那些破事，干过一点活吗？都是你妈的好主意，送你去读什么书。很好啊，你去试试吧：一站就是几小时，对一帮蠢女人点头哈腰、笑脸相迎，而她们无非只想存心找茬儿为难你，来证明她们比你有多高贵。我敢打赌，就你这股子聪明伶俐劲儿，等你被女经理骂得狗血喷头，你就喜欢自己的工作喽！好得很，你就嫁给那个贼去吧。你自己也应该知道，他还要靠你养活。要知道，像他这种蹲过大牢的人，谁也不会给他工作的。滚吧，滚吧，给我滚出去！"

他气得简直是肝胆俱裂，一屁股跌坐在椅子上喘着粗气。卡特太太吓坏了，急忙给他倒了杯水喝。格蕾丝一声不吭地退了出去。

第二天，等她父亲上班，母亲出门去买东西之后，她把自己的东西装进一只行李箱，拎着走出了家门。佩恩-帕金斯是布里克斯顿街上的一家大型百货商店，凭着靓丽出众的外表和人见人爱的举止，她不费吹灰之力就被雇用了。她被分配到女式内衣的柜台。她先在基督教女青年会 ① 凑合着住了几天，然后与同柜台的一个女孩子合租了一间房。

弗雷德被关进监狱的当天傍晚，内德·普雷斯顿就见到了他。他发现，弗雷德整个人精神都垮了，全是因为格蕾丝。对自己的行窃，他倒并不怎么在乎。

"我得一心一意替她着想，是不是？她的家人，他们都觉得我和她不般配。我要证明给他们看，我和他们一样优秀。我们去西区的时候，我总不能在小饭馆里给她买个三明治和半杯苦啤酒吧。唉！她这辈子还从没进过小饭馆的门呢，我得带她去像样的餐馆。如果有人蠢到把钱直接塞在信封里，那可是他们自找的，怨不得别人。"

但他很害怕。他不知道格蕾丝是不是也这么看。

"我必须弄清楚她有什么打算。她要是现在把我甩了——唉！那我就完了，您知道吗？我就得想法子自行了断了。我向上帝发誓，我说到做到。"

---

① 基督教女青年会（Y.W.C.A.），基督教新教的社会活动组织，1844 年创立于伦敦。创办初期主要是为组织青年妇女参加宗教活动，为离家自立的职业妇女提供住处，扶危济困的社会机构。

他把自己跟格蕾丝的恋爱经过一五一十地告诉了内德。

"要是我想干，早就可以不止一次占有她了。我也的确想这么做，她也心甘情愿。这一点我很清楚，但我尊重她，您明白吗？她跟别的姑娘不同。我跟你说，她可是千里挑一的。"

他说了又说，暴跳如雷，泣不成声。从他一连串语无伦次、喋喋不休的言语中，有一点清楚无误可以看出，那就是一种热恋、一种痴狂。内德答应他，他会代他去看格蕾丝。

"跟她说我爱她，告诉她我所做的一切全是因为我想让她享受最美好的东西。再告诉她，没有她，我会活不下去的。"

内德一有机会就抽空去了卡特夫妇的家，可当他说想见格蕾丝时，开门的女佣却说她已经从家里搬出去了。于是，内德便要求见格蕾丝的母亲。

"我去看看她在不在家。"

内德把名片递给女佣，心想名片一角印的俱乐部名字应该能打动卡特太太，让她愿意见他一面。女佣让他在门口稍等，一两分钟后就回来请他进去了。他被领到一间装饰刻板、很少使用的客厅里。他等了一会儿，卡特太太才走进来，手指尖还捏着他的名片。他在想，她刚才或许因为考虑换身什么样的衣服接待他合适才出来迟的。她身上的黑绸衣裙明显是在正式场合下才穿的。内德跟她说明了自己跟沃姆伍德-斯克拉比斯监狱的关系，说起他跟一个叫弗里德里克·曼森的人有过工作上的接触。一听他提到弗雷德，卡特太太顿时露出了敌意。

"不要跟我提这小子，"她叫道，"贼，他就是个贼。他给我们惹了这么大的麻烦。他应该判五年才对，至少五年。"

"很遗憾他给您添麻烦了，"内德温和地说，"如果您能把情况说具体些，或许我能帮您把事情理顺。"

内德·普雷斯顿确实有些能耐。也许是因为他绅士的身份让卡特太太对他刮目相看吧。"人家毕竟是上等人。"她也许在暗地琢磨。反正没一会儿，她就把事情的经过一五一十地告诉了他。她越说越难过，已经开始抹眼泪了。

"现如今，她已经一走了之，离家出走啦。跑了。我真不知道她怎能做出这种事来。上帝有眼，我们爱她啊！她是我们的一切，我们这辈子做的一切还不全是为了她嘛！她爸让她滚出家门，那只是一时的气话，她怎能当真呢！可这孩子的脾气实在太倔了。她爸当时也在气头上，他一直就是急性子，发现她离家出走后，她爸也跟我一样着急上火。你知道这孩子去哪儿，干了啥吗？她居然跑到佩恩-帕金斯找了份活。卡特先生最看不惯的就是佩恩-帕金斯，总是利用大促销抢我们的生意。他管这个叫不公平竞争。一想到我们的格蕾丝居然跟一帮女店员混在一起——唉！真是丢人现眼呢！"

内德暗自记下商店的名字。他本来根本没指望能从卡特太太嘴里套出格蕾丝的去向。

"她离家出走后，您见过她吗？"他问道。

"那还用说！我早知道，这么优秀的姑娘，佩恩-帕金斯巴不得雇她呢。我就去那儿找她，果不其然，她真的在那儿——在女式内衣柜台。我就在商店外面等，一直等到打烊，才上前跟她说话。我求她回家。跟她说，她爸可放弃前嫌，让她回去。你知道她怎么说？她说，除非我们再也不说弗雷德一句坏话，还要我们答应她，一等他出来，就让她嫁给他，不然，她决不回家。这些话我当然都得告诉她爸。我从没未见过他气成那样，我觉得他都快气炸了。他说他就是看着她死在自己面前，也决不让她嫁给那个囚犯。"

卡特太太再次失声痛哭，内德·普雷斯顿赶紧找机会告辞了。他直奔佩恩-帕金斯，来到女式内衣柜台，说找格蕾丝·卡特。有人跟他指了指格蕾丝，于是，他走上前去。

"我能跟你说句话吗？我是从弗雷德·曼森那儿过来的。"

她的脸色刷的一下煞白起来，一时间好像连话都说不出来了。

"请随我来。"

格蕾丝带着内德来到一条过道上，过道里有一股消毒水的气味，像是通往厕所的。除了他们俩，过道里空无一人。她神情焦急地盯着内德。

"他让我转告你，他很爱你。他很为你担心。他怕你过分伤心。他很想知道你会不会甩了他。"

"我？"她眼中充满了泪水，脸上却露出狂喜，"告诉他，只要他爱我，我就什么都不在乎。告诉他，我会等他二十年。告诉他，我每天都盼着他出来，他一出来，我们马上就结婚。"

因怕女经理怪罪，她擅离岗位不能超过一两分钟时间。她把这一两分钟内能表达的所有爱意让内德全都带给了弗雷德·曼森。内德赶回斯克拉比斯时，已经快六点钟了。囚犯们一般在五点半收工，所以，弗雷德当时刚干完活。内德走进牢房时，他的脸一下子变得惨白，瘫坐在床上，他的双腿仿佛已经无法承受焦虑之重。不过，内德把好消息告诉他后，他如释重负，长舒了一口气，一度激动得话都说不出来了。

"您进来的一刹那，我就知道您已见过她了。我能闻到她的气息。"

他呼哧呼哧地吸着气，仿佛她身体的气息充满了他的鼻腔，他整张面孔化作一张欲望的面具，五官似乎瞬间奇怪地变模糊了。

"你知道，那一刻让我感觉很不舒服，我只能把目光移开，不去看他。"讲到这儿，内德·普雷斯顿一边说，一边又厉声大笑起来。"那张脸上写着的简直就是赤裸裸的性欲。"

弗雷德成了模范犯人。他干活卖力，从不惹事。内德给他开了个书单让他读书，他也照办。他自己还去图书室借书，不过仅此而已。

"不知怎么搞的，我就读不下去，"他说道，"一翻开书，我就想起格蕾丝。您知道，在她平平常常地亲你一下的时候——噢，那真是太甜蜜了。她真正吻你的时候，我的天哪，真让人心醉。"

弗雷德每月可以见格蕾丝一次，但俩人会面时，中间要隔一层玻璃，还有狱吏在一边盯着，这个过程实在太痛苦了。所以几次见面之后，俩人商定，她还是不来看他为好。一年时间很快过去了。弗雷德在狱中表现良好，所以他的案子有望发回重审、刑期减免，因此再等半年他就能获释了。格蕾丝把她工资的一分一厘全攒起来，随着弗雷德刑满释放的日子越来越近，她已开始为他准备好了一个家。她在一栋房子里租了两个房间，以分期付款的方式布置妥当。其中一间当然是他们的卧室，另一间则用作客厅兼厨房。这个房间里原本有个老式煤灶，她把它拆掉，换成了煤气灶。她想把新家都布置得崭新、整洁而又舒适。她费尽心思把两个小房间收拾得既明亮又漂亮。为此，她节衣缩食、勤俭节约，把自己苦得苍白又消瘦。内德觉得她一直都在忍饥挨饿，每次去看她时，总会带一盒巧克力或一块糕点，这样她至少能有些吃的。他给狱中的弗雷德带去关于格蕾丝的所有消息，告诉他她都在干什么，而格蕾丝要他保证把她添置的每样东西都一五一十地讲给弗雷德听。就这样，内德扮演起了信使的角色，在俩人间传递着柔情蜜意，还远不止柔情蜜意，而是激情洋溢的爱。他深信，弗雷德将来一定能遵纪守法、本分做人，他还在伦敦的一家连锁饭店为他谋了份门卫的工作，待遇优厚。另外，通过帮客人叫出租车，或是帮客人取车，他还能赚些小费。一出狱，他就能去上班。

格蕾丝已做好了准备，俩人马上就能完婚。弗雷德十八个月的牢狱生活马上就熬到头了。格蕾丝真是喜出望外。

恰在此时，内德·普雷斯顿那周期性的老毛病又犯了，让他三个星期不能去监狱探视。这让他很苦恼，因为他不愿丢下那些犯人，所以，刚能下床，他便跑到斯克拉比斯。典狱长告诉内德，曼森一直要求见他。

"我觉得你最好去见见他。不知道他到底怎么了。自从你病了，他的表现就很古怪。"

当时，再有两个星期，弗雷德就刑满释放了。内德·普雷斯顿来到了牢房。

"喂，弗雷德，一向可好啊?"他问，"不好意思，我一直没能来看你。我病了，也一直没能去看格蕾丝。现在她一定等不及了。"

"哦，我想请您去看看她。"

他那乖戾的举止不禁让内德吃了一惊。他跟变了个人似的，完全没有了以往的那种欢快和礼貌。

"我当然会去啦。"

"我想请您告诉她，我不想跟她结婚了。"

内德简直惊呆了，好一会儿只能一脸茫然地盯着弗雷德·曼森，说不出话来。

"你到底是什么意思呀?"

"就是我说的意思。"

"事到如今你可千万不能让她失望啊。她家里已把她赶出家门。一直以来她都在辛苦工作，已经为你准备好了一个家。她还领到了结婚许可，一切都准备妥当了啊。"

"这我不管，反正我就不想跟她结婚了。"

"可是为什么，为什么，究竟是为什么呢?"

内德真是目瞪口呆。弗雷德·曼森沉思了片刻。他的脸色阴沉、晦暗。

"我来跟你说。十八个月来我日日夜夜、无时无刻不在想她，可现在我已经烦死她了。"

内德的故事讲到这里，女主人和宾客们都忍不住大笑起来。显然，他对众人的反应有些吃惊。之后，大家又闲聊了一会儿，聚会也就结束了。我和内德因为是顺路，就一起沿着皮卡迪利大街漫步前行。有那么一会儿，我们俩都没说话。

"我注意到你刚才没跟大家一起笑。"他突然对我说。

"我觉得那没有什么可笑的呀。"

"那你怎么看呢？"

"呃，我能理解他，不瞒你说。想象力这东西很奇怪，它会枯竭的。我觉得，这么久他一刻不停地思念她，已经耗尽了她能给予他的所有激情。我觉得，他的话是可信的，他的确已经对她厌烦得要死了。既然已经把柠檬的汁全榨出来了，他也就只能把柠檬皮扔掉了。"

"我也觉得没什么可笑的，所以，我才没告诉他们故事的结局。一开始我也不能接受。我以为那只是歇斯底里的大发作。随后几天我每天都去看他，试图说服他。我真尽了全力。我以为只要他亲自再去见她一次，一切就会峰回路转，可他连再见她一次都不肯。他说一想起她的模样就觉得厌烦。我无法说服他。最后只能对她实话实说了。"

我们又默默地走了一段路。

"我又在那个令人厌恶、臭气熏天的过道里见到她。她立刻就看出一定是出事了，脸唰的一下变得惨白。她不是感情外露的女人，脸上一副优雅、雍容的表情。我跟她讲述原委时，她的嘴唇轻微哆嗦了一下，一度说不出话来。她终于开口说话时，语气也很平静，仿佛——噢，仿佛只是错过一趟公交车，只能等下一辆。就好像那确实是个麻烦，你知道，但根本无需大惊小怪一样。'事已至此，我也别无选择，只能把头伸到煤气炉里了。'她说。

"结果，她真这么干了。"

（何　宁　译）

风筝

　　我知道这个故事很荒唐，连我自己也没弄明白。我白纸黑字把它写出来，只是抱着一线希望，待我写完后，对故事中的人性或许有更好的认识，更确切地说是希望遇到更能洞察复杂人性的读者，能不吝赐教，让我明了。起初我以为弗洛伊德的某些理论或许能够解释，所以读了他的不少作品，连同其追随者的作品也读了一些。甚至为了写这个故事，最近我又在翻看了包括他的主要著作在内的"现代文库"系列。这可不是什么美差，弗洛伊德的作品乏味冗长，说到自己独创了某某理念之时，言辞尖酸，那副骄傲自负、恬妒同行的口气暴露无遗。这样一个人居然成为一个学科的开山鼻祖，多少让人觉得有些匪夷所思。不过，我相信他本人应该是位温和善良的老兄。众所周知，人落笔成文时，与平日里的表现，常常判若两人：在文中可能尖酸刻薄、粗暴残忍，现实生活中却刚好相反，为人极其恭谦温顺，甚至不忍心对鹅发出一声"呔"。当然，这话有些扯远了，与下面要讲的故事没有多大关系，但重读弗洛伊德的作品，丝毫不能消除我心头的疑惑，因此我只好原原本本地叙述事情的经过，其他的也就顾不得了。

首先，有一点要说清楚，这事不是我的亲身经历，故事中的人物我也一概不识。事情是这样的，内德·普雷斯顿是我的好友，他遇到了一点儿麻烦，不知该如何是好，原以为我能提出些建议帮他一把（事实证明我没能帮上忙），于是一天晚上，向我道出事情的原委。在上一篇故事中，关于内德·普雷斯顿，该介绍的我都介绍过了，现在要补充的只有一点，他是沃姆伍德-斯克拉比斯监狱的巡视员。他尽忠职守，视犯人的难处为自己的难处。我们俩过去总喜欢在那家狭长而又低矮的皇家咖啡馆①用餐，咖啡馆历史悠久，装饰风格荒诞诡异，又别具一格，颇受画家们青睐，常常以它入画，现如今也就那装饰风格保留了下来。当时，我们坐在咖啡馆里一边聊天，一边品着咖啡啜着酒，而内德完全罔顾医生对他的吸烟禁令，吸着上好的超长哈瓦那雪茄。

"眼下我在监狱里就碰到一个很滑稽的老兄，"他犹豫了片刻，说道，"要是知道拿他怎么办就好了。"

"他是为什么坐牢的？"我问。

"他抛弃了妻子，法庭责令他每周支付妻子抚养费，可他拒不执行，一分钱都不肯出。我好说歹说，讲到口干舌燥，也无济于事。我说他这是在作践自己、自寻死路。他说宁肯坐一辈子牢，也绝不给她一个子儿。我说他不能眼睁睁看着她饿死，他怼我一句：'为什么不能？'他循规蹈矩，不惹是生非，干活也卖力，看起来心情也不错，就是对妻子恨之入骨，一想到她备受煎熬，即使坐牢也开心。"

"他为什么这么恨她？"

"她砸了他的风筝。"

---

① 皇家咖啡馆（Cafe Royal），著名的餐厅和聚会场所，位于伦敦皮卡迪利广场摄政街 68 号，自从 19 世纪 90 年代起成为王尔德、萧伯纳、丘吉尔、戴安娜王妃等文人名流经常光顾的地方。

"什么？"我嚷道。

"没错。她砸了他的风筝。他说到死都不会原谅她。"

"他肯定疯了。"

"不，他没疯。他很通情达理，人也聪明，还很正派。"

这位仁兄叫赫伯特·森伯里，他母亲修养极高，绝不允许别人叫她儿子赫布或是伯蒂，只能称呼他赫伯特，就像她从来只叫丈夫塞缪尔，绝不会简称为萨姆。森伯里太太名叫比阿特丽斯，森伯里先生和她订婚后，有一次斗胆昵称她比阿，气得她直跺脚。

"叫我比阿特丽斯，我可是有教名的，"她生气地说，"比阿特丽斯，只能这么叫我，过去、现在，还有将来，你，还有我最亲、最近的人，只能叫我的教名。"

她个子不高，但看上去瘦长结实，性情坚毅活泼，脸色蜡黄，五官轮廓分明，还算端正，豆大的眼睛圆溜溜、亮晶晶，头发总梳得熨帖整齐、一丝不乱。到了她这个年纪，头发还能这般乌黑铮亮，难免让人生疑。自从能把头发梳起来，她就梳着和维多利亚女王的几位公主一样的发型，从没想过要变一变。她鄙夷轻浮虚荣的样子，什么胭脂水粉、口红唇膏是绝对不用的。她这辈子从未用过粉扑，哪怕是用来轻轻拂拭自己的鼻子。要说为了保持黑发不变，她做过些什么手脚的话，这也是她唯一贪图虚荣的行为了。她从不追时尚潮流，只穿面料上乘的黑裙，而且裁剪的样式（街拐角的一个小个子女人为其定做）总是实用得体。唯一的饰物是系在脖颈上的一根细金项链，上面还有一个小小的金质十字架挂件。

塞缪尔·森伯里个子也不高，跟他妻子一样瘦削，貌不惊人，眼睛淡蓝，面色苍白。沙砾色的头发长得很稀疏，他不得不将一边留得很长，再精心梳上去，盖住脑门上的大片"不毛之地"。他是一家律师事务所的职员，从打杂的小工一步一步爬到目前令人仰慕的职位，老板称他森伯里先生，时不时让他见见某位无足轻重的客户。二十四年来，除了礼拜天，还有每年两周的海滨度假，塞缪尔·森伯里每天早晨乘同一班火车赶往伦敦市中心，下班再乘同一班火车回到郊区的家。他衣着非常整洁；上班穿素净的灰裤、黑色外套再配上圆顶硬礼帽，回家后换上拖鞋和另一件黑色外套，那外套已经太旧，太刺眼，不适合上班穿。周日和妻子一起去小教堂时，他会换上一件大礼服配他的圆顶硬礼帽，他觉得休息日也得穿着郑重其事，也算是抗议那些不敬畏神灵的人，这些家伙周日要么骑车游玩，要么在大街上闲逛，等着酒肆开门。总的说来，森伯里夫妇绝对是饮食有度、不好享乐的人。塞缪尔每个工作日的午餐吃得极为节俭，只有司康①涂黄油，外加一杯牛奶。到了礼拜天，比阿特丽斯会犒劳犒劳丈夫，为他准备一顿烤牛肉加约克郡布丁②的丰盛正餐，而且为他健康考虑，会鼓励他喝上一杯啤酒。但她绝不容许在家里存放烈性酒，所以早上做完礼拜后，他只得从家里拿一个水壶溜到街角的小酒馆买上一夸脱啤酒，不过他倒从不肯独酌，为了显得自己懂人情，比阿特丽斯也会陪着喝上一杯。

　　夫妻俩并没有刻意节育，可能命中注定就只有赫伯特这么一个孩子。既是上帝赐给他们的独子，夫妻俩对他自是百般宠溺。孩子从可爱的婴儿长成了英俊少年，森伯里太太精心把他抚养成人，教他餐桌礼仪：用餐时如何端坐桌前，两肘不许靠在桌上；如何像个小绅士一样使用刀叉餐具，还教他端杯喝茶时要跷起小拇指。问她为什么这样，她说：

　　"你无需多想。礼节就是这样。这样做就是懂礼数。"

---

① 司康（scone），一种英国特色茶点，通常由小麦或燕麦片加发酵粉烘烤而成，常添加葡萄干、奶酪或枣，酥脆微甜或微咸，配黄油或奶油食用。

② 约克郡布丁（Yorkshire pudding），一种常见英国小菜，由鸡蛋、面粉和牛奶或水弄成面糊烤成布丁，搭配的菜肴多样。配洋葱肉汁可作为第一道菜，搭配牛肉和肉汁作为主菜，还可填充香肠和土豆泥等做主食。

不知不觉，赫伯特到了上学的年龄。森伯里太太很焦虑，怕他和其他孩子玩在一起，她可从来不让他跟街上的孩子混在一起。

"滥交败坏善行！"① 她说，"我向来独善其身，以后也会一直独善其身。"

虽然结婚后一家人一直住在这幢房子里，可她对所有的邻居都敬而远之。

"在伦敦，你永远摸不清人们的底细，"她说，"一来二去，还没等你弄明白，你已经跟一大帮社会混混搅在一起，想摆脱都摆脱不掉。"

想到赫伯特要到郡议会学校里，跟一大帮野孩子混在一起，森伯里太太就一脸的不高兴。她对赫伯特说：

"听着，赫伯特！一定要像我一样，独善其身，尽量少跟人打交道。"

但赫伯特在学校里人缘不错。他学习用功，人也不笨，各门功课都很优秀，尤其对数字很有天分。

"真是这样的话，他最好去当会计，"塞缪尔·森伯里道，"出色的会计师不缺好的工作机会。"

于是，就这样定下来，赫伯特长大去当会计师。他个子长高了。

"嗨，赫伯特，你很快就跟爸爸一样高啦。"他母亲说。

从学校毕业时，他又长高了两英寸。等到不再长个，他身高已有五英尺十英寸。

"这个身高正合适，不高不矮。"他母亲说。

小伙子相貌堂堂，五官端正、头发黝黑，像他母亲，还遗传了父亲的蓝眼睛，皮肤虽然苍白，好在肌肤光滑润泽。在塞缪尔·森伯里的帮助下，他进了一家会计事务所做事，那家事务所每年两次为他的律师行结算业务。赫伯特年满二十一岁时，每周已经能给母亲带来一

---

① 源自《圣经·新约·哥林多前书》(15：33)。

笔不错的收入。她从中拿出三个半克朗①的硬币给他买午餐、十个先令当零钱，其余都为他存入银行，以备日后不时之需。

赫伯特二十一岁生日的那天晚上，森伯里夫妇上了床——顺便提一句，森伯里太太从不说"上床"，她那是"就寝"，不过森伯里先生没他妻子那么文绉绉，总是说："俺去钻被窝了。"——夫妇俩躺在床上，森伯里太太说：

"有人就是身在福中不知福呀！感谢主，我真幸运，生了这么个世界上最乖的好儿子。从小到大没生过什么病，也从没有让我操什么心。要我说，只要孩子养对方法，他们自然不辜负父母期望。想想真是难以置信，他都二十一岁了，成大人了。"

"谁说不是呢！说不定我们还没整明白，他就结婚成家，离开我们啦。"

"他怎么会这么想？"森伯里太太语气有些暴躁，"他在这儿有个安乐窝，不是吗？要是你往他脑子里灌输那些愚蠢的想法，塞缪尔，我可跟你没完，你知道我可最不愿这样。结婚成家，真是的！他可不傻，什么日子过得舒坦自在，他不知道吗？他有脑子，心里明白着呢。"

森伯里先生不说话了。他早就知道自己说不过她。

"我觉得男人在思想成熟之前就不该急着结婚，"她继续说，"男人怎么也得到三十或三十五岁才知道自己真正想要什么。"

"他很喜欢我们送的生日礼物。"森伯里先生想转移话题。

"他没理由不喜欢。"森伯里太太说着，仍旧心烦意乱。

夫妻俩给儿子送礼物，出手真是大方。森伯里先生送了一块银质腕表，夜光的指针，在暗处也清晰可见。森伯里太太送了一个风筝，这已经不是她第一次送风筝给儿子了。第一个风筝还是儿子七岁时送

---

① 半克朗（half-crown），英国旧币制单位，相当于八分之一镑。

的。事情的经过是这样的：他们家附近有一块开阔的公共空地，礼拜六下午，只要阳光明媚，森伯里太太就带着丈夫和儿子去那儿散散步。她说塞缪尔整天关在空气污浊的办公室里，一关就是整整一星期，出来呼吸一下新鲜空气对身体有益。空地上总是人来人往，森伯里太太不喜欢和人打交道，所以总是尽量躲得远远的。

"妈，瞧那些个风筝！"一天，赫伯特突然嚷道。

那天微风习习，几只大小不一的风筝在迎风飘扬。

"赫伯特，是那些，不是那些个。"森伯里太太纠正儿子。

"赫伯特，想去看看那些风筝是哪儿放的吗？"父亲问道。

"噢，想，爸爸。"

空地中央有一个小斜坡，等他们走到跟前，才看到一帮孩子，还有几个大人，正从坡上冲下来，给手中的风筝助力，让它迎风飘起来。有时，风筝没借到风力，就会掉到地上，借到风力就会飞起来，这时要松手里的风筝线，风筝就会扶摇直上，越飞越高。赫伯特看得入了迷。

"妈，能给我买个风筝吗？"他嚷道。

他那时就已经知道，如果想要什么东西，最好先向母亲开口。

"要风筝干吗？"她问道。

"放呀，妈妈。"

"你这么毛手毛脚，小心伤着自己！"她说。

越过孩子头顶，森伯里夫妻会心地相视一笑。想着孩子都要风筝了，真长成小大人了。

"你要是乖，每天早上不用大人说就主动刷牙，等到圣诞节，圣诞老人给你送风筝来，我不会觉得意外的。"

没多久就是圣诞节了，圣诞老人果不其然给他带来了人生中的第一个风筝。刚开始他不太会放，森伯里先生不得不亲自从山坡上跑下来，帮他把风筝放起来。那是个小风筝，但眼见它腾空而起，感受到它拽动风筝线上的小小拉力时，赫伯特真是兴奋不已。自那以后，每逢周六下午，等父亲从城里回来，他就央求父母赶紧带他去放风筝。他很快掌握了诀窍，森伯里夫妇注视着他从小坡顶上跑下来，看着风筝很快借助风力上扬，他手中的筝线越放越长时，心里别提有多自豪了。

赫伯特对放风筝的热情日益高涨，随着年龄增长，个头渐高，他母亲买给他的风筝也越来越大。他对风向和风力的估量愈发精准，放风筝的技巧也日臻娴熟，一些动作让你觉得不可思议。空地上放风筝的还有其他人，有孩子，也有大人。尽管森伯里太太还是一副拒人以千里之外的姿态，可没多久就发现一家三口和那儿每个人都交谈过，毕竟没什么比共同的爱好更能拉近人们彼此间距离的了。人们都拿自己的风筝跟别人的比，炫耀自己放风筝的本领。赫伯特现在已是个十六岁的大小伙子了，有时会向其他放风筝的人发起挑战。他会略施小计，将自己的风筝迎风追上对手的风筝，让彼此的风筝线纠缠在一起，然后猛然一拉，把对手的风筝弄下来。早在这之前，森伯里先生抵不住儿子放风筝的热情，也手痒痒，经常要自己去放一把。看他一身条纹西裤、黑色外套，头戴圆顶硬礼帽，穿得那样正式，一路从山头上冲下来，样子必定非常滑稽。森伯里太太神色自若地跟在他身后一路小跑，等风筝平稳升空后，从他手里接过筝线，仰望风筝翱翔在空中。对一家三口来说，周六下午是一周中最开心的日子，所以森伯里先生和赫伯特一大早离家赶火车去往城里时，他们必做的第一件事是抬头看看天气是否适合放风筝。他们最喜欢刮阵风的天气，风向虽然不定，但能更好地历练放风筝的本领。整整有一周的时间，一家人每天晚上都在讨论风筝的事。谈到风筝大小，比他们小的，他们瞧不上，比他们大的，又让他们羡慕。说起其他人放风筝的表现，他们就像拳击手和足球运动员谈论对手一样兴致勃勃，语气中还带着几分蔑视。他们野心勃勃，风筝要比任何人的都大，飞得比别人的都高。赫伯特二十一岁生日那天，父母送给他的风筝足有七英尺高，一般的风筝线早就派不上用场了，得用钢琴的钢丝缠在小鼓上当风筝线。但就这样赫伯特还不满足。他不知从哪儿听说有人发明了箱形风筝①，一下子对这个念头着了迷。他觉得自己能设计类似的风筝，加上又多少懂点绘图，于是着手开始设计。起初他做好一个小的风筝模型，一天下午拿出来试放，但失败了。他生性固执倔强，凡事不肯轻易认输，觉得哪儿肯定不对劲，必须继续改进才行。

但好景不长，不幸开始降临。先是赫伯特开始晚饭后外出，这让森伯里太太很不开心，森伯里先生只能好言相劝。你看，孩子都二十二岁了，一直待在家里肯定闷坏了，如果他只是想出去走走、看场电影什么的，没什么可担心的。他们不知道赫伯特其实已经坠入爱河。一个周六的傍晚，一家三口在空地上开心地放完风筝后，回家吃饭的时候，他冷不丁地说：

"妈，我请了一个姑娘明天到家里来喝茶。行吗？"

"你什么？"森伯里太太问道，一下子都顾不上语法的正确了。

"妈，您明白我的意思。"

"能请问她姓甚名谁，你又是怎么认识她的？"

"她姓贝文，贝蒂·贝文。一个周六下午，下着雨，我在电影院里遇到她的。说来巧合，当时她坐在我旁边，手提包掉在地上，我帮她捡了起来。她向我表示感谢，就这样，我们便聊了起来。"

"你是想说，这么俗套的伎俩，你就中招了？手提包掉了，真是的！"

---

① 箱形风筝（box kite），由劳伦斯·哈格雷夫于 1893 年发明的一种无尾风筝，一般由两个或两个以上在角上用横跨一定距离的杆子连接的开口箱子组成。

"妈，您误会了。她是个好姑娘，她真的很好，也受过良好的教育。"

"什么时候的事？"

"大约三个月前。"

"噢，你才认识她三个月，这么快明天就请她来喝茶啦？"

"怎么会呢？那以后我当然和她再见过面的。认识的那天看完电影后，我问她愿不愿意周二晚再跟我去看电影。她说，她不知道，也许是愿意，也许是不愿意，但她最后还是来了。"

"她当然会来。我要早知道，肯定会提醒你的。"

"从那以后，我们大约一周一起看两场电影。"

"难怪你最近总往外跑。"

"没错。不过，您瞧，我不想强迫您接受她，要是您不乐意，我就说您头疼，带她出去算了。"

"你妈当然愿意让她过来喝茶。是不是，亲爱的？"森伯里先生说，"你妈就是不习惯见生人。她向来不太喜欢见人的。"

"我只喜欢一个人待着，"森伯里太太拉着脸说，"她是干什么的？"

"在伦敦一家打字社工作，住在家里，如果那个也能算是家的话。她妈去世了，她爸又娶了一房，还生了三个孩子，她跟后妈没法相处。她说后妈总是唠叨，唠叨，再唠叨。"

森伯里太太把下午茶布置得十分考究。起居室里有一张小桌子，他们从未用过，于是她取走上面的摆设，铺上一块桌布，摆上同样没有用过的整套茶具和镀金的茶壶，然后把做好的司康，烤好的蛋糕，还有切成薄片的黄油面包放好。

"我想让她知道，咱们可不是没见过世面的。"她对丈夫塞缪尔说。

赫伯特去接贝文小姐的时候，森伯里先生就一直守在门口等着，免得赫伯特把她领进了他们平常吃饭喝茶的餐厅。把年轻姑娘领进起居室以后，赫伯特瞥了一眼备好的茶桌，惊讶不已。

"妈，这是贝蒂！"他介绍说。

"我猜是贝文小姐吧。"森伯里太太问道。

"是的，还是叫我贝蒂，好不好？"

"初次见面就这么称呼未免不太合适，"森伯里太太笑容可掬地说，"你不坐吗，贝文小姐？"

说来有些奇怪，但又不足为奇，贝蒂·贝文看起来竟然和森伯里太太年轻时极为相似，都是五官分明、浑圆的小眼睛像玉珠般明亮，不过贝蒂嘴唇涂得血红，两颊抹了淡淡的腮红，一头乌黑的短发一成不变地卷曲着。森伯里太太只一眼就把她瞧了个仔细，连同她身上那件时尚的人造丝裙子，脚上奢华的高跟鞋，还有脑袋上轻佻的帽子，大概值几分都能精确估算。她的裙摆很短，露出一大截肉色丝袜。森伯里太太对她的仪容和仪表很不以为然，所以一下子就没有了好感。不过，既然她已下定决心要像贵妇一样得体（再说，倘若她都不知道如何表现得像个贵妇，那天底下就没人知道了！），所以，起初态度还很客气，一切还算顺利。她斟好了茶，让儿子递给他这女性朋友一杯。

"塞缪尔，亲爱的，问问贝文小姐要不要来点黄油面包或是司康。"

"都来点儿吧。"说完，塞缪尔大大咧咧地把盛面包和司康的两个盘子都递给了她。"我就喜欢看人开怀大点。"

贝蒂战战兢兢地把一片黄油面包和一块司康放到茶碟里，这时，森伯里太太亲切地谈论起天气来。看着贝蒂举止越来越局促，她心满意足。然后她把蛋糕切开，递给客人一大块。贝蒂咬了一口，往茶碟里放蛋糕时，不小心蛋糕掉到了地上。

"噢，真抱歉！"姑娘赶忙把蛋糕捡起来。

"没事，我再给你切一块。"森伯里太太说。

"噢，不用麻烦了，地板很干净，这块蛋糕还能吃，我没那么挑剔。"

"希望如此，"森伯里太太面带微笑，说话却有些刻薄，"但怎么说也不能让你吃掉到地上的蛋糕呀。赫伯特，拿过来，我给贝文小姐再切一块。"

"森伯里太太，我不要了。我真的吃不下了。"

"真遗憾你不喜欢我的蛋糕。我可是特意为你烤的，"她尝了一口，"我觉得味道还不错。"

"森伯里太太，您误会了，蛋糕很漂亮，只是我一点都不饿。"

贝蒂谢绝再喝茶，森伯里太太看得出来，贝蒂好不容易喝完刚才那杯茶。"我猜她家是在厨房里吃饭的。"她心下暗想。这时，赫伯特点了支香烟。

"赫伯，给我也来一支，"贝蒂说，"我想抽一口。"

森伯里太太看不惯女人吸烟，不过她没说什么，只是微微扬起眉。

"贝文小姐，我们更喜欢叫他赫伯特。"她说。

贝蒂可不傻，她明白森伯里太太在千方百计让她难堪，现在报仇雪恨的机会来了。

"我明白，"她说，"他告诉我他叫赫伯特的时候，我差一点笑出声来。居然有人叫赫伯特。我差一点叫了起来。"

"您不喜欢他洗礼时取的教名，真太遗憾了。我倒是觉得这个名字挺不错的。不过，也得看是出身哪个阶层，配不配喜欢这个名字。"

一听这话，赫伯特赶紧打圆场。

"妈，在事务所，大家都叫我伯蒂。"

"那样的话，只能说他们都是些平庸之徒。"

森伯里太太陷入沉默，神情庄重，可话说到这个分上，无论如何也进行不下去了，只能由森伯里先生和赫伯特往下接茬。看到贝蒂有些恼怒，森伯里太太心满意足了。她还发现，贝蒂很想告辞，但又羞于开口，但森伯里太太下定决心不帮她解围。最后，还是赫伯特救了驾。

"好了，贝蒂，我想我们该走了，"他说，"我送你回去。"

"现在就要走了吗？"森伯里太太站起身来。

"见到您真荣幸。"

年轻人离开后，森伯里先生怯怯地说道："真是个人精啊！"

"精个头啊？瞧瞧她那一脸的胭脂水粉，要是卸了妆、弄平烫发，完全就是另一副模样，相信我准没错。粗俗不堪，她就是粗俗不堪，平庸至极。"

一小时后，赫伯特拉着脸回来了。

"妈，听着，这么对待可怜的姑娘，您到底什么意思？我真为您感到羞耻。"

"赫伯特，不许跟老妈这么说话！"她勃然大怒。

"你本就不该把这样的女人带到家里来。她真是粗俗不堪，平庸至极。"

森伯里太太一发火，不仅语法险些出错，发音时 H 也常漏掉，不过赫伯特并没太在意这些。

"她说这辈子从未受过这样的奇耻大辱，我好不容易才把她安抚好。"

"我和你明说了吧，她永远别想再踏进我们家大门。"

"随您怎么想吧。我已经和她订婚了，您就敲碎门牙往肚子里咽吧。"

森伯里太太倒吸了一口气。

"你不会当真吧？"

"是的，十分当真。您要知道，我考虑了很久，今晚见她这样委屈，好心疼，就突然开口向她求婚了，我好不容易才让她答应的。"

"你这个傻瓜！"森伯里太太大声尖叫，"你这个傻瓜！"

接下来的场面一片混乱，森伯里太太和儿子吵得不可开交，可怜的塞缪尔想当和事佬，结果母子俩厉声喝令他闭嘴。最后，赫伯特冲出房间，离开家门，森伯里太太气得痛哭流涕。

第二天，一家人对前一天的事都只字不提。森伯里太太虽然对儿子客客气气，但态度却冷冰冰的，赫伯特也拉着脸，寡言少语。晚饭后他出去了。周六他才告诉父母，当天下午他要订婚，所以不能跟着一起去放风筝了。

"要知道没你我们照样能放。"森伯里太太冷冷地说。

又到去海边度假的时候了。一家人总是一起去赫恩湾①度假，因为森伯里太太认为到那里度假的人都是上等人。多年来，他们都住同一家旅店，而且一住就是两周。一天晚上，赫伯特故作轻松地说：

"妈，顺便告诉您，您最好提前告知赫恩湾那边的人，说今年不用给我订房间了。我和贝蒂就要结婚了，我们打算去绍森德②度蜜月。"

话音刚落，房间里突然一片死寂。

"赫伯特，是不是有点儿突然了？"森伯里先生觉得很不自在，便说道。

"哦，是这样的，贝蒂公司裁员，她失业了，所以我们觉得，我们最好马上结婚。我们在戴比尼街租了套两居室，用我的存款置办了些家具。"

森伯里太太一言不发。她脸色惨白，泪水无声地从纤瘦的脸颊上滑落。

"噢，妈，别这样。别这么难过嘛！"赫伯特道，"男人迟早要娶

---

① 赫恩湾（Herne Bay），英格兰东南部肯特郡的一个海边小镇，是海滨度假胜地。
② 绍森德（Southend），英国东南埃塞克斯郡滨海城镇，有世界上最长的休闲码头。

妻的。要是父亲没娶您的话，就没有现在的我了，是不是？"

森伯里太太用手抹去泪水，显得有些不耐烦。

"不是你父亲娶我，是我嫁给他。我了解他本分、靠得住。我知道，他会是个好丈夫和好父亲。嫁给你爸，我从没后悔过，你爸也是一样。对不对，塞缪尔，说呀？"

"千真万确，比阿特丽斯。"他立刻回答道。

"说真的，您要是了解贝蒂，一定会喜欢她的。她是个好姑娘，绝对没错。我相信你们会有共同语言的。妈，你一定要给她个机会。"

"她永远别想踏进这房子一步，除非我死了。"

"妈，这太荒唐了！您也讲讲道理，一切不跟从前一样吗？您瞧，我们可以一如往日周六去放风筝，只不过本周六我订婚，没法去罢了。当然，眼下她还不明白放风筝多么有意思，不过迟早会明白，等结婚之后自然就不同了，我还可以跟您和爸爸去放风筝。这样不就皆大欢喜了。"

"这只是你一厢情愿。听着，要是你娶了这个女人，就不要再放我的风筝了。风筝是我省着家里用度买的，也从未送给你，所以它是我的。听明白吗？"

"好极了，您就自己留着吧。反正贝蒂说那是小孩子的玩意儿，到了我这年纪还整天惦记着放风筝，也怪羞的。"

他站起身来，又一次怒气冲冲地跑出了家门。两周后，他结婚了。森伯里太太拒不参加婚礼，也不许丈夫去。老两口跑出去度假了，回来后照样过自己的日子。每周六下午他们独自跑到空地去放大风筝。森伯里太太从来不提儿子，她下定决心，绝不原谅他。

森伯里先生和儿子有时乘同一早班列车，常在车上遇到，要是能挤进同一节车厢，父子俩便聊上几句。一天早上，森伯里先生抬头望了望天。

"这天气正好放风筝呀！"他说。

"你跟妈还放吗？"

"你说呢？她现在和我不相上下，你真该瞧瞧她拉起裙子从小山坡上跑下来的样子。这么跟你说吧，她真是深藏不露。跑？哎哟，她跑得比我都快。"

"爸，别逗了！"

"赫伯特，我不明白你怎么没给自己买个风筝。你一直都迷恋风筝的。"

"这话没错。可你也知道女人，我确实提过一回，贝蒂就说：'你都多大了。'噢，我真不懂。我不要小孩子玩的风筝，那些个大风筝又花销不小。我们刚开始置备家具的时候，贝蒂说从长远来看，买最好的反而更划算，于是我们分期付款买家具，每月定额付一笔钱，再加上房租，我的工资也就勉强够开支。都说两个人一起生活不比单身花的多，可我怎么从没有这种感觉。"

"她不上班吗？"

"噢，不上，她说累死累活干了这么多年，好容易结婚了，决定好好歇歇。何况家里也得有人打扫和做饭吧。"

就这样，半年光景过去了。一个周六下午，森伯里夫妇像往常一样，在空地上放风筝。森伯里太太对丈夫说："塞缪尔，看到了吗？"

"如果你指的是赫伯特，我看到了。我没跟你提起他，是怕惹你心烦。"

"别理他！装作没看见。"

旁边站着一群看热闹的人，赫伯特就站在其中。他没想和父母搭话，不过眼神一刻不离地盯着那只巨大的风筝，那是他一直放的风筝。这一切森伯里太太可都看在眼里。天渐渐冷了，森伯里夫妇回家去时，森伯里太太的脸上露出了不怀好意的喜色。

"不知道他下周六还来不来。"塞缪尔问。

"塞缪尔，我知道打赌不好，要不然我跟你赌六便士，他肯定会来。我可一直等着这一天哪！"

"真的?"

"我早就知道，他心里放不下风筝的。"

她猜得没错，接下来的那个周六下午和以后每周六下午，只要天气晴朗，赫伯特肯定会出现。不过，一家人并没有说话。他只是逗留片刻，看着他们放风筝，随后就慢慢走开了。

这样又过了几周，森伯里夫妇准备给儿子一个惊喜。这次，老两口没用他以前常放的那些风筝，而是一个全新的箱形风筝，虽尺寸不大，却是按他之前亲自设计的模型定做的。这只新风筝引起其他放风筝人的极大兴趣，他看到大家围成圈好奇地打量着它，母亲正兴致勃勃地说个不停。塞缪尔头一次从山坡上跑下来时，风筝非但没放上去，还狠狠地摔到了地上。看着风筝跌落下来，赫伯特着急得咬牙切齿，心里简直受不了。森伯里先生又爬上山坡，这一次箱形风筝终于借助风力飞起来了。围观的人群爆发出一片喝彩。森伯里先生放了一会儿，把风筝拉下来，带着它回到小山头。森伯里太太走到儿子面前。

"赫伯特，不想试试?"他兴奋得快喘不过气来。

"当然，妈，想。"

"现在是小号的，它不像咱们先前放的那种风筝，得先掌握诀窍才行。好在我们已经弄好了大号的设计图，他们说等熟悉了它的性能后，借助风势，能放到两英里那么高。"

森伯里先生也走了过来。

"塞缪尔，赫伯特想试试。"

森伯里先生的脸乐开了花，赶忙把风筝递给儿子。赫伯特摘下帽子递给母亲。然后飞快地冲下山坡，眼见着风筝完美地借助风力，冉冉升起，他喜不自胜。看着小小的黑色风筝在空中不断爬升，自在地飞翔，感觉如此美妙，而欣喜之余，他情不自禁想着正在制作中的超级大风筝。他们以前可从没放过那么大的风筝。妈妈还说，能放两英里高。哇塞！

"赫伯特，为什么不回来喝杯茶呢？"森伯里太太说，"正好可以给你看看新风筝的设计图。没准儿你能提些建议呢。"

他犹豫了。他只跟贝蒂说出来走走，松松腿脚。她不知道他每周来这儿，还等着他回去呢，但母亲提出的诱惑实在无法抗拒。

"好吧！"他说。

喝完茶，一家人看了风筝的设计图。这个风筝尺寸巨大，还装有各种小部件，他见都没见过，肯定花了不少钱。

"仅凭你们俩永远甭想放起来。"他说。

"我们可以试试啊。"

"一开始我就帮你们，你们未必心甘吧？"他没底气地问。

"倒是个不坏的主意。"森伯里太太说。

他到家很晚，比开始预想的晚了很多，搞得贝蒂非常生气。

"赫伯，你到底死哪儿去啦？晚饭早就弄好了，等你半天了。"

"碰到几个朋友，聊了几句。"

她看了他一眼，目光犀利，但没说话，显然在生闷气。

晚饭后，他建议去看电影，她不同意。"想看就自己去好了，"她没好气地说，"我没兴趣。"

接下来的周六，他又去了空地，母亲又让他放风筝。新风筝早就下了单，预计三周后到。这时，母亲对他说：

"女煞星来了。"

"贝蒂？"

"她在监视你。"

他心下一惊，好不厌烦，但是摆出一副压根儿不怕的架势。"让她监视好了，我才不在乎呢。"

话虽如此，他还是有些紧张，没跟父母回去喝茶，而是直接回了家。贝蒂正在等他。

"这就是跟你聊天的朋友？我疑心很久了，你每周六出去散步，我这才明白过来。哼，都是大人了，还放风筝，真丢人！"

"随你怎么说，我不在乎。我喜欢放风筝，管你喜不喜欢，都得接受。"

"实话和你说，我偏不接受！我不想看你像傻瓜一样丢人现眼。"

"从我很小起，每周六下午都去放风筝，只要我乐意，我随时接着去。"

"肯定是那老东西撺掇的，她就想从我身边夺走你。我知道她的心思。她都那样对我了，你要还是个男人，就该永远不搭理她。"

"不许这么说她。她是我母亲，只要我乐意，随时有权去看她。"

争吵持续了好几个钟头。贝蒂冲着他叫，赫伯特也冲着她吼。两人脾气都很倔，之前也因为鸡毛蒜皮的事争吵过，但这才是头一次真正的吵架。第二天，两人谁也不搭理谁，接下来的一个星期，虽然表面上风平浪静，但两人都憋着一肚子火。可巧，接下来两个周六都下大雨。看到大雨滂沱，贝蒂心里暗自得意，赫伯特自然非常沮丧，但他丝毫没有表现出来。于是，之前的争吵便渐渐淡忘了。他们住的是两居室，又睡在同一张床上，俩人都巴不得尽快冰释前嫌。贝蒂竭尽所能对他好，觉得他既已领教过自己的刻薄言语，应该懂得她绝不是好惹的，也该讲讲道理。他算是个好丈夫，花钱大方，人又可靠。假以时日，她定能把他治得服服帖帖。

但两周后，恶劣天气终于放晴了。

"看来明天很适合放风筝，"父子俩在等早班火车的站台上碰面后，森伯里先生说，"新风筝已经到了。"

"真的？"

"你妈说，要是你能来帮忙试放，我们自然十分高兴。不过，谁都无权干涉夫妻间的事，我是说，要是你怕贝蒂大吵大闹，最好还是别来。我们在空地上认识了一个小伙子，他对这个风筝也很着迷，说如果有谁能放上去，那肯定非他莫属。"听完，赫伯特炉火中烧。

"不要让别人碰我们的风筝。到时候我来就是了。"

"哦，赫伯特，好好考虑吧！你要不来，我们也完全理解。"

"我来。"赫伯特说。

第二天他从市里下班回家，脱下上班的正装，换上便裤和旧外套。贝蒂走进卧室。

"你在干吗？"

"换衣服呀。"他兴高采烈地回答。他掩饰不住兴奋，忍不住告诉贝蒂："新风筝到了，我要去放风筝。"

"噢，不行，你不能去，"她说，"我不让你去。"

"贝蒂，别傻了，我肯定要去。你要是不喜欢，干点别的去吧。"

"我不让你去，就不让你去。"

她把门砰的一关，站到门前挡住了去路。她两眼放光，紧绷下巴。她个头娇小，他却又高又壮。只见他抓住她的两只胳膊把她推开，她哪肯就范，一脚狠狠地踢在他的小腿上。

"想让下巴来上一拳是吗？"

"走了就别再回来！"她吼道。

他把她整个抱起来，于是她死命挣扎，乱踢一气，他索性把她一把扔在床上就出去了。

如果说，之前那小号箱形风筝曾引起人们的围观，那么比起这个新风筝产生的轰动，实在是小巫见大巫。不过，这只风筝真是太难操控了，任凭他们跑得多么卖力，上气不接下气，旁边热心的风筝高手们怎么全力帮忙，赫伯特还是没能放起来。

"不要紧，很快就能找到诀窍的，"他说，"只是今天风向不对。"

他跟父母回到家，像以前一样，一边喝茶，一边讨论新风筝的细节。他无法想象贝蒂会怎样大闹一番，所以一直拖着不肯走，不过森伯里太太已经进厨房开始做晚餐，他不得不回家了。到家时，贝蒂正在看报纸。她抬头看了他一眼。

"你的包我已经收拾好了。"她说。

"什么包？"

"你明白我的意思。我说过，要走就别再回来了。我忘了你还有东西留在这儿，包打好了，就在卧室里。"

他吃惊地看了她好一会儿，看到她假装接着看报纸，真想狠狠地揍她一顿。

"那好，就按你说的办吧。"他说。

他走进了卧室。他的衣服已经装进手提箱，剩下的东西贝蒂都塞进了一个棕色的纸袋里。他一手拎着手提箱，一手拿着纸袋，穿过起居室，一言不发，离开了家。他来到父母房前，按响了门铃。是母亲开的门。

"妈，我回来了。"他说。

"赫伯特，真的？已经为你准备好房间了。快放下东西进来。我们刚坐下来准备吃饭呢。"母子俩走进饭厅。"塞缪尔，赫伯特回来啦。快去买啤酒，买一夸脱的。"

晚饭时，赫伯特谈起跟贝蒂的种种不快，一直谈到饭后。

"瞧，赫伯特，能脱身出来，你太幸运了！"森伯里太太听他讲完后，说道，"我早就说过，你家教这么好，她这么平庸粗鄙，哪配做你的妻子。"

睡在从小睡到大的床上，他感觉很惬意。周日一大早，没刮胡子没洗脸，就能下楼吃早饭，一边吃饭，一边还能读《世界新闻》，这些让他心满意足。

"赫伯特，今天早上咱们不去做礼拜了！"森伯里太太体贴地说，"你已经够心烦的了。咱们今天都放松一下。"

接下来的一周，他们时常讨论风筝，但也没少谈贝蒂。一家人在讨论，接下来她会怎么办。

"她会想尽法子把你弄回去。"森伯里太太说。

"才不会呢。"赫伯特很肯定。

"那得给她生活费。"他父亲说。

"凭什么要他给？"森伯里太太嚷道，"她耍心机骗他结婚，现在又把他赶出来，那个家可是他为她一手置办的。"

"只要不来烦我，她该得的我都给。"

日子一天天过去，他觉得越来越自在，像只小狗在安乐窝里安顿下来一样。说真的，他开始觉得仿佛从未离开过。有母亲替他洗衣服、补袜子，感觉真不错。母亲做的饭菜也是他最习惯又最喜欢的。贝蒂做饭很敷衍，刚开始还兴致勃勃，像搞野餐似的，到后来做出来的饭菜，没有男人会觉得可口。再说，在母亲的熏陶下，他觉得新鲜的食物比罐装食品强多了，现在他一看到罐装三文鱼就想吐。

此外，婚房只有两个小房间，其中一间还得兼做厨房，蜗居这样的房子里，实在是憋屈。现在家里的空间这么大，他可以随意走动，这种感觉太好了。

"妈，当初我离开家，真是我这辈子最愚蠢的错误。"有一次，他向母亲道出了心声。

"赫伯特，我明白，好在你已经回来，没理由再离开了。"

每周五是他的发薪日，那天傍晚他们刚吃完饭，门铃响了。

"是她。"一家人异口同声说。

赫伯特的脸唰地一下子白了。母亲看了他一眼。

"交给我,我来打发她。"她说。

她打开门。贝蒂站在门廊上,想挤进屋去,森伯里太太拦住了她。

"我要见赫伯。"

"不行。他不在。"

"不,他明明在。我亲眼看见他跟他爸一起进去,就再没出来过。"

"他不想见你,你要是无理取闹,我就报警了。"

"我来要这个星期的生活费。"

"见他就是为了钱!"她掏出自己的钱包,"三十五先令,给你。"

"才三十五先令?光房租一周就要十二先令。"

"就这么多!他住这儿还得付伙食费,是吧?"

"还有家具的分期付款呢。"

"到时候我们会付。这钱你到底要还是不要?"

贝蒂一时蒙了,满心不快,可又怕她真的就只给这些,她站在那儿犹豫不决,不知如何是好。森伯里太太把钱塞到她手里,"砰"的一声关上了门,回到餐厅。

"搞定了。"她说。

门铃又响了,一遍又一遍地响个不停,可没人理会,不久铃声停了。一家人心想,她已经走了。

第二天,风和日丽,风势平稳,放飞巨大的箱形风筝失败了两三次之后,赫伯特终得要领。他慢慢松开线,风筝扶摇直上,越飞越高。

"嚯!能飞一码,就能飞一英里高。"他兴奋地对着母亲喊。这辈子他还从没如此陶醉和激动过。

几周过去了,一家人商量,以赫伯特的口吻写封信给贝蒂,说只要她不再烦他或是他家人,每周六上午就能收到三十五先令的汇单,家具的分期付款他也会按时付清。森伯里太太原本不同意这条，但森伯里先生有生以来第一次和她意见相左，赫伯特也觉得应该这么做，她也只好同意了。如今赫伯特放新风筝的技巧驾轻就熟，还能玩出各种高级的花样，其他人只能望尘莫及了，而他也不屑再和别人同场竞技。周六下午就是他的巅峰时刻，看着人群对他顶礼膜拜，看到那些不太走运的放风筝的人眼神中流露出羡慕的神情，他觉得十分受用。一天傍晚，他和父亲从火车站走路回家的途中，贝蒂冷不丁拦住了去路。

"赫伯，你好呀！"她说。

"你好。"

"森伯里先生，我想单独跟我丈夫聊聊。"

"你想跟我说什么，我爸没什么不能听的。"赫伯特拉着脸说道。

她犹豫了。森伯里先生反倒不自在了，不知道究竟是该走还是留。"那好吧！"她终于开口，"我想让你回来。那晚给你打包，并非真的要赶你走。我当时真是气昏了头，只想吓唬吓唬你。我那样做，真是抱歉，为了风筝争执不休，真是傻透气了。"

"是吗？可我不想回去，明白？那天你把我赶出来，真是帮了我大忙。"

泪水沿着贝蒂的面颊淌下来。

"可我爱你啊，赫伯。你要还想放那个破风筝，你尽管去放，我不在乎，只要你能回来。"

"多谢你啦，但那可不是我想要的。我总算明白什么日子过得舒坦，婚姻生活我早过腻了。爸，咱们走吧！"

父子俩继续往前走，走得很快，可贝蒂并没有要跟上来的意思。接下来的周日，一家三口去小教堂做礼拜，饭后赫伯特立刻去了堆放煤炭的棚屋，那儿一直放着他的宝贝风筝，他太喜欢这只风筝了，简直是片刻不离。可这次他马上就跑回来，脸色惨白，手里还拿着一把短柄的小斧头。

"她把风筝给砸了，就是用这玩意。"

森伯里夫妇听完，惊恐地叫喊，急忙赶去查看，果然如此。那个崭新昂贵的风筝已经碎了一地。有人用斧头狂砍一气，木制部分已然砍成碎片，线轴也断成数截。

"肯定是趁咱们在小教堂时下的手，一直等到我们离开后才干的。"

"那她怎么进来的？"森伯里先生困惑不解。

"我原本有两把钥匙，之前回家发觉少了一把，当时没往心里去。"

"不一定是她干的，空地上有些家伙很眼红，也有可能是他们干的。"

"嗯，我们很快就会搞清楚，我现在就去问她，"赫伯特说，"要真是她，我非宰了她不可。"

他暴跳如雷，样子很吓人了，森伯里太太都害怕了。

"杀了人，你就不怕上绞架？不行，赫伯特，我不让你去。让你爸去吧！等他回来，咱们再商量该怎么办。"

"没错，赫伯特，还是我去吧。"

老两口好不容易才劝住他，最后还是森伯里先生去了。半小时后，他回来了。

"真是她干的。她挺得意，直截了当就告诉我了，真是让我震惊。我不重复她的原话了，简而言之，她嫉妒那个风筝，赫伯特爱它，远远超过了爱她本人，一气之下就把风筝给劈。她说，如果还有下一次，她还会这么做。"

"幸好她没当面告诉我，否则就算上绞架，我也要拧断她的脖子。也罢，她甭想从我这儿拿到一个子儿。"

"她会告你的。"他父亲说。

"让她去告。"

"赫伯特，下周要给家具分期付款了，"森伯里太太轻声说，"要是我，才不付这钱呢。"

"那家具就要收走了，"塞缪尔担心起来，"前面的钱也都白付了。"

"那又怎样？"她回答，"反正他负担得起。这样才能彻底摆脱她，一劳永逸。他才能真正回到我们身边，这才是最要紧的。"

"我才不在乎钱呢！"赫伯特说，"家具对她很重要，那么重要，想想被拉走时她的神情我就开心，还有那钢琴，那可是她的宝贝。"

接下来的周五，他没有像以往那样给贝蒂寄去生活费。她把家具店的催款信寄给他，信上说若在规定的某某期限之前，不支付拖欠款的话，他们就把家具拉走，他回复说没理由继续付款，他们可以随时搬走家具。之后，贝蒂常在车站上堵他，看他根本不搭理自己，就跟在他身后，在街上谩骂诅咒他。傍晚时分，她狂按他们家的门铃，把他们快逼疯也不罢休，赫伯特气得就要开门去痛揍她一顿，幸亏森伯里夫妇使出浑身气力拦住了他。一次她扔石头，打碎了起居室的窗户。她还不停地把写着污言秽语的明信片寄到他办公室。最后，她去了治安法庭①，控告丈夫遗弃她，且不履行抚养义务。赫伯特接到传票上了庭，俩人各执一词，治安官觉得这情况实在令人费解，倒是没有明说，反而竭力劝说夫妇俩庭外和解，但赫伯特断然拒绝和妻子重归于好。无奈之下，治安官只得命令他支付抚养费，每周付给妻子二十五先令。他说，他一分钱也不会给她。

"那你就去坐牢吧！"治安官说道，"下一个案子。"

没想到赫伯特说到做到，居然真的不付。贝蒂提起上诉，治安官又把他叫到面前，问他为什么不服从判决。

"我说过不给她钱，我说到做到，她毁了我的风筝，就别想得到

---

① 治安法庭（magistrate's court），英格兰和威尔士刑事审判系统中的地方法庭。

我一个子。要把我关进去，那就请便。"

治安官这次对他不客气了。

"年轻人，你太傻了！"他说，"拖欠的抚养费，我限你一周内付清。你若还是这样冥顽不灵，那就只有把你关进去，直到你脑子清醒为止。"

赫伯特还是不肯付钱。就这样，我朋友内德·普雷斯顿在监狱里认识了他，我也才听到了这个故事。

"你怎么看？"讲完故事后，内德问我，"要知道，贝蒂心眼不坏，我见过她几次，除了嫉妒赫伯特放风筝不太理智之外，其他并没什么错，而赫伯特也不傻，其实他比大多数人都聪明。依你之见，放风筝究竟有什么魅力，让这个傻瓜这么执迷不悟呢？"

"不知道。"我想了想，然后回答道："说到底，我不了解放风筝是什么感觉。也许看着风筝飞上天，他体验到了一种力量，这种力量让四面八方的风臣服于他的意志，从而产生掌控万物的满足感。正因如此，自由自在翱翔在高空中的风筝，让他内心产生了某种微妙的共鸣，仿佛如风筝一般暂时从单调乏味的现实生活逃脱出来。或许他隐约觉得，这也很难说清，高飞的风筝恰恰反映了他内心向往自由、渴望历险的理想生活。要知道，人一旦感染了理想这种病毒，哪怕举国王陛下所有内科和外科医生之力也无法根除。这些不过是我异想天开的想法，也是无稽之谈吧。关于这个问题，还是去请教那些比我更谙人类这种高级动物心理的高人吧。"

（邓月萍　译）

孽海沉浮

怀曼·霍尔特是我的朋友，他是位英国文学教授，在中西部一所规模不大、名不见经传的大学里教书。听说我要到他学校附近做讲座——这个距离要是放在广袤的美国确实不能算远——他便给我写了一封信，问我愿不愿意顺便给他的学生也做个讲座。他提议我多待几天，这样就可以陪我领略一下周边的乡间景色。我接受了他的邀请，但也告诉他，我还有别的安排，只能待三五天。他在车站接上我以后，便驱车带我回了家。到家喝了口水，我们便来到他的学校。看到大厅里人头攒动，我有些吃惊，因为进门前，我以为最多也就有十来个人，而且我也没准备正儿八经地搞讲座，只想随便聊一聊。人群当中还有不少上了岁数的听众，我想有些大概是大学老师，所以更加担心，怕他们觉得我讲的东西过于肤浅。但事已至此，已经没了退路。怀曼的一番溢美言过其实，我心知肚明，但我只能硬着头皮讲了。我竭尽全力讲了一通，又使尽浑身解数回答了几个问题，然后便和怀曼一起，来到后台的一间小屋。

屋里又进来几个人，说了些场面上的客套话，我也跟他们寒暄了几句。就在我口干舌燥的时候，一个女人走进来，一边伸出手，一边说道：

"又见面了，真高兴。好多年没见了。"

我绞尽脑汁也没想起在哪儿见过她。

虽然唇干口燥，我还是强颜欢笑，假装热情地握住她的手，但心里却在嘀咕她究竟姓甚名谁。

怀曼肯定注意到我神色茫然，知道我不想让她尴尬，于是说道："格林太太是我们学校一位老师的妻子，她也开了一门课，内容是文艺复兴和意大利文学。"

"是嘛!"我说道，"很有意思的一门课。"

但我依然一头雾水。

"怀曼有没有告诉你，我们邀请你明天晚上一起吃晚饭?"

"您太客气了!"我回答道。

"就是家常便饭。只有我丈夫，他弟弟，还有弟媳。跟以前比起来，佛罗伦萨肯定变化很大吧。"

"佛罗伦萨?"我心里嘀咕着，"难道我们是在佛罗伦萨认识的?"

显然，我是在佛罗伦萨认识她的。她大约五十岁，头发灰白，烫着普通的波浪卷，也没怎么精心打理。她身材偏胖，穿着整洁，衣服很普通，大概是从当地什么大商店里买的现成的。她虽然长着一双浅蓝色的大眼睛，但看上去气色并不好；脸上没涂脂粉，口红也只抹了一点点。不过，她看上去挺漂亮，举手投足都像慈母一样心平气和而又怡然自得，我倒是觉得很有魅力。我常去佛罗伦萨，大概是哪一次碰到过她，因为她可能只去过一次，所以她对我们的偶遇印象深刻，可我早就不记得了。我得多说一句，教师妻子我总共没认识几个，而她正是我想象中教授夫人的那种人：虽能相夫，但未免平庸；日子虽然清贫，但也有自己的小圈子，也会争吵斗嘴，也会论人长短；日常忙忙碌碌，但未免单调乏味。所以，去趟佛罗伦萨，她便激动不已，永生难忘，但对我来说，这倒也不难理解。

在回去的路上，怀曼对我说："你会喜欢贾斯珀·格林的。他很聪明。"

"他是什么专业的教授？"

"他不是教授，还是个讲师。很优秀。是她的第二任丈夫。她之前跟一个意大利人结过婚。"

"哦？"这完全出乎我的意料，"她以前叫什么名字？"

"我不知道，"怀曼说着轻声笑了笑，"她第一次婚姻应该不怎么幸福，但这只是我的推测而已，因为我发现她家里连一件能让人想到她曾经在意大利待过的东西都没有。我本以为她家至少应该有个餐桌，有一个半旧箱子，或者墙上挂件刺绣罩袍什么的。"

我笑了笑。我知道，去意大利的人都会买些无趣的物件：镀金木烛台、威尼斯玻璃镜、坐上去一点也不舒服的高背椅子……在熙熙攘攘的古董店里，看到这些东西确实挺吸引人，但把这些玩意儿搬到异国他乡，往往会让人大失所望。即便是真品——当然十有八九不太可能——看上去也不伦不类，有碍观瞻。

"劳拉很有钱，"怀曼继续说道，"结婚那会儿，她把芝加哥的房子，里里外外、上上下下都布置了一遍。那装修简直就是赤裸裸的炫富，但实际上却俗不可耐。每次走进他们家，我都会惊掉下巴，那品位简直跟大西洋城[①]二流旅馆的蜜月套房没什么两样。"

为了更好理解怀曼话里的那种讽刺，我得多说两句，因为怀曼的起居室里尽是些金属和玻璃制品以及粗糙的现代布艺，地板上有一块醒目的立体派小地毯，墙上贴着毕加索版画和切利乔夫[②]的画作。不

---

① 大西洋城（Atlantic City），美国新泽西州东南部城市。
② 帕维尔·切利乔夫（Pavel Tchelicheff, 1898—1957），俄罗斯画家和舞台设计师，将非传统绘画作品融合抽象派、新浪漫主义和超现实主义等元素，是位颇具争议的先锋艺术家。

过，话又说回来，他准备的晚餐倒是很丰盛。我们整晚都很开心，聊了许多有意思的事，还喝了几瓶啤酒。我睡觉的房间也布置得非常现代。我看了会儿书，便准备关灯睡觉。

"她叫劳拉？"我心里嘀咕，"劳拉什么来着？"

我苦苦地回忆着。我把佛罗伦萨认识的熟人都回想了一遍，希望能想起何时何地见过这位格林太太。因为要跟她共进晚餐，所以我觉得记起点什么，也好证明我没把她给忘了。如果什么都记不得，人们会觉得你不把他们当回事。我觉得人都自命不凡，天性使然。如果哪天发现与自己来往的人一点都不记得自己，肯定会觉得没有面子。我昏昏欲睡，但是，正要进入温柔梦乡的那一刻，我感觉，因为不再苦思冥想，自己的潜意识突然活跃起来，我一下子清醒过来，想起劳拉·格林是谁了。也难怪之前我会忘记，因为见到她已经是二十五年以前的事了。当时，我在佛罗伦萨度旅居一个月，碰到她也纯属偶然。

时值第一次世界大战刚结束。她的未婚夫不幸殒命，她和母亲不辞辛劳前往法国，去他坟前拜祭。母女俩是土生土长的旧金山人。一番悲情祭奠之后，母女俩来到意大利，在佛罗伦萨避寒过冬。当时，许多英国人和美国人都侨居在佛罗伦萨。我在当地也有些美国朋友，哈丁上校夫妇便是其中两位，哈丁是红十字会要员，在博洛尼亚街有一栋漂亮的别墅，去佛罗伦萨正是应他们之邀。上午的时候，我会四处逛逛，看看风景；快到中午时，我就去托尔纳博尼街的多尼餐厅喝杯鸡尾酒。每个待在佛罗伦萨的美国人和英国人都会光顾多尼餐厅，意大利人也经常去，因为在这里能听到所有的小道消息和八卦新闻。通常，要么在餐厅，要么在这家人家，要么在那家离市中心一两英里、带着古老精美花园的别墅里，会举行午餐派对。别人给了我一张佛罗伦萨桥牌俱乐部的会员卡，所以，下午的时候，我常常和查理·哈丁一起去那里玩，要么打桥牌，要么打一种挺刺激的扑克牌，那种牌一副只有三十二张。晚上的时候，会有晚宴，再打打桥牌或者跳跳舞。混在一起的都是同一群人，但好在人多，而且来自各行各业，所以也不会觉得单调乏味。每个人都多少对艺术有点兴趣，在佛罗伦萨这也是天经地义的事，所以，生活貌似琐碎无聊，但也并非毫无意义。

克莱顿夫人是劳拉的母亲，是个寡妇。母女俩住在佛罗伦萨一处豪华的短租公寓，出手似乎很阔绰。来佛罗伦萨时，母女俩带着介绍信，所以很快就结交了一些朋友。劳拉的经历让他们心生怜惜，因为怜惜，人们便愿意对母女俩鼎力相助，不过，她们本身人也不错，所以很快便人见人爱。母女俩热情好客，经常在这家或者那家意式餐厅招待朋友午餐，品尝通心粉，当然少不了点油炸薄肉片，再喝点基安蒂红葡萄酒①。在这个颇为国际化的社交圈里，克莱顿夫人似乎有点不知所措，她觉得怪诞不经的事都被拿出来或是郑重其事或是兴高采烈地谈论，但劳拉却安之若素。她请了位意大利女子教她意大利语，没过多久便能独自阅读《地狱》了；她如饥似渴地读完了关于文艺复兴时期的艺术和佛罗伦萨历史的书籍，偶尔遇到她，她都会拿着《贝德克尔旅行指南》②，徜徉在乌菲兹美术馆或者教堂，仔细欣赏各种艺术品。

那年她二十四岁，或是二十五岁，而我已经四十多岁了。所以，尽管我们经常见面，但只不过是熟悉而已，关系并算不上特别好。

她绝对算不上漂亮，但异常清秀。她长着一张瓜子脸，明亮的蓝眼睛，头发乌黑，没怎么精心打理，头发从眉心左右分开，遮住耳朵，在脖子后面扎成个发髻。她皮肤很好，自然红润。容貌不算出众

---

① 基安蒂红葡萄酒（Chianti），意大利基安蒂地区世界驰名的红葡萄酒，据说是19世纪的一位男爵突发灵感，把当地的几种葡萄混合酿制出来后来便名扬世界的红酒。
②《贝德克尔旅行指南》(Baedeker)，由卡尔·贝德克尔创立的一家德国公司出版的一系列旅行指南。

但也眉清目秀，牙齿洁白、小巧均匀。但是，她最吸引人的还是那从容优雅的举止，当别人告诉我她舞若"天仙"时，我一点也不觉得惊讶。她的身材也很好，按当时的眼光看稍显丰满。她的长相既有后来一位意大利画家笔下祭坛画中圣母的端庄，又略带魅惑。我觉得，正是因为两者诡异的交融，才让她魅力四射。有些意大利人早上会聚在多尼餐厅，有些会偶尔应美国主人或英国主人之邀前往他们的别墅吃个午餐或者参加晚宴，对他们而言，她的样貌举止非常迷人。很显然，对这些多情的年轻人，她应对自如，尽管她可爱迷人、温文尔雅、彬彬有礼，但总是和他们保持一份恰当的距离。她很快就发现，他们不过都是为了挽救家族没落而在猎取一个富有的美国女继承人罢了。让我佩服的是，她还装憨卖傻，让他们不经意间觉得她绝对不是什么有钱人。于是，他们轻叹一声，便把注意力转移到了多尼餐厅里更有可能俘获的其他猎物身上，多尼餐厅就是他们的幸福猎场[1]。他们依然与她共舞，跟她调情，但已经不再渴求与她携手百年。

　　但有一位年轻人却锲而不舍。对于他，我只是略知一二，因为他常去俱乐部玩扑克。我只是偶尔玩一下。玩牌的时候想赢根本就是天方夜谭，牢骚满腹的外国人曾说，意大利人串通一气。可能只是他们特别会打这种牌，打得比我们好罢了。劳拉的这位仰慕者名叫蒂托·迪·圣彼得罗（这不是他的真名，但我暂且这么称呼他，因为他的真名在佛罗伦萨史上赫赫有名），打起牌来胆子很大，甚至有些鲁莽，经常输得血本无归。年轻人相貌英俊，中等身材，眉清目秀，头发乌黑浓密，油光发亮，从额头往后梳着，皮肤呈橄榄色，五官匀称。他一贫如洗，做点乱七八糟的工作，但这好像并没耽误他吃喝玩乐，而且总是衣着光鲜。别人都不知道他住在哪儿，大概是某个亲戚

---

① 幸福猎场（happy hunting ground），美国印第安人传说人死后进入的天堂。

家某个带点家具的房间或是阁楼上。他祖辈显赫，但现在只剩下意大利文艺复兴时期的一个庄园，离佛罗伦萨三十英里左右。我从没去过那里，但别人告诉我庄园美得令人惊叹。花园很大，里面长着柏树和榆树，还有草坪、石洞，但因为疏于打理，黄杨篱笆杂草丛生，石像摇摇欲坠。他父亲是伯爵，妻子早逝，独居庄园，维持生计就靠一小块葡萄园酿点酒，几棵橄榄树榨点油。他很少来佛罗伦萨，所以我从没见过他，但查理·哈丁对他很熟悉。

"他是个典型的老派托斯卡纳贵族，"他跟我说道，"年轻的时候，他在外交部门，周游世界。他举止绅士，气场十足，跟你打个招呼，你都会觉得是个恩宠。他能说会道。当然，他也身无分文，虽然继承了点钱，但他吃喝嫖赌，挥霍一空。日子虽穷，但风骨犹存，表现得像是对金钱很不齿似的。"

"他多大岁数了？"我问道。

"有五十了吧，不过，他是我这辈子见过最帅的男人。"

"哦？"

"贝茜，还是你来说说这个人吧。第一次来这的时候，他还对贝茜献殷勤呢。我一直也不知道他们的关系发展到哪一步了。"

"别犯傻了，查理。"哈丁太太边说边笑着嗔了他一眼。她看丈夫的那种眼神，透出那种婚姻幸福、老夫老妻的神态。

"他很有魅力，而且他自己也明白这一点，"她说道，"跟你说话时，他会让你觉得你是这个世界上唯一的女人，这的确很讨女人欢心。但那只是逢场作戏罢了，没有哪个女人会当真，除非是大傻子。他长得很帅，瘦高个子，保养得很好。他有一双乌黑的大眼睛，水汪汪，跟蒂托的眼睛一样；头发雪白，但还很密实，他的脸古铜色，看起来很年轻，这种巨大的反差让人惊叹。他一副饱经沧桑、历尽苦难的样子，不过，这个模样很有特点，让人感觉很浪漫。"

"他那双乌黑、水汪汪的大眼睛可不会放过任何机会，"查理·哈丁冷冷地说道，"而且，他绝不会让蒂托娶一个钱不如劳拉多的女孩。"

"光她自己一年大概就有五千块的收入，"贝茜说道，"她母亲去世后，她还能每年多入账五千。"

"她母亲再活三十年都没问题，要开销供养丈夫、公公，外加两三个孩子，还要重建一个家徒四壁的破败庄园，一年五千块也剩不下什么。"

"我觉得蒂托对她是痴心一片，难以自拔。"

"他多大？"我问道。

"二十六岁。"

之后没几天，查理又来到多尼餐厅吃午饭。因为只有我们三个人，所以他跟我说，他在托尔纳博尼街上碰到了克莱顿夫人。她说当天下午，她和劳拉要跟蒂托一起出城去见他父亲，顺便看一看他们家的庄园。

"你觉得这意味着什么？"贝茜问道。

"我猜，蒂托是带着劳拉上门去见他父亲，如果得到认可的话，他就会跟她求婚。"

"他父亲会点头吗？"

"门儿都没有。"

但是查理估计错了。两个女人被带着参观了一下房子以后，便被带到花园里散步。还没等回过神来呢，克莱顿夫人就发现花园小路上只剩下她自己和那位老伯爵了。她不会说意大利语，但他作过驻伦敦的使馆专员，英语还过得去。

"克莱顿夫人，您女儿很可爱，"他说道，"难怪我们家蒂托会坠入爱河。"

克莱顿夫人也不傻，可能早就猜到年轻人邀请她们参观祖屋的目的了。

"意大利的年轻人没什么主见，但劳拉很理智，他们献殷勤她也不会放在心上。"

"我倒希望她对我们家蒂托不要太冷漠。"

"和她跳过舞的年轻人很多，我一点也没觉得劳拉对他情有独钟，"克莱顿夫人冷冷地回答道，"我觉得最好现在就告诉你，我女儿收入平平，只要我活着，她就不会多拿到一分钱。"

"我也不妨坦率地告诉你。除了这幢房子和周围这点儿地，我一无所有。我儿子不会跟一个身无分文的女孩结婚，不过，他也不会去傍富家女，他是真心爱您的女儿。"

伯爵不仅彬彬有礼，而且还魅力十足，克莱顿夫人也难免为他所动。

她的态度有所缓和。

"其实，这些都无所谓。问题的关键是，在美国我们可不会包办子女的婚姻。要是蒂托想娶她，让他自己求婚。要是想嫁给他，她肯定会答应的。"

"要是我没猜错的话，现在他正在向她求婚呢。我衷心希望他能赢得她的芳心。"

他们继续信步漫游，不一会便看到两个年轻人手拉手朝他们走来。不难看出刚刚发生了什么。蒂托吻了一下克莱顿夫人的手，然后亲了一下父亲的脸颊。

"克莱顿夫人，爸爸，劳拉已经答应嫁给我了。"

在佛罗伦萨的社交圈，蒂托和劳拉订婚的事引起了不小的轰动，亲朋好友举办了好几场派对以示庆贺。很明显，蒂托深陷爱河，而劳拉却没那么一往情深。他神采奕奕，情意绵绵，意气风发，欢快无比。她多半也爱他，但还是一如既往，并没过多表露自己的情绪。她表现得稍显温和了一点，依然和蔼友善，庄重而又很友好，平易近人。我心里嘀咕，她接受蒂托求婚在多大程度上是因为他家族的名望和种种的历史遐想，以及那幢拥有浪漫花园、景色优美的漂亮庄园。

"不管怎么样，就蒂托而言，绝对是真爱，"谈起这事来，贝茜·哈丁说道，"克莱顿夫人告诉我，蒂托父子表现得一点都不想知道劳拉有多少财产。"

"我跟你赌一百万，她的家底他们一清二楚，换成里拉是多少钱他们也早就算得明明白白。"哈丁嘟哝着说。

"你这个老头子真是讨厌！"她回答道。

他又嘟哝了一声，算是回应。

没过多久，我就离开了佛罗伦萨。新娘是从哈丁家发嫁的，哈丁家里宾客盈门，亲朋好友一边品着美食，一边喝着香槟。蒂托和妻子在伦卡诺街选了套房子，老伯爵也回到了冷冷清清的山间庄园。我有三年时间没去佛罗伦萨，后来又去待了一个星期，还是住在哈丁家里。我打听了一下老朋友的情况，后来想到了劳拉母女。

"克莱顿夫人回旧金山了，"贝茜说，"劳拉和蒂托搬回庄园去了，跟伯爵一起住。他们过得很幸福。"

"有孩子了吗？"

"还没有。"

"还有呢。"哈丁说道。

贝茜白了丈夫一眼。

"我也想不明白，自己怎么会跟这么讨厌的男人生活了三十年，"她说道，"后来，他们放弃了伦卡诺街上的房子。劳拉花了很多钱收拾他们的庄园，以前屋里没有浴室，她还装了供暖，又买了很多家具，后来，蒂托打牌输了不少钱，可怜的劳拉没办法，只好替他还了。"

"他没工作吗？"

"他那工作可有可无，也不干了。"

"说是不干了，其实是被炒掉的。"哈丁说道。

"好吧，我长话短说，他们觉得住在庄园里能节省点开销，而且劳拉觉得，这样的话，也可以让蒂托收收心，别再惹是生非。她很喜欢那个花园，打理得很上心，人见人爱。蒂托纯粹是崇拜她，但老伯爵很喜欢她。所以，真的，皆大欢喜。"

"跟你说件事，你大概也想知道，蒂托上周四进城来了，"哈丁说，"他打牌像疯了一样，也不知道到底输了多少钱。"

"哎，查理。他答应过劳拉再也不赌牌了。"

"一个赌鬼说要戒赌，怎么可能会算数。肯定还是跟上次一样。他还会痛哭流涕地说爱她，赌债要是还不上，他就没活路了。劳拉也会跟以前一样，替他还债。"

"他意志力不坚定，可怜的年轻人，但这是他唯一的缺点。他跟大多数意大利男人不一样，他绝不会寻花问柳，而且心地善良。"她有点幽默又有点严肃地看着哈丁说。"我还寻思着找个更完美点的老公呢。"

"亲爱的，你最好抓紧点，要不然就来不及了。"他笑着反唇相讥道。一周后，我跟哈丁夫妇告别，回了伦敦。我和查理·哈丁的书信往来断断续续，大约一年以后，我收到了他的一封来信。一如既往，他在信里跟我讲了这段时间在忙什么，还提到他去了蒙特卡蒂尼①泡温泉，和贝茜一起去了罗马拜访朋友。信里还提到了我在佛罗伦萨认识的一些人，某某人刚买了瓶贝里尼鸡尾酒，某某太太去美国跟他丈夫离婚了等等。然后，他写道："你大概已经听说过圣彼得罗他们家的事了吧。简直惊世骇俗，所有人都在谈这件事。劳拉心乱如麻，太可怜了，而且她快要生孩子了。警察一直在审问她，这是在她伤口上

———————————
① 蒙特卡蒂尼（Montecatini），意大利著名的温泉度假胜地。

撒盐啊！我们要让她搬到我们家里住上一阵子。再过一个月，蒂托就要出庭受审了。"

这究竟是怎么一回事，我一点头绪都没有。所以，我马上给哈丁回了信，问他发生了什么事。他写了一封长长的回信，把事情的来龙去脉告诉了我。这件事令人毛骨悚然。我尽量简短地叙述一下赤裸残酷的真相。这些情况，有些是哈丁信里说的，有些是两年以后，我跟哈丁夫妇见面的时候，他们告诉我的。

伯爵和劳拉一拍即合，看到他们这么快就能和睦相处，蒂托也很高兴，因为他既深爱着父亲，又挚爱着妻子。跟以前比起来，伯爵来佛罗伦萨的次数也开始多了起来。他们的公寓有间空房，有时候，他会住上两三天。他和劳拉会去古董店淘些便宜货，买些老物件放到庄园里。他很有鉴赏力，对古董也在行，所以庄园慢慢有了生机，再加上原来漂亮的大理石地板和宽敞的房间，老庄园又变成了适合居住的好地方。劳拉酷爱园艺，她和伯爵一起花很长时间出谋划策，监督工人，想重建花园，让花园恢复往日古老而又庄严的美丽。

当蒂托赌债缠身，他们被迫放弃佛罗伦萨的公寓时，劳拉也没放在心上。那个时候，她已经厌倦了佛罗伦萨的社交圈，而且也不反感搬到蒂托祖宅去住。

但蒂托喜欢城市生活，要搬到乡下祖宅让他很沮丧，但他也无话可说，正是因为他的愚蠢，才导致他们不得不减少开支。好在车还在，所以当父亲和劳拉辛苦忙碌的时候，他正好可以开车到城里自娱自乐。哪怕有时候知道他去佛罗伦萨小赌一把，他们也假装没看见。就这样，一年时间不知不觉过去了。然后，也不知道为什么，他莫名地焦虑起来。他什么也不能碰。他心神不安，觉得劳拉不如一开始那么在乎他了。有时候，他觉得父亲对他也很不耐烦。而父亲和劳拉似乎有说不完的话，但他觉得他们不想让他插嘴，好像他就是个孩子，长辈当着他的面谈事的时候，他只能安静地坐在一边听着。他感觉他们讨厌他出现在他们面前，当他不在的时候，他们反而更自在。他知道父亲的为人，他"名声在外"，但是他心底的怀疑太恐怖，连他自己都不敢去想。然而，有时候，看到他们眉来眼去，他又会感到很不安，他的父亲眼神温柔，充满了占有欲，而劳拉的眼中则透着满足感，情欲得偿的那种心满意足。如果在别人脸上看到这种神色，他肯定会觉得他们铁定是情人。但是，他不能相信，也没法相信，两人暧昧不清。伯爵见到女人就想跟她有鱼水之欢，劳拉也很可能觉得他魅力非凡，但是，觉得这两个人，他深爱的两个人，已经苟且在一起，犯下乱伦之过，哪怕这样的念头一闪而过，都是不可饶恕的。他确信劳拉并没有用情不专，她对公公的那种喜欢，完全是一个幸福的年轻妻子情感的自然流露，仅此而已。尽管如此，他还是觉得她不应该每天都和他父亲形影不离，所以有一天，他建议回佛罗伦萨去住。劳拉和伯爵都很讶异他居然有这种想法，根本就不理睬他。劳拉说，庄园翻修她花了很多钱，没钱去佛罗伦萨住，而且劳拉花了很多心思，庄园住着也舒服，不想再回城里住什么破公寓。两人吵了起来，蒂托很气愤。劳拉说了些她住在庄园是为了让他远离诱惑之类的话，他听到就心烦。这番话暗示他在牌桌上赌输了，这让他火上浇油。

"你总是拿钱说事，你这是侮辱我，"他情绪激动地说，"我结婚要是只为钱的话，早就娶别的女人了，娶个比你有钱的。"

听到这句话，劳拉脸色煞白，瞥了伯爵一眼。

"你没有权利跟劳拉这么说话，"他说，"太没礼貌了，白痴。"

"我想跟我妻子怎么说话就怎么说话。"

"胡说八道。只要你们还住在这儿，你就要尊重她，这既是她的权利，也是你的义务。"

"父亲，我要是需要你教我怎么做人，我会告诉你的。"

"蒂托，太放肆了。请你离开这个房间。"

他的表情异常坚定凝重，蒂托虽然很愤怒，但还是有点害怕，他立马站起来，甩门走了。他开车去了佛罗伦萨。那天，他赢了很多钱（情场失意，赌场得意嘛！），为了庆祝没少喝。直到第二天上午，他才回到庄园。劳拉还是跟以前一样，彬彬有礼，平静温和，但他父亲却有点冷漠。之前的事也没人提。但从此以后，事情每况愈下。蒂托闷闷不乐，喜怒无常，伯爵则挑三拣四，嫌这嫌那，他们时不时会针锋相对。劳拉没干涉他们之间的矛盾，但是，一次激烈争吵过后，蒂托感觉劳拉插手了，因为从那以后，伯爵不生气了，开始对他宽容忍耐，就跟对一个任性的孩子一样。他深信他们在抱团合谋，更加疑心重重。当劳拉和颜悦色地说一直待在乡下肯定很无聊，让他多去佛罗伦萨见见朋友时，他更是疑神疑鬼。

他马上觉得，她这么说就是为了支走他。他开始监视他们。知道他们在某个房间了，他会突然闯进去；在花园僻静的地方，他也会偷偷跟着。要是俩人有什么暧昧的举动，可以当场抓个现行。他们只是漫不经心地聊一些琐事。看到他，劳拉会很开心地笑着跟他打招呼。他疑疑惑惑，受尽折磨，但根本没有实锤。他开始酗酒，神经兮兮，烦躁不安。怀疑他们之间有男女私情，但他没有证据，一点证据都没有，但是，他骨子里却深信他们在无耻地欺骗他。他闷闷不乐，觉得自己都快疯了。心中那团痛苦的黑暗之火把他吞噬了。有一次去佛罗伦萨，他买了把手枪。他下定决心，要是他发现证据，自己的想法得到证实，就把他们两个都杀了。

我不知道是什么导致了最后的悲剧。审判的时候才知道，蒂托忍无可忍，一天晚上去了父亲的房间，跟他摊牌。他父亲很鄙视地嘲笑他。父子俩吵得不可开交，最后蒂托掏出手枪把伯爵杀了。然后，他瘫倒在尸体上，歇斯底里地哭起来。劳拉和仆人们听到几声枪响冲进房间。他跳起来抓起手枪想自杀，打算自杀是后来他自己说的，但他犹豫了一下，他们动作太快，一下把枪从他手里夺走了。后来，警察也来了。被关进监狱后，他一直在哭；他绝食，被强制喂食；他告诉预审法官，他枪杀自己的父亲，是因为他和自己妻子偷情。劳拉被再三盘问，但她发誓伯爵和她从没跨越雷池半步，他们完全是清白的。这起谋杀让佛罗伦萨公众惶惶不安。意大利人坚信她难辞其咎，但她的朋友，无论英国人还是美国人，都觉得对她的指控是莫须有。他们到处说蒂托是神经质，简直是个打翻了的醋坛子，他蠢到家了，误以为她那种美国式的自由自在和不拘小节是激情犯罪。明眼人一看就知道，蒂托的指控荒诞可笑。卡洛·迪·圣彼得罗比她大将近三十岁，白头苍苍；她年轻英俊的丈夫还深爱着她，谁会信她和公公有一腿呢？

　　劳拉跟预审法官和蒂托的辩护律师见面时，哈丁也在场。律师决定以蒂托精神失常为理由为他辩护。辩方专家对他进行了诊断，认定他精神异常，而检方专家检查以后认定他精神正常。犯下这桩恐怖罪行前三个月，他买了一支手枪，这足以证明他早有预谋。人们还发现他债台高筑，债主们正在逼债。只有卖掉庄园，才够他还账，而只有父亲死后他才能继承庄园。意大利没有死刑，但蓄意谋杀会被判终身单独囚禁。快到审判的时候，律师来见劳拉，告诉她只有她当庭承认是公公的情人才能救蒂托。听律师这么一说，劳拉脸色苍白。哈丁更是极力反对，说劳拉嫁给这么一个不求上进、整日醉醺醺的赌徒，已经很不幸了，他们没有权力要求她作伪证，去败坏自己的名声。劳拉沉默了片刻。

　　"好吧，"她最后说道，"如果只有这样才能救他，那我愿意。"

　　哈丁想劝阻她，但她已经打定主意。

　　"一想到蒂托只能孤零零一个人在牢房度过余生，我心里永远都不会有片刻的安宁。"

她说到做到。审判开始了。她被传唤出庭,然后宣誓作证,说她和公公保持了一年多的情人关系。蒂托被确认为精神失常,被送到了精神病院。劳拉想马上就离开佛罗伦萨,但在意大利,案子初审没完没了,等到审判结束,她也快生了。哈丁一家坚持让她住在他们家里一直到她临盆。她生了个男孩,但孩子只活了短短二十四小时。她打算回旧金山跟母亲一起住,然后找个工作,因为蒂托挥霍无度,翻修庄园花了好多钱,再加上打官司的花费,她已经一贫如洗了。

这些事基本上都是哈丁告诉我的。但有一天,他在俱乐部玩牌,我和贝茜在喝茶,又聊起这些不幸的事。她对我说:

"你知道吗?查理没把真相原原本本地告诉你,因为他也不知道。我从没跟他说过。在有些方面,男人很有意思;他们更容易担惊受怕,连女人都不如。"

我眉头紧皱,但一言未发。

"在劳拉离开佛罗伦萨前,我们聊过一次。她的情绪非常低落,我以为她是因为孩子夭折而伤心。我想说点什么安慰一下她。'孩子已经没了,你千万别太难过,'我说道,'照目前情况看,孩子没了对他也是一种解脱。''你为什么这么想?'她问道。'你想想看,可怜的小东西,他父亲是杀人犯,他的将来会是什么样子。'奇怪的是,她平静地看了我一会儿。你觉得她接下来是怎么回答的?"

"我不知道。"我回答道。

"她说:'你怎么知道他父亲是杀人犯?'"

"我感觉自己面红耳赤,简直不敢相信自己居然听到这样的回答。'劳拉,你这话究竟是什么意思?'我说。'你也参加庭审了,'她说,'你听到我说的话了,我承认卡洛是我的情人。'"

贝茜·哈丁盯着我,就跟她当时盯着劳拉那样。

"那你怎么回答的?"我问道。

"我还有什么好说的？我什么都没说。我倒不是特别震惊，只是很困惑。你信也好，不信也罢，说这句话时，劳拉看着我，我敢肯定，她眼睛里闪烁着幸福的光芒。我觉得自己傻到家了。"

"可怜的贝茜！"我笑着说。

可怜的贝茜！现在一想起这件离奇的事，我心里就念叨。她和查理早就过世了，而他们死后，我也失去了两个好朋友。后来，我就睡了。第二天，怀曼·霍尔特开车带我去了很远一个地方。

我们约好七点到格林家吃饭，到他们家的时候正好七点。因为已经记起劳拉的种种过往，所以我特别好奇，想再见见她。他们家的布置，怀曼说的一点都不夸张。我们去的那间客厅确实平淡无奇。客厅很舒服，但一点个性都没有。里面的东西可能**全部**都是邮购的，就像个政府办公室，索然无味。怀曼先给我介绍了宴请我们的贾斯珀·格林，然后又介绍了他弟弟埃默里和弟媳范妮。贾斯珀·格林又高又胖，圆脸，一头粗糙浓密蓬乱的黑发。他戴着一副大眼镜，边框是纤维材质的。看到他这么年轻，我吃了一惊。他也就是三十岁刚出头，比劳拉年轻差不多二十岁。他弟弟埃默里是位作曲家，在纽约音乐学院担任兼职教师，大概二十七八岁。埃默里的妻子是位演员，长得娇小漂亮，暂时没有上班。贾斯珀·格林给我们调了很多鸡尾酒，但苦艾酒放得有点多，后来我们便坐下开始吃饭。大家聊得很愉快，甚至都有点吵。贾斯帕和他弟弟是大嗓门，贾斯帕和埃默里夫妇三个人都很健谈，彼此间互相打趣，谈笑风生，探讨艺术、文学、音乐，还有戏剧。有机会的时候，我和怀曼会插上一两句话，而劳拉只是安静地聆听。她坐在桌前，平静安详，听着他们毫不着调的闲言碎语，脸上露出开心大度的笑容。提醒一下，他们说的可不是连篇废话，话题很时髦，言语中也闪烁着智慧，但也没什么意义。她的态度透着些许母性，但奇怪的是，我的脑海中浮现的画面是一条皮毛柔滑光亮的达克斯猎犬一边安静地晒着太阳，一边慵懒又警惕地看着自己的幼崽在旁边活蹦乱跳。我很纳闷，她有没有想过，这样七拉八扯地谈论艺术，跟她记忆中的激情血案比起来又算得了什么。但是，种种过往她还记得吗？事情已经过去很长时间了，也许那只是一场噩梦；也许周围普通的一切是她为了忘却而刻意为之，而生活在年轻人中间也能让她心如止水；也许贾斯帕的大愚若智本身就是一种安慰；也许那场痛彻心扉的悲剧发生以后，她只想过一种平淡安宁的日子。

怀曼是伊丽莎白时期戏剧研究的权威，可能正是因为这一点，谈话一度转到了这个方面。我早就发现，无论谈什么话题，贾斯珀·格林都会高谈阔论一通，就这个话题，他发表了一番高论：

"我们的戏剧界早就一落千丈了，因为我们这个时代的剧作家都害怕作品牵扯到激情，而这种情绪本该是特别好的悲剧主题，"他兴奋地说道，"在十六世纪，创作主题丰富，充满戏剧性，而且很血腥，所以才会出现伟大的作品。但我们的剧作家又能到哪儿寻找这样的主题呢？我们的盎格鲁—撒克逊血统太冷漠、太懒散，没法给他们提供素材，让他们一展身手，所以他们注定只能写点社交方面鸡毛蒜皮的小事。"

我很好奇，听到这番话，劳拉会作何感想，但我刻意避开了她的眼神。她本可以告诉他们一个故事，一个关于乱伦、因妒杀父的故事，这个故事本来可以成为某个莎士比亚后继者的创作素材，但假如由他来创作的话，我觉得，他肯定会在剧终的时候，让舞台上多横尸一具。照我看来，她的人生就这样结束确实挺意外，但也让人很悲哀，如此这般太过平淡，近乎荒唐。而现实生活往往都是这样，常常是黯然收场而不是轰然落幕。同时，我还很好奇，她特地跟我再续旧交，到底是为了什么。当然，她并不知道我这么知根知底。或许，她料事如神，相信我不会出卖她；或许，她根本就不在乎。三个年轻人兴致高亢，喋喋不休，她静静地听着，我不时瞥她一眼，但她的表情轻松愉悦，看不出有什么异样。要是我毫不知情的话，我会断定她一生平凡，从来没有经历过风雨。

那天晚上就这样结束了，我的故事也讲完了，但因为好玩，我想再说一件我和怀曼回去后发生的事。睡觉前，我们想喝点啤酒，所以就去厨房拿酒。厅里的钟响了，晚上十一点，说来也巧，电话也响了起来。怀曼去接电话，回来后他自己哈哈大笑起来。

"你笑什么？"我问道。

"一个学生打来的电话。本来呢，十点半之后他们就不该再给老师打电话了，可他很烦。他问我邪恶是怎么来到人世间的。"

"你跟他说了吗？"

"我告诉他，对这个问题，圣多玛斯·阿奎那①也困惑过，他还是自己思考吧。我说他要是想到答案，不管什么时候，都可以打电话给我。凌晨两点也可以。"

"我觉得你可以放心了，夜里不会再被打扰了。"我说道。

他咧着嘴，笑着说："不瞒你说，我也是这么想的。"

---

① 圣多玛斯·阿奎那（St.Thomas Aquinas，约 1225—1274），常译为"托马斯·阿奎那"或"汤玛斯·阿奎那"，欧洲中世纪经院派哲学家和神学家。

梅休

大多数人的生活都受环境的影响，命运带来的种种境遇，人们只能听之任之，甚至心甘情愿地接受。他们就像悠然自得地沿着轨道前行的电车，鄙视那些廉价的小汽车，嫌它们在马路上窜来窜去，嫌它们在开阔的乡间吵吵闹闹。对这样的人，我持尊重的态度。他们是遵纪守法的公民，是温和谦让的丈夫，是慈眉善目的父亲。当然，税需要有人缴，可是在这种人身上，我就是看不到留给人深刻印象的地方。我最钦佩的，是那些牢牢掌控自己命运，按自己的喜好生活的人，但这样的人，世间寥寥无几。也许世上根本不存在随心所欲，而我们的心却永向往之。在人生的岔路口，我们可以选择向右，也可以选择向左，而且确实也曾经做过这样的选择。但事后，便难看清其实是历史的车轮迫使我们接受当年的选择。

我见过的人当中，再没有比梅休更有意思的了。他是底特律的一名律师，既能干又成功，三十五岁便已事业有成、日进斗金，日子过得舒适惬意，在业内也小有名气。他天资聪颖，很有人格魅力，而且为人正直。无论是生意上，还是政治上，他都没有理由不能成为一方霸主。一天晚上，他和一帮朋友坐在俱乐部喝酒，也许是不胜酒力（或是太胜酒力），其中的一位不久前刚从意大利回来，对在座的人说，他在卡普里岛上看到过一栋房子，这座房子建在山上，还有个树木葱翠、绿草如茵的大花园，从那里可以眺望整个那不勒斯湾。他绘声绘色地向大家讲述了地中海上的卡普里岛如何如何美丽。

"听上去不错嘛！"梅休说，"那房子卖吗？"

"意大利什么都卖。"

"给他们发封电报，报个价。"

"天哪！你要卡普里的房子做什么？"

"住啊！"梅休道。

他让人取来电报纸，填好，发了出去。几个小时后，他就接到回电。对方接受了报价。

梅休并不是那种虚伪的人，若是在清醒的时候，断不会做出如此疯狂的举动。对此，他毫不掩饰，但既然做了，也绝不后悔。他既不冲动鲁莽，也不感情用事，相反是既诚信又真实。他不会因一时逞能而一味蛮干，结果做出不明智的决定。一旦下定决心，他肯定说到做到。他不在乎钱，他的钱足以让他住在意大利。比起眼下处理凡夫俗子间的小打小闹，他觉得自己应该做些更有意义的事。但梅休并没有什么明确的计划，只想摆脱眼下什么都不缺的日子，过种别样的生活。朋友们大概都认为他疯了，有的朋友肯定尽自己所能劝阻过他，但他依然安排好了事务，收拾好了家具，动身去了卡普里。

一眼望去，沐浴在蔚蓝大海中的卡普里岛，全是岛礁，一点儿也不起眼。但是，岛上的葡萄园郁郁葱葱，果实累累，给卡普里增添了一分柔和与舒心的优雅。小岛虽然远离尘嚣，但日子过得倒也其乐融融。梅休选择在这个美丽的小岛上定居，我实在不解，因为我从来没见过他这么对大自然的美无动于衷的。我不知道他住在这里为的是什么：幸福、自由，或者仅仅是逍遥自在。但我清楚他找到了什么。在这个大自然强烈吸引各个感官的地方，他追求的完全是一种精神生活。岛上有许多古迹，到处弥漫着提比略大帝 [①] 的神秘记忆。站在窗前，可以俯瞰那不勒斯湾，神圣的维苏威火山随着斗转星移变化着色彩。梅休发现，这里有一百多处古希腊和罗马的遗址，过去的历史让他痴迷。他之前从未出过国，眼前看到的一切都是破天荒头一次，让他不禁遐想联翩，在灵魂深处又激发了更多的神往。再加上，他天生精力充沛，所以，他很快打定主意写一本史书。他花了些时间思考合适的主题，最终选定了罗马帝国的第二世纪。这段历史鲜为人知，在他看来，这段历史中的一些问题跟当代社会所面临的一些问题有很多相似之处。

他开始搜集相关图书，不久就掌握了大量的文献。做律师时受过的训练，教会了他如何快速阅读。他着手开始工作。刚开始，他在傍晚还经常光顾露天市场附近的小酒馆，与画家、作家或其他文人聊聊天，但不久便闭门不出，埋头进行深入研究。以前，他还经常跑到温暖的海水中去沐浴，在迷人的葡萄园里漫步，但渐渐地，因为吝惜时间，连这也放弃了。他甚至比在底特律做律师时更加努力。他经常是正午时分开始，通宵达旦地工作，直到每天清晨从卡普里岛开往那不勒斯的汽轮笛声响起，提醒他已经五点钟，是时候去睡觉了。那段浩瀚而又影响深远的历史在他面前缓缓展开，让他觉得，完成这项工作后，自己将与伟大的史学家比肩。几年过去了，人们已经很难再看到梅休的身影。只有下棋和辩论才能偶尔吸引他走出家门，因为他喜欢这种脑力的比拼。现在他博览群书，不仅是历史，还阅读哲学跟科

---

① 提比略大帝（Tiberius the Emperor），又译作"提庇留"或"提贝里乌斯"，罗马帝国第二位皇帝。在执政后期，由于与元老院与家族的关系紧张，提比略退隐卡普里岛，自此再未返回罗马，公元 37 年在卡普里岛驾崩。

学。他是辩论高手，思路敏捷，逻辑清晰，论点深刻。不仅如此，他生性乐观，为人厚道。虽说在下棋和辩论中战胜对方，未免给他带来常人之喜，但他绝不会因沾沾自喜让对方难堪。

刚来卡普里岛时，他身材高大，身体健壮。一头浓密的乌发，乌黑的络腮胡子，让人一看就知道他身强力壮。可是，渐渐地，他的皮肤变得苍白，变得松弛下来，人也比之前消瘦、虚弱了。梅休虽然是一个自信到近乎偏激的唯物论者，却鄙视自己肉体的这种变化，认为肉体只不过是他用来完成精神使命的一副廉价工具。这种观点放在一个最讲逻辑的人身上，真的是自相矛盾、令人费解。无论疾病痛苦，还是倦怠疲乏，都阻止不了他继续工作。十四年来，他孜孜不倦地耕耘，作了成千上万条笔记，然后进行归纳、整理。他对所有文献都了如指掌后，最后便准备坐下来开始写作。可是，他死了。

这位一直藐视自己肉体的唯物论者，终于得到了报应。

他日积月累起来的浩瀚知识体系，也随之消失，无迹可寻。那份本想与吉本、莫姆森① 争雄的雄心壮志——当然不是醒醐的志向——也前功尽弃了。想起梅休，只有几个朋友仍对他念念不忘。随着岁月的逝去，记着他的人只怕是越来越少了。岂不悲哉！时至今日，在这个世界上，他的死一如他的生，已无人知晓了。

不过，在我看来，他的一生是成功的。他选择的生活道路是完美的。他做了自己想做的事，在目标触手可及时，撒手尘寰，而且还没尝到目标达成后的那种苦楚。

（王珍珍　译）

---

① 吉本（Gibbon，1737—1794），全名为爱德华·吉本，英国史学家，著有六卷册《罗马帝国兴衰史》；莫姆森（Theodor Mommsen，1817—1903）为德国古典学者、史学家，1902 年诺贝尔文学奖获得者，著有《罗马史》。

贪食忘忧果的人 ①

　　人海茫茫，多半人实则生活并不如意。对此，有人哀怨长叹，恨生不逢时，幻想着，假如人生境遇迥然不同，或许他们会活得更出彩。然而，大多数人，纵然不能泰然处之，终归还是逆来顺受，听天由命。他们如同有轨电车，永远运行在同一轨道上，循环往复，周而复始，直到再也运转不动了，就会被当作废铜烂铁处理掉。如若有人胆敢将命运操控在自己手中，实非寻常。果真遇到这种人，则颇值得对他仔细端详一番。

　　这就是我异常好奇，意欲见一见托马斯·威尔逊的原因。他做事颇为胆大妄为，耐人寻味。当然，这种尝试直到结束，其结局也算不上成功。但据我所闻，想必他是位特立独行的人，我也乐意结识他。有人告诉我，他为人矜持内敛。但我想，只要有耐心，方法得当，我能说服他向我倾诉衷肠。我希望从他本人嘴里了解事情的原委。外人往往夸大其词，喜欢添油加醋，我则一心准备自己去甄别：他的故事并非我想象的那么奇特。

----

① 贪食忘忧果的人（Lotus Eater），源自《奥德赛》，在北非利比亚海岸有个叫 lotus-land 的地方，有一种树叫 lotus-tree。所谓 lotus-eater 指的是那些吃了 lotus（"落拓枣"或"忘忧果"）的人变得懒散、倦慵、贪图安逸、游手好闲、不思不虑、醉生梦死。

最终得以与他结识后，进一步验证了我对他的看法。整个八月，我都在一位朋友家的别墅度假，朋友家位于卡普里岛城中广场。傍晚时分，夕阳西下，凉风徐徐，大部分居民，无论是本地的，还是外来的，三五成群，聚在一起，与朋友闲聊。我站在一处露台上，俯瞰那不勒斯湾，夕阳渐渐落入海平面之下，伊斯基亚岛 ^① 映衬在一片绚丽的晚霞之中。真是世上难得一见的美景！我正与朋友——别墅的主人——欣赏这一胜景，朋友突然说道：

　　"看，威尔逊在那儿呢！"

　　"哪儿？"

　　"坐在矮墙上，穿着蓝衬衫，背对着我们的那个。"

　　我隐约看见那人模糊的背影，他头不大，头发花白，很短，而且很稀疏。

　　"他要是转过身来就好了！"我说道。

　　"他马上就会转过来。"

　　"请他过来跟我们到莫尔加诺 ^② 喝一杯吧。"

　　"好吧。"

　　夕阳晚霞，美不胜收，转瞬即逝。太阳像橙子的顶部，渐渐浸入了红酒般的大海。我们转过身，靠着矮墙，打量着来来往往的人们。人们正叽叽喳喳、兴高采烈地聊得兴起。这时，教堂的晚钟响起，声音残破，却回音悠扬。钟楼高耸，其下步道，沿港口俯拾而上，一段台阶往上通向教堂。卡普里的城中广场真是一处演绎多尼泽蒂歌剧的绝佳场所，况且人群喋喋不休，指不定何时就会爆发出高声的和唱。此情此景，陶醉迷人，如镜中花，似水中月。

---

① 伊斯基亚岛（Ischia），意大利那不勒斯西部第勒尼安海上的一个岛，位于卡普里岛西北方。
② 莫尔加诺（Morgano），酒吧的名字。

我完全沉醉于美景，竟然没注意到威尔逊从矮墙上下来，径直向我们走了过来。经过我们身边时，我朋友拦住了他。

"你好，威尔逊。这几天没见你来游泳啊。"

"我换了地方，去另外一边游了。"

随即，朋友引荐我们认识。威尔逊礼貌地同我握手，却显得漠然。成千上万的陌生人来卡普里岛观光度假，短则几天，长则数周。毫无疑问，他常常遇见到此来去匆匆的人。我朋友邀请他和我们一起喝一杯。

"我正准备回家吃晚饭呢。"他说道。

"不能稍等会吗？"我问道。

"那倒不是不行。"他笑着说。

尽管他的牙齿不好看，笑容却很迷人，温柔又友善。他身着一件蓝色棉衬衫，穿了一条单薄的灰色长裤，帆布料子，皱巴巴的，并不干净，脚上穿了双平底凉鞋，甚是破旧。这身打扮倒是挺独特，与此地此时气候甚为相宜，却与他那张脸毫不相称。他长了张长脸，脸上满是皱纹，皮肤晒得黝黑，薄嘴唇，灰眼睛，小小的，紧挨在一起，倒也衬出他五官匀称。花白的头发精心梳理过，整洁利落。他相貌并不一般，年轻时一定仪表堂堂，不过略显循规蹈矩。那件蓝衬衫，领口大敞，灰色帆布长裤，好像并不是他的，倒像是遭遇轮船失事时，他随身穿着睡衣，好心的陌生人临时送给他一些衣服，他七拼八凑地穿在身上。尽管穿着古怪，他看起来像一家保险公司分部经理，按要求本该身着黑色外套，配以椒盐色的裤子和白色衬衣，扎条中规中矩的领带。见到他就不禁设想自己遗失了手表，去找他保险理赔时，他问了一连串问题，我如实作答，心情却颇为忐忑不安，因为尽管他彬彬有礼，但脸上的表情分明告诉前来理赔的人：你要么是白痴，要么是无赖。

我们起身，信步穿过广场，走过街道，直至来到莫尔加诺。我们在花园找了处位子坐下。周遭的人，有说俄语的，有说德语的，有说意大利语的，还有说英语的，不一而足。我们点了些喝的。店主的妻子唐娜·露西娅，蹒跚着迎了过来，用她低沉却甜美的声音同我们寒暄。虽已是徐娘半老，身材发胖，曾经的美貌容颜仍依稀可见，不过时光荏苒，三十年后的今天，再出色的画家恐怕都难以用画像再现她的美貌。她的眼睛大大的，清澈如水，好似天后赫拉的双眼。她的笑容，充满深情，让人备感亲切。我们三人闲聊了片刻，卡普里岛上永远不乏飞短流长，丑闻艳遇，成为茶余饭后的谈资。然而，让人感兴趣的却乏善可陈，于是，不一会威尔逊就起身离开了。随后，我们俩也散步走回了朋友的别墅，共进晚餐。一路上，朋友问我对威尔逊的印象如何。

"没什么特别的，"我回答道，"你说的一点儿都不靠谱嘛！"

"为什么呢？"

"他并不像是那种做事出格的人。"

"人会干出什么事来，谁又知道呢？"

"我觉得他绝对是个正常的生意人，靠着金边证券收益丰厚而荣休。所以，我想你说的只不过是卡普里岛的闲言碎语罢了。"

"随你怎么想吧！"朋友说道。

在被称作提比略浴场的海滩游泳已然成为我们一种习惯。我们坐车沿着公路飞奔到某个地方，而后在柠檬树林和葡萄园中闲逛，其间蝉声聒噪，弥漫着浓郁的烈日气息，最后爬上悬崖峭壁顶端，崖下一条小道，陡峭蜿蜒，通向大海。一两天后，我们正准备往崖下走，朋友说：

"看，又是威尔逊。"

我们深一脚浅一脚地走在海滩上，这片海滩唯一美中不足的，就是上面满是鹅卵石而不是软沙子。一路走来，威尔逊就看见我们了，他冲我们挥挥手。他站在那里，嘴里叼着烟斗，身上仅穿着泳裤。他身上肤色成深褐色，身材瘦削却不单薄，虽满脸皱纹，头发花白，却年轻富有朝气。走了半天路，已经热汗淋漓，于是我们麻利地脱下衣服，一头扎进水里。游离海岸六英尺，海水不过三十英尺深，却清澈见底。海水有些温热，却很是舒爽。

上岸后发现威尔逊正趴在海滩上，身下铺了一条毛巾，正看一本书。我点了支烟，走了过去，坐在他身旁。

"游得痛快吧？"他问道。

他把烟斗放进书本里当书签，然后合上书，放到一旁的鹅卵石上。显然，他愿意和我聊聊。

"真不错！"我回答道，"这是天底下最棒的浴场！"

"那是当然。大家可是把它当作古罗马皇帝提比略的浴场。"他用手指了指，不远处一个已经破败不堪的砖石建筑，一半在水下，一半露出水面。"可如今已经破败不堪了。知道吗？这不过是提比略的一个行宫。"

对此，我早就知道。不过，有人想要一吐为快，听听又何妨呢！如能让其知无不言、言无不尽，他们对你当心存好感。威尔逊轻声地笑了笑。

"老家伙提比略很有意思。可惜啊，有人说关于他的传闻没一句靠谱的。"

接着，他开始滔滔不绝地说起提比略来。不过，我也拜读过苏维托尼乌斯①的著作，对罗马帝国早期的历史略知一二，因此，威尔逊所说的对我而言毫不新鲜。但是，可以看出他博览群书。我对此表示

---

① 苏维托尼乌斯（Suetonius，69—122），全名为盖乌斯·苏维托尼乌斯·特兰克维鲁斯，是罗马帝国早期著名的传记体历史作家。

赞赏。

"哦，当初在这儿一安顿下来，我就不知不觉地喜欢上了看书，而且，我有的是时间看书。生活在这样的地方，往往让人浮想联翩，历史似乎变得真实起来，让你觉得自己就跟活在古时候一样。"

此处我须交代一下，此时是一九一三年。世界太平安详，但谁又会料到，天有不测风云，和平宁静的日子会被搅乱了。

"你来这儿多久了？"我问道。

"十五年了。"他朝碧蓝宁静的大海瞥了一眼，轻薄的嘴唇上闪现出一丝异常温馨的笑容。"这地方让我一见钟情。传说中那个德国人，从那不勒斯乘船来此本只为吃顿午餐，看了一眼蓝洞①，就在此居留了四十年，想必对此你有所耳闻吧。不敢说我跟他一样，但殊途同归。只不过，我不打算居留四十年，而是二十五年。毕竟久居于此好过到此一游。"

我等他继续说完，他的奇特故事我早有耳闻，不过他所说的看似的确有道理。不巧，此刻朋友游完泳回来，浑身湿漉漉地走了过来，颇为自豪地告诉我们，他游了一英里，而我们的话题也就偏到一边去了。

此后，有时在广场，有时在海滩，我遇到过威尔逊几次。他亲切和蔼，彬彬有礼，随时乐于同人交谈。我还发现，对这座岛及邻近陆地，他都了如指掌。他阅读广泛，无所不及，但尤其钟爱罗马史，而且对此有所专攻。他似乎缺乏奇思妙想，才智平平。他常常开怀大笑，却很克制，不致失态。一个简单的笑话便会让他幽默连连。他就是这么庸人一个。我还记得我们俩独自坐在一起，简短闲聊时他说的那些奇谈怪论，但此后，他再也没有旧话重提。一天从海滩回来时，在广场下了计程马车，朋友和我吩咐车夫五点钟来把我们送上阿纳卡

---

① 蓝洞（the Blue Grotto），卡普里岛海边的一个海洞，被誉为世界七大奇景之一。

普里，便把他打发走了。我们打算去爬索拉罗山，在我们喜欢的一家客栈吃饭，然后在月下步行下山。当晚圆月当空，夜色迷人。我们吩咐车夫时，威尔逊正站在一旁，天气炎热，为了不让他一路风尘仆仆走回去，我们捎带了他一程，完全出于客气，我问他是否愿和我们一起吃饭。

"我请客。"我对他说。

"那倒是乐于奉陪。"他答道。

然而临出发时，我的朋友感觉身体不适，说是在海水中泡得太久了，这一去路远山高，颇费体力，怕受不了。所以，我就独自一人和威尔逊一起去了。爬上了山，眼前景色壮阔，我们赞叹不已。夜幕降临，我们回到客栈时，闷热不已，又饥又渴。于是，我们叫了事先预定的晚餐。厨师安东尼奥厨艺一流，晚餐很可口，酒是店家葡萄园自产自销的。红酒口味清淡，感觉像喝清水一般，我们就着通心面，不觉一瓶酒已下肚。待到喝完第二瓶时，飘飘然之余，顿觉生活如此美好。我们坐在小小的花园的葡萄架下，葡萄藤枝繁叶茂，上面挂满了葡萄。晚风轻柔，夜色宁静，别无旁人。侍从端来百宝士奶酪^①和一盘无花果。我叫了杯咖啡，还有意大利产的上等斯特雷加酒。威尔逊不抽雪茄，而是点起了烟斗。

"下山还早，"他说，"还有一个小时月亮才会爬上山呢。"

"管它有没有月亮呢，"我轻快地说，"我们当然有大把的时间。在卡普里乐趣多多，其中之一就是，永远都不必匆匆忙忙。"

"休闲，"他说，"可惜人们并不懂啊！世上最宝贵的莫过于此，世人却愚钝，不知那才是人生之所求。工作？世人往往为了工作而工作，却不动脑子想想，工作的唯一目的就是为了休闲啊。"

---

① 百宝士奶酪（bel paese），意大利产的一种奶酪。

酒能让人吐真言，对世事评头论足。此言虽不虚，但谁敢说酒后说的话就是真言呢？我默不作声，只是划了根火柴，点燃了雪茄。

"头回来卡普里时，也是月圆之夜，和今晚一模一样。"他若有所思地说。

"是啊，月圆之夜。"我笑着答道。

他咧嘴笑了笑。一盏油灯悬挂头顶，发出花园里唯一的光亮。灯光昏暗，虽不足以照明吃饭，却尤适宜于窃窃私语。

"我说的不是月亮。我是说，好像就在昨天。尽管十五年了，每每回想起来，就像是一个月。我之前从没来过意大利。那年我是夏季来这儿度假的。从马赛乘船来到那不勒斯，我四处参观，游览了庞贝、帕埃斯图姆，还有一两个类似的地方，然后在这里待了一周。我立刻爱上了这个地方，我是说坐船从海上看，越走越近。后来，从汽船换乘小木船，在码头上了岸，岸上人群熙熙攘攘，叽叽喳喳。有人抢着要帮拿行李，有人替旅店招揽生意。玛丽娜街上看起来破败的房舍，拾步往上走进旅馆，在露天阳台上就餐，哦，这一切都让我着迷。事实也的确如此。当时是不是意乱情迷，神魂颠倒，不得而知。来之前，我从没喝过卡普里酿的红酒，但早有所闻，我想我一定是喝醉了。等所有人都睡了，我坐在露台上，看着海上一轮明月，远处维苏威火山上，一股红色的浓烟袅袅升起。当然，现在我知道那时喝的是劣质的酒，那是什么卡普里葡萄酒啊。然而，醉人的不是酒，而是卡普里岛那秀丽的美景、那熙熙攘攘的人群、那轮明月、那湾碧海，还有酒店花园中那夹竹桃。此前，我从未见过夹竹桃。"

他侃侃而谈，滔滔不绝，说得自己都口干舌燥了。于是，他忙拿起了酒杯，不过杯中已空。我问他是否还要来杯斯特雷加酒。

"那东西让人作呕，还是来瓶红酒吧。红酒好，纯葡萄汁所酿，喝了也不伤身。"

我又点了些酒，斟满杯后，他浅斟慢酌了一番，满心欢喜地叹了口气，再续前言。

"第二天，我一路来到我们现在去的浴场。当时就觉得浴场还不错。随后，我在岛上四处闲逛。庆幸的是，廷本利奥角正举行节日庆典，我径直加入人群。看见其间有圣母像，有不少教士，还有晃动着手中香炉的侍僧，一大群人兴高采烈，欢声笑语，兴奋异常，许多人盛装打扮。在那儿，我遇到一个英国人，便问他这儿在搞什么活动。'哦，正举办圣母升天节，'他告诉我，'至少天主教堂的人是这么讲的，只不过在故弄玄虚罢了。其实是维纳斯的节日。他们不是基督教徒，知道吗？什么仙女阿芙罗狄从海上升天，诸如此类的事。'听他这么讲，我觉得怪怪的。那天，费了我好大的劲才遥途路远地回到酒店，你明白我说的吧。随后一天晚上，我趁着月色，去观赏法拉廖尼奇岩①。如果命中注定我要继续当银行经理，银行就不该让我有那段旅程了。"

"你做过银行经理，对吗？"

此前，我一直对他有误解，但也不是对他一无所知。

"是啊，我曾在约克城市银行伦敦克劳福德大街营业部做过经理。因为住在亨顿路，所以上班很便利，三十七分钟就能从家到银行。"

他吞云吐雾了一番，又点着了烟斗。

"那晚是我在卡普里假期的最后一天，就是那晚。周一早上就得回去上班。看着两块巨大的岩石从水里突出来，皓月当空，捕墨鱼的渔船星星点点，横亘海上，一切如此宁静美丽。我不禁自言自语道，哎！为什么要回去上班呢？世上好像也没人让我可牵挂的。四年前，

---

① 法拉廖尼奇岩（Faraglioni），是卡布里岛边的针状巨石，共有4块，不过最具有代表性的是其中的2块。

妻子得了支气管肺炎，死了。女儿跟外婆，也就是我妻子的妈妈生活。她真是个老糊涂，没照看好孩子，孩子得了败血症，截去了一条腿，也没能救得了她，孩子也死了，我可怜的孩子啊。"

"太糟糕了！"我叹道。

"可不是吗？当时，我悲痛不已，尽管孩子一直没跟我生活在一起，但不得不说，这也是一种解脱。残缺一条腿的女孩可怎么活啊！妻子的死我也很难过。生前我们夫妻很合得来，虽然不知道，如果她还健在，我们会不会继续过得下去。妻子就是那种人，总是担心别人怎么想。她不爱旅游，觉得去伊斯特本① 就是理想中的度假了。知道吗？她生前我都没渡过英吉利海峡。"

"可你应该还有其他亲属吧？"

"没有。我是家里的独子。我爸爸有个兄弟，我还没出生，他兄弟就去了澳洲。这世上怕是没人比我更孤单了吧。我想干什么就干什么，还需要什么理由吗？当时我三十四岁。"

按他所说，他在这座岛上待了十五年，也就是说他四十九岁了，跟我猜测的年纪差不多。

"我十七岁就开始上班了。日复一日做着同样的事，直到有一天靠着养老金退休为止，这就是我全部的希望。我曾自问，这值得吗？如果把一切都抛在脑后，余生都在这度过，又有什么大不了的？这儿是我见过最美的地方了。不过，我曾参加过商务培训，所以生性谨慎，爱瞻前顾后。'不！'我对自己说，'我不能这样脑子一热，不管不顾的，明天我就按计划返回，再仔细考虑考虑。或许回到伦敦，我就会改变主意。'我真是个笨蛋，对吧？就这样，我又浪费了一整年的时间。"

---

① 伊斯特本（Eastbourne），英格兰东南部港口城市。

"那么，你没变卦吧？"

"那还用说，我可没变卦。上班的时候，我老想着这儿的浴场、葡萄园，在山间漫步，月亮、大海，还有傍晚时分的广场，上了一天的班后，人们信步走走，随意闲聊。不过，唯一的顾虑是：别人都上班，我却闲着，这样做对吗？后来，我读了本历史书，玛丽昂·克劳福德写的。书中有个关于锡巴里斯和克鲁图纳城邦①的故事。从前有两座城邦，锡巴里斯的人幸福安逸，贪图享乐，而在克鲁图纳那里，人们勇敢勤劳。一天，克鲁图纳的人打来了，荡平了锡巴里斯。再后来不久，从别处来的人又荡平了克鲁图纳。锡巴里斯城中一切都荡然无存，连块石头都找不到，而克鲁图纳残留下的只有根柱子。读了这个故事，我拿定了主意。"

"哦，是吗？"

"世上的事殊途同归，你说呢？如今回首过去，谁对谁错呢？"

我默不作声，他则接着侃。

"钱可是个棘手问题。只有工作满三十年，银行才会给退休金，一旦你提前退休，银行就随便给点钱打发你。靠银行补偿金，还有卖了住房所得，以及我省吃俭用存下来的，都不够买份年金来安度余生。为了过上闲适的生活牺牲了一切，却没有足够的钱让生活更舒适，实在是挺傻的。我想要的是，有一所房子，有人伺候，有足够的钱买香烟，体面的食物，时不时买点书看，还要些钱以备不时之需。我清楚盘算过需要多少钱，却发现手头的钱只够买份养老金，维持我生活二十五年。"

"你那时三十五吧？"

---

① 锡巴里斯（Sybaris）和克鲁图纳（Crotona），古希腊城邦，现位于意大利南部的卡拉布里亚省。

"是啊。这些钱够我生活到六十岁。毕竟，谁能确信自己能活过六十岁呢。不少人五十来岁就死了。要是活到六十岁，该享的福都享了。"

"不过，也没人敢保证六十岁就会死啊！"我说道。

"嗯，我也说不准。生死由命，这得看个人了，对不对？"

"我要是你，就会在银行一直干到能拿退休金为止。"

"要是那样，我就得干到四十七岁了。那时，虽然还不至于年事过高，享不了这儿的福，不过我现在已经比那时年纪大了，同样能享受生活，但那样一来，我都年纪一大把了，体验不到年轻时特有的愉悦了。知道吗，三十岁能享受的，五十岁也能享受，然而，两种体验却截然不同。我想趁着年富力强，精神头足时，尽情地享受人生。二十五年对我来说似乎太漫长了，为了二十五年的幸福，付出巨大代价也是值得的。于是，我打定了主意，再等一年，我也确实等了一年。然后，我就辞了职。银行付给了我补偿金，我就马上买了养老金，来了这儿。"

"一份二十五年的养老金？"

"不错。"

"后悔过吗？"

"从没后悔过。我的钱已经物有所值了。我还有十年。有了二十五年完美幸福的生活，你不觉得应该心满意足、虽死无憾了吗？"

"或许吧。"

在这之后他作何打算他并没多言，但不言自明。关于他，朋友已经讲了个大概，但他亲口说出来，听上去却截然不同。我偷偷地看了他一眼，他身上并没有什么异常的地方。他本人看起来端庄整洁，循规蹈矩，没人料到他会行事不按常理。对此，我觉得无可厚非。他不过以一种奇特的方式安排了自己的生活，既然自己喜欢，我觉得没什么应不应该。好一阵子坐着不动，我不禁感到后背有些凉飕飕的。

"觉得冷吗？"他笑着问道，"不如下山吧。月亮现在出来了。"

道别前，威尔逊问我如果哪天有空，要不要去看一看他的住所。两三天后，弄清了他住哪儿后，我便散步去看他。他的住所是一处农舍，远离市镇，在一座葡萄园中，出门就可看见大海。门旁边一棵枝繁叶茂的夹竹桃，枝上花开正盛。房子只有两个房间，一间狭小的厨房，还有一间棚屋，里面可以堆柴火。卧室陈设得像修道士的禅房，但客厅里散发着好闻的烟草味，相当舒适，里面有两把大的扶手椅，是他先前从英国带来的，一张硕大的卷盖式桌子，一架农舍钢琴，以及塞满书籍的书架。墙上挂着英国画家乔治·F.沃茨和莱顿爵士的画作，用相框裱了起来。威尔逊告诉我，租住的是葡萄园主的房子，主人家住在山上高处另一处农舍里，园主的妻子每天下山来帮忙打扫房子和做饭。头次来卡普里时他就发现了这处住所，后来再回来时就长期租了下来，之后便一直住这儿。看见琴盖和上面翻开的乐谱，我问他能否弹一曲听听。

"我弹得不好，但我一直喜爱音乐，随便弹弹也自得其乐。"

于是，他在钢琴前坐了下来，弹了一曲贝多芬的奏鸣曲。他弹得一般。我看了看他的乐谱，里面有舒曼、舒伯特、贝多芬、巴赫和肖邦的曲子。他吃饭的桌子上有一副纸牌，油乎乎的。我问他是不是打单人纸牌。

"经常打。"

据我亲眼所见，结合从他人那里所闻，我自认为，过去十五年里他过着什么的日子，我了解得一清二楚了。他确实过着与世无争的生活：到海滩浴场游泳，经常散步，这座海岛他虽然再熟悉不过，在他心里却似乎永远不失美丽；他弹钢琴，打单人纸牌，读书，以此自娱自乐。如果有谁请他去参加聚会，他也欣然前往，虽然他有点无趣，却也招人喜欢。被人忽视，他也不见怪。他喜欢人多热闹，却往往与人保持距离，不至于熟络亲密。他生活节俭，却也过得足够舒适。他从不欠人钱。可以想象，他清心寡欲，男欢女爱的事从不困扰他，如果稍年轻时，来岛上的观光客偶尔同他有过短暂的风流韵事，但在看了他居住的环境后，便扭头就走。我敢肯定，他也曾动过情，不过即便当初关系火热时，他也善于克制自己的情欲。想必他决心已定，没有什么可以有碍他精神的独立。他唯一热爱的是大自然的美，从生活赋予世人简单而自然的事物中追求幸福快乐。你或许会说，他独立于世，太过自私。事实也如此。虽然他对人无益，但也于人无损。唯一目的就是幸福，而且，似乎他已然求而得之。世上少有人知道何处可追寻幸福，得之者少之又少。他是愚钝之人，抑或是有智之士，我不得而知。他定是个遵从内心之人。对我而言，他如此特立独行，却又是那么平凡普通。他未来如何，本不该由我一再想起，为之操心，然而，据我所知，将来某一天，也许是十年后，除非在此之前病痛顽疾夺去他的性命，否则他一定会自行了断，离开这个他所热爱的世界。不知是否有此念于心，从未断绝，以至于他以一种异乎寻常的热诚尽享每一天、每一刻。

他并非刻意对自己的事闭口不谈，其实他也同我在此的朋友——也是唯一的那个人推心置腹，这一点此处我须言明，否则，我对其评述就有失公允了。我想他之所以只告诉我他的过往，是因为他怀疑我早已知悉一切，况且那天傍晚他喝多了。

假期结束后，我离开了海岛。一年之后战争爆发了。我的生活发生了诸多变故，极大地改变了我的生活轨迹，十三年之后我才再次来到卡普里。我的朋友早些时候已经返回家园，不过已经落魄不堪，从原来的别墅搬进了一处平房，没地方容我栖身，所以我住进了旅馆。他坐船来接我，和我一起共进晚餐。吃饭时，我问他现在具体住哪。

"那地方你也知道的，"他答道，"就是威尔逊以前住过的那个小房子，我搭了间阁楼，打理了一番，条件还不错。"

近年来，诸事缠身，我都无心想起威尔逊。如今，蓦然震惊之余，我想起了他。同他认识时，他自己设定的十年之期早已过去了。

"他是不是像自己说的那样自杀了？"

"说来挺惨的。"

威尔逊计划得很周全，只是百密一疏，对此，我想他并没有预料到。他从未想到过，在这处静谧的海湾，远离世上的一切纷扰，风平浪静地享受了二十五年幸福安逸的生活之后，他的性格已逐渐失去了张力。要发挥意志的力量，人必须苦其心志，经历重重险阻。原因在于，世人往往只在意伸手可及、轻而易举可以实现的愿望，然而不经失败挫折，不经一番努力，就难以实现自己的愿望，否则人的意志力就会松懈下来，一无所成。久行于平地何来力气攀山登顶！这些话虽然不免陈词滥调，却也是不争之实。当威尔逊年金的期限一过，他再无决心一死了之，这是他早已决定为长期以来享受幸福安宁生活而付出的代价。综合朋友的叙述以及后来别人的议论，我认为他并非没有这份勇气，而是下不了决心。正因为此，他才迟疑不决，得过且过。

由于久居岛上，而且总能准时结清账务，他轻易就可以赊账。由于从不借钱，所以只要他开口，数额不大，众人也愿意接济他。由于多年来按时付房租，房东（房东妻子阿孙塔仍然在服侍他）也乐于让他拖欠几个月。他说，一个亲戚刚去世，由于法律程序原因，他还需要一段时间才能拿到给他的遗产，暂时有点拮据，人们也相信了他。就这样，他东挪西借地混了一年多。后来，再也没有店主肯赊账给他了，也没人再借钱给他。房东警告他，如果限期不付清所欠房租，就把他赶出去。

打算一死百了那天，他走进自己狭小的卧室，闭上门，关紧窗户，拉上窗帘，烧了一盆木炭。第二天一早，阿孙塔来替他做早饭时，发现他已经人事不省，不过还没死。尽管闭门关窗，想让房间密不透气，却并没有彻底闭死，因为房子漏风。虽然身处绝境，但到了最后一刻，他却动摇了。他被送进医院，尽管有段时间，病入膏肓，最终还是恢复了过来。但或许是因为煤气中毒，或许是因为受到惊吓，他不再像正常人一样了。虽然没疯，至少没有疯到要被送进精神病院的地步，很明显，他的脑子出了问题，已经不再是正常人了。

"我去看望过他，"朋友说，"想方设法让他开口，他却一直奇怪地看着我，好像记不起来以前什么时候见过我。他躺在床上，看上去很可怜，脸旁两边长满了花白胡须，两个星期没剪过了，除了脸上奇怪的表情，其他看上去倒还正常。"

"什么样的奇怪表情？"

"我不知道该怎么形容。就是满脸困惑。打个比方吧，可能荒谬了点，就好像，你往天上扔了块石头，可石头并没落下，而是停在空中……"

"那可真是让人疑惑不解！"我微笑着说。

"嗯，他脸上就这种表情。"

大家也不知道如何处置他。他没钱，也没法挣钱。卖了他的家当，钱也不够还债。由于他是英国人，意大利当局不想揽上他这个负担。英国在那不勒斯的领事馆没有经费管这件事。本可以遣返他回英国的，但似乎没人知道遣返回去后怎么打发他。后来，一直服侍她的阿孙塔说，他向来为人不错，也是个守约的租客，只要他还清了债，可以让他睡在她家农舍旁的柴房，还可以在她们家搭伙吃饭。当面给他这个建议时，也不知道他是否听懂了。当阿孙塔从医院带他回家时，他一言不发地跟在后面。他再也不能任意妄为，想怎么样就怎么样了。阿孙塔照顾他已经两年了。

"要知道，他过得并不舒服，"朋友说，"她家草草地搭了张摇摇晃晃的板床，给了他两床毛毯，可柴房没有窗户，冬天冰冷，夏天热得像烤炉。吃的也很粗糙。你也知道这些农户吃些什么：每逢周日才吃点通心面，吃肉就更难得了。"

　　"那他怎么打发时间呢？"

　　"整天在山上瞎逛呗。有那么两三次，我过去见他，但是没用。一看见你走过去，他就跑得像兔子一样快。阿孙塔时不时下山和我聊聊，我就给她点钱，这样她就可以给他买点烟草，可天晓得她家给他买过没有！"

　　"她家没有虐待他吧？"我问道。

　　"我敢肯定阿孙塔对他很好，她对他就像对待小孩子一样。但是，她丈夫恐怕对他就没那么和善了。他吝惜花在威尔逊身上的生活费。我相信他不至于为人残忍或者狠毒诸如此类的，但他对威尔逊有些尖酸刻薄，还使唤威尔逊干杂活，又是担水，又是扫牛棚什么的。"

　　"听起来糟透了。"我叹道。

　　"都是他自找的啊。不管怎么说，他咎由自取。"

　　"我觉得，总的来说，世人谁不是咎由自取呢？"我反驳道，"但弄得那么凄惨，谁都不想啊。"

　　两三天后，我和朋友一起出门散步，沿着蜿蜒小径，穿过一片橄榄林。

　　"威尔逊在那边，"朋友突然说道，"别看他，会吓着他的。接着往前走。"

　　我眼睛低垂，看着小道，往前走，眼角余光却看见有个人躲在橄榄树后。我们走近时，他也一动不动，但我感觉他正盯着我们。一经过他旁边时，我突然听到一阵声响。威尔逊像只被追捕的猎物一样，一路狂奔，跑向安全的地方。那是我最后一次看到他。

去年，他死了。那种凄惨的生活，他忍受了六年之久。一天早上，有人发现他时，他安详地躺在山脚下，好像在睡梦中死去一样。他躺身之处可以看见那两块法拉廖尼奇石，石头伸出海面。那晚月圆，他一定是趁着月色去观赏巨石的。或许，那晚夜色迷人，他沉醉其中再也没醒来。

（余汉华　译）

萨尔瓦托雷

我不知道自己能不能做到。

我第一次见到萨尔瓦托雷时，他还是十五岁的少年，长得虽不漂亮，却讨人喜欢，嘴角上总是挂着笑，眼睛里总是透着无忧无虑。过去，他经常是近乎一丝不挂地整个上午都躺在沙滩上。晒成棕铜色的身子，瘦得跟铁轨似的，不过看上去倒是很美。他总是在海里进进出出，游泳的姿势跟渔家男孩没什么两样，虽然笨拙，倒也省劲儿。除了礼拜天，他平时根本不穿鞋，总是光着硬脚板，爬上嶙峋的岩石，兴奋地尖叫着，纵身跳进深不可测的大海。他父亲是当地的渔民，还有一个小小的葡萄园，而萨尔瓦托雷便肩负起照看两个弟弟的重任。每当两个弟弟玩水跑得太远，他就冲着他们大喊大叫，赶他们上岸。到了中午，他催促他们穿上衣服，爬上炽热难当、种满葡萄的山坡，回家胡乱吃口饭。

但是，意大利南方的男孩长得太快了。没多久，萨尔瓦托雷就疯狂地爱上了住在大港①的一个漂亮姑娘。这位姑娘眼睛长得跟森林潭水般幽深，抬手投足犹如凯撒大帝的公主。俩人定下婚约，单等萨尔瓦托雷服完

---

① 大港（Grande Marina），意大利卡普里岛上的主要港口。

兵役后结婚。此前，他从未离开过卡普里岛，而今要为维克托·伊曼纽尔国王①的海军效力，成为军舰上的一名水手。在离开的那一刻，他哭得像个孩子。一个曾经像鸟一样自由的人，要在军队中唯命是从、随叫随到，无疑是痛苦的。一个住惯了葡萄架下白色茅屋的人，要跟一群陌生人挤在战舰上睡觉，更让人难过。萨尔瓦托雷早已习惯了家乡寂静的小道、连绵的群山和一望无际的大海，每当军舰靠岸后，他走在喧嚣、陌生的城市里，街上车水马龙，热闹非凡，他就吓得连马路都不敢过。在家时，每天傍晚，他都会眺望远处的伊斯基亚岛（在落日余晖中，伊斯基亚岛犹如童话般的世界），预测第二天的天气。每天清晨，他都会瞭望珍珠般的维苏威火山。他大概从没想过，伊斯基亚岛和维苏威火山日后会跟他有什么关系。但当他再也看不到伊斯基亚岛和维苏威火山时，朦胧之中他突然意识到，那座岛和那座山就像他的手和他的脚一样，早已成为他生命的一部分了。他很想家，但最痛苦的还是，不能跟自己心爱的姑娘在一起，那可是他这颗激情澎湃的心所热爱的姑娘呀。他像小学生一样错字连篇地给心爱的姑娘写长信，告诉她，自己无时无刻不在思念她，自己多么渴望回到她身边。他时不时随军被派驻不同的地方，拉斯佩齐亚、威尼斯、巴里，最后被派往中国。在中国，他染上了一种怪病，在医院一连住了几个月。他揣着狗一样的耐心，默默承受着常人难以理解的孤凄。当得知自己得的是风湿病，不再适合继续服役时，他欢呼雀跃起来，因为这意味着他可以回家了。即便医生告诉他，他日后很难再康复，他也全不在意。事实上，医生说了些什么，他根本没有听进去。马上就能回到自己心爱的小岛，回到翘首以待的姑娘身边，他还在乎什么呢？

---

① 维克托·伊曼纽尔（King Victor Emmanuel），指 1900 年至 1946 年在位的维克托·伊曼纽尔三世。

萨尔瓦托雷上了到那不勒斯来接驳军舰的一艘划艇。划艇渐渐靠岸时，他看到栈桥上自己的父亲、母亲和已经长成大孩子的两个弟弟。他向岸上挥手，眼睛拼命在人群中寻找，希望能看到姑娘，可是他并没有看到。他跳上岸阶后，跟亲人们长时间亲吻拥抱。人真是情绪化的动物！所有的人，在互致问候的那一刻，都多多少少抹了眼泪。萨尔瓦托雷向大家询问姑娘的近况，母亲说，她也不知道，因为大家两三个礼拜没见过她了。傍晚时分，月光洒满平静的海面，那不勒斯的灯光在远方闪烁，他步行前往姑娘在大港的家。当时，她正与她母亲坐在门前台阶上。那一刻，萨尔瓦托雷顿时羞涩起来，因为他已经好久没见到她了。他曾写信告诉她，自己就要回家了，他问姑娘收没收到自己的信。回答说，是的，收到了，岛上有个小伙子还跟她们说他病了。是的，也正是这个原因，他才回来的。这算是运气好吗？哦！她们还听说，他再也无法彻底康复了。医生说了一大堆废话，但萨尔瓦托雷只记得，既然自己现在已经回家，他会好起来的。母女俩沉默了一会儿，母亲轻轻推了推女儿，女儿也就不准备跟他拐弯抹角了。她们家里人向来说话直来直去，于是，她便直截了当地告诉他，自己不可能嫁给一个没法干活的男人。她们一家人，她母亲、父亲和她自己，已经拿定了主意。再说，她父亲也永远不会同意这门亲事。

　　回到家后，萨尔瓦托雷才发现，家里人其实早就知道了。姑娘的父亲早就上门把决定告诉了家里人，只是家里谁都不敢亲口告诉他。他趴在母亲怀里哭了起来，虽然伤心，但并不怪姑娘。渔民的生活是辛苦的，不仅需要体力，还需要耐力。他很清楚，一个女孩子是不会嫁给一个连她自己都养不活的男人的。他苦笑着，眼里满是悲伤，犹如一条刚刚挨过打的狗。他没有埋怨任何人，也没有说心上人的一句不是。几个月后，他渐渐恢复了平静的生活，每天除了在父亲的葡萄园里劳作，还会去打鱼。突然有一天，母亲告诉他，村里有个年轻女人愿意嫁给他。她叫阿孙塔。

"她实在是太丑了!"他说。

阿孙塔的年龄比他大,大概是二十四五岁,曾经跟一个男人订过婚,可是男的在服兵役时死在了非洲。她自己存了点钱,如果萨尔瓦托雷娶她,她可以给他买条船。正巧当时有个葡萄园正在招佃农,他们可以拿下这个园子。母亲还说,在一次节日庆典上,阿孙塔曾见过他,从那时便喜欢上了他。萨尔瓦托雷甜甜地一笑,说自己会考虑考虑。接下来的礼拜天,他穿着浆过的黑色套装,虽然这让他看上去比平时穿着破旧的衣裤少了许多精神劲儿,但他还是到郊区教堂去参加大弥撒①,这样自己可以好好看看这个年轻女人。回到家后,他告诉母亲,自己愿意娶她。

就这样,两人便结了婚,在一片迷人的葡萄园中间的一栋白色小房子里住了下来。现在,萨尔瓦托雷已是高大健壮、身材魁梧的汉子,不过仍旧带着年少时那抹淳朴的笑容,还有那双亲切而又温和的眼睛。抬手头足、一举一动都是我这辈子见过的最出色的。阿孙塔看上去很严肃,很有主见,也比实际年龄要老几岁,但她心肠好,人也聪明。每当丈夫表现得非常有男子气概,甚至专横的时候,她就会露出痴迷的微笑,这让我觉得很好笑。萨尔瓦托雷也时不时对妻子表现温柔体贴。但她无法容忍那个狠心抛弃他的姑娘,萨尔瓦托雷虽然许多次笑着安抚她,可她还是不停地骂她。不久,两人就有了孩子。

日子过得相当艰难。整个捕鱼的季节,他与弟弟出海前往渔场,一直忙到晚上。渔场绵延六七英里,他整个晚上都在捕更赚钱的墨鱼,然后得划很久的船回来,好早点将鱼卖掉,这样才能赶上到那不勒斯去的早班渔船。其余时候,他一大早就要在自己的葡萄园忙活,

---

① 大弥撒(High Mass),又称"庄严弥撒",是罗马天主教会举行的一种形式庄严的宗教仪式。

直到热得受不了了，才去休息。等到稍微凉快点儿，再继续干活，一直干到黄昏。因为有风湿，他常常什么也干不了，这时候，他只好躺在沙滩上抽烟。但不管病痛怎么折磨自己，他仍然见到谁都和和气气地打招呼。来海边游泳的外国人看到他的样子，都说这些意大利渔民真是一帮懒虫。

有时他会带孩子们去海边洗澡。两个孩子都是男孩，当时大的三岁，小的不到两岁。两个孩子一丝不挂、四仰八叉地躺在海边，萨尔瓦托雷则站在岩石上，把孩子浸在海里洗澡。大儿子已经习惯了隐忍，小儿子却兴奋地狂叫。萨尔瓦托雷的双手大得像羊腿一样，长期的辛苦劳作让他的手变得既粗糙又厚实，但在给孩子洗澡时，这双手又变得异常轻柔，擦干孩子身上的水时，也是小心翼翼。在我看来，那双手犹如花儿般美丽。他用手掌托着光溜溜的孩子，高高举起，看着小东西，开心地哈哈大笑，笑声犹如天使般悦耳。这个时候，他的眼睛就像自己的孩子一样那么纯真。

开篇时，我就说过，我不知道自己能不能做到，但现在我必须要告诉您，我已经努力这么做了。我想看看，在我向您描绘一个男人，一个普普通通的意大利渔民的时候，我能不能吸引您的注意力，把这几页文字读下去。在这个世界上，除了最罕见、最宝贵、最可爱的品质，他几乎一无所有。他为什么会意外地获赠这种品质，恐怕只有天知道。在我看来，这种品质在他身上闪烁着耀眼的光芒，只是平日里没人注意，便不觉得有多崇高罢了。但是，他所经历的苦难，放到其他普通男人的身上都是几乎难以承受的。如果你还没猜出这是怎样的一种品质，那我来告诉您。善良，只有善良。

（王珍珍　译）

洗衣盆

波西塔诺①坐落在陡峭的山腰上，凌乱分布在各处的那些白房子经过百年日光的洗礼，屋顶都已泛出灰白色。与雄踞于山巅的其他意大利小镇不同，波西塔诺的魅力不是一两眼就能窥其全貌的。这里的街巷清奇古怪，依着山势螺旋而上；这里还有破败不堪但色彩斑斓的巴洛克后期的建筑，曾经住着一群穷酸而显摆的那不勒斯贵族。这里的小镇风光可算是诗情画意。每到冬季，这儿的几个普通旅馆都会挤满前来创作的男女画家。他们每日辛勤创作，以不同的方式表达对波西塔诺的爱慕。有的画家会不遗余力地把这里所能窥见的每一扇窗、每一片瓦都记录在画布上，而他们辛勤的努力终会带来满意的结果。在展示作品的时候，他们往往会谦虚一番："不管怎么样，绘画的过程是投入了真情的。"有的画家则个性豪放，手持带有一抹颜料的调色刀，以一种精细而疯狂的架势在画布上激扬挥洒，似乎在告诉你："看到没有？我的个人风格在画中一览无余。"然后他们会微微闭上眼睛，小声探问道："可以说，我画的就是我自己，对不对？"还有一些画家

① 波西塔诺小镇（Positano），位于意大利最著名的阿马尔菲海滩，城镇大部分环山而建，景色优美。

的作品其实是由各式各样的方块和圆圈构成的，颇有趣味。他们会庄重地告诉你："这就是我所看到的波西塔诺。"这种类型的画家往往都是身材魁梧、言语不多。

波西塔诺是个坐北朝南的小镇，夏天一般很少有人来。但这里有那么一家干净而凉爽的旅店，内有挂满蔓藤的阳台，你可以晚上坐在这儿欣赏点缀着微弱星光的大海。海边船坞那边有个酒馆，人们可以在拱门下品尝凤尾鱼和火腿、通心粉和鲜嫩的胭脂鱼，畅饮冰镇果酒。每天都会有一艘来自那不勒斯的邮轮驶来，在此停留十几分钟，给宁静的海滩（这里没有港口，人们只能坐小船过来）带来片刻的生机。

某年的八月，由于在卡普里岛觉得乏味，我决定去波西塔诺玩上几天，于是便租了一只渔船划过去。我在途中的一个小海湾停留，在水里泡澡，吃个午餐，然后小憩片刻，直到傍晚才到那边。我信步走到山上的旅馆，行李由两名壮实的妇女帮我顶着，跟在我身后。我很吃惊，因为我并不是这里唯一的房客。这里有我的一位老朋友朱塞佩，在店里当服务员，在那个淡季，他把擦皮靴、搬行李、女仆和厨子的活全包了下来。他告诉我，一位美国来的先生已经在这儿待了三个月。

"他是画家还是作家什么的？"我问道。

"先生，他只是个绅士。"

我觉得这倒有点怪。这个季节一般不会有外国游客到此，除非是德国的那群顶着热浪和风尘的"候鸟族"背包客可能会来，但也只会住一晚就离开。现在竟然有人在此住了三个月，真是难以想象。他肯定是来避难的。今年前一阵子，整个伦敦都在传说有一个大名鼎鼎、老奸巨猾的投资客跑路了。我灵机一动，心里一阵欣喜：莫非这个神秘人物就藏在此地。其实我和他也算是泛泛之交，因此我这个不速之客想必不至于让他心神不宁吧。

"您可以在船坞那儿见到他，"我准备下山时，朱塞佩告诉我，

"他常在那里用餐。"

我去了才发现他并不在那里。我顺便点了晚餐，喝了杯美式咖啡，味道还真不比鸡尾酒差多少。没过几分钟有个人走了进来，想必他就是那位房客邻居了。不过，让我很失望，他不是那个潜逃的投资客。这个人年龄稍长，身材高大，脸庞瘦削而俊朗，在地中海度夏之后，皮肤晒成了古铜色。他没有戴帽，一身奶白色的整齐着装透出一丝气派。一头灰发修得很短，却依然浓密，行为举止优雅大方。他环视了拱廊下几桌在玩纸牌或骨牌的本地食客，最终把目光停留在我身上，然后笑盈盈地朝我走来。

"听说您刚到旅馆。朱塞佩说他没法下来引见介绍，我就冒昧自我介绍一下吧。我一个陌生人和您共进晚餐会不会让您生厌？"

"哪里的话，您请坐。"

他转身用一口腔调优美的意大利语告诉为我摆餐具的女服务员，说要和我一起用餐，然后看了看我的那杯美式咖啡。

"我叫他们给我储藏了些金酒和法式苦艾酒，可否让我给您调制一杯马丁尼？"

"求之不得。"

"不单有本地风情，这酒还给这儿平添了一分异域情调。"

他调配的鸡尾酒实在不错，让人胃口大增。随即，我们开始品尝最先端上来的火腿配凤尾鱼。盛情款待我的这位东家十分健谈，言语幽默而不失优雅。

"真抱歉，我的话实在太多，"他随即说道，"这是我三个月以来头一次有机会用英语和别人交流。我猜想您也不会在这里待很久，所以抓住机会，好好聊聊天。"

"在波西塔诺停留三个月也不算短啊。"

"我租了艘船，有时游泳，有时钓鱼，平时还看看书。我这边有好多书，如果您需要，我很乐意借给您。"

"我的书也够我读了，不过我倒很想了解您有哪些书。翻翻别人的书应该很有意思。"

他眨巴着眼，敏锐地看了看我。

"从读什么书也可以很好地了解一个人。"他轻声说道。

晚饭后，我们继续聊。坐在我面前的这个陌生人知识渊博，兴趣广泛。交谈中我发现他深谙绘画，或许曾是一名艺术评论家或艺术品经销商。不过，后来我又发现，他正在研读苏维托尼乌斯的作品，因此我断定，他一定是位大学教授。我随后询问其尊姓大名。

"我姓巴纳比。"他答道。

"这个姓最近很出名啊。"

"是吗？何以见得？"

"您难道没听说过鼎鼎有名的巴纳比夫人吗？她和您都是美国人。"

"的确是的。我最近在报纸上见过这个名字。您认识她吗？"

"没错，跟她很熟。几个月以来，她举办的宴会是最为盛大的，所以只要她邀请我，我肯定会去。别人也如此。她是一位了不起的女性。她特意想在伦敦社交圈弄出点名堂，天哪，她如愿以偿了。可以说，她在社交圈拔得头筹。"

"她应该很有钱吧？"

"我相信她很有钱，但她取得成功并不因为财富。有钱的美国女性有很多，而巴纳比夫人取得如此成就却是因为她的人格。她性格率真、自然，很难得的一个人。您应该了解一点她过去的情况吧？"

我的朋友笑了笑。

"巴纳比夫人可能在伦敦算是鼎鼎有名的，但据我所知，她在美国其实名不见经传。"

我也笑了，只不过不露声色。我料定，这位巴纳比夫人会以她充满浓烈本土气息的幽默风格和率真个性以及丰富阅历，深深打动了我面前的这位温文尔雅的先生。

"好吧，我来聊聊她。巴纳比夫人自己说，她丈夫应该是个外表粗犷而内心细腻的人，而且身材魁梧，一拳可以撂倒一头牛，在亚利桑那那边人称神枪手迈克。"

"我的天！愿闻其详！"

"呃，听说很多年前他曾一枪打死两个人。她还说她丈夫的枪法至今仍很厉害，在落基山西部找不到对手。他现在是矿主，不过以前做过牛仔，还走私过军火，天知道还干过别的什么！"

"不折不扣的美国西部人。"看得出，我的这位教授话里透出一丝嘲讽。

"我觉得是个狂徒。巴纳比夫人对他的描述很是精彩。当然人们多次提出想一睹她丈夫的风采，但巴纳比夫人说，她丈夫不愿离开西部广阔的天地。听说他几年前挖到石油，赚得盆满钵满，一定是个很牛的人。我还听说，巴纳比夫人在谈到过去与丈夫共患难的经历时，把同桌共进晚餐的人都给迷住了。这位两鬓斑白的巴纳比夫人，尽管并不漂亮，但衣着华贵、珠光宝气，总让人一看就心情振奋，想竖着耳朵听她讲述诸如给矿工洗衣服、为勘探队做饭的往事。你们美国妇女的适应能力真是无可比拟。"看看巴纳比夫人坐在宴席的主位，默契地与各位王公贵族、内阁大臣，还有这个公爵那个公爵交谈，很难想象就在几年前她只是个给七十多号矿工烧饭的妇人。"

"她是什么文化程度？"

"我猜她的请柬应该是秘书写的，不过本人也绝非等闲之辈。她曾告诉我，以前在矿区，工人们入睡后，她还坚持每天读一个小时的书。"

"了不起！"

"不过，神枪手迈克由于要在支票上签字，才勉强学会拼写他自己的名字。"

后来我们走上山回到旅馆，互道晚安之前约定第二天共进午餐，然后划船到我朋友发现的一个海湾去瞧瞧。第二天，我们在一起游泳、读书、进餐、小憩并交谈，傍晚也一起聚餐，度过了惬意的一天。第三天早晨，在阳台上吃过早餐后，我提醒巴纳比先生不要忘了曾答应我参观他的藏书。

"随我来！"

我随他进了卧室，侍者朱塞佩正在里面铺床。我一进屋就看见一幅华丽镶边的巴纳比夫人的照片。我的朋友也看到了，顿时气得变了脸色。

"朱塞佩，你真傻。为什么要把衣柜里的照片拿出来？你究竟知不知道我为什么把它藏起来？"

"先生，我不知道啊。我想您应该欢喜看到夫人的照片，所以就放在您桌上。"

我大吃一惊，人都快站不稳了。

"我仰慕的巴纳比夫人就是您的妻子吗？"

"正是。"

"我的天！您就是神枪手迈克？"

"我看起来像吗？"

我呵呵笑了起来。

"说老实话，真不像。"

我随后把目光投向他的手。他严肃地笑着，伸出双手。

"事实上，我从没有赤手空拳撂倒过一头牛。"

我们就这样默默盯着对方看了片刻。

"她绝不会原谅我，"他叹道，"她想让我改名换姓。只要我不同意，她便不肯给我好脸色，说这样不保险。我说在波西塔诺隐居三个月也不是什么好主意，但打死我也不会使用别人的名字。”他迟疑了一下，说：“现在我已经把底儿都兜给您了，只能求您大发慈悲，不要把这个秘密泄露出去。”

“我一定守口如瓶，但我真不明白，这到底是怎么回事？”

“我是个医生，跟妻子在宾夕法尼亚生活了三十年。不管您看我像不像个粗人，但我得说我夫人是一位极其有涵养的女性。后来，她有个亲戚过世了，留给她一大笔遗产。当然这不是什么关键问题，总之我妻子非常富有。她把英国小说读了个遍，平生的一个愿望就是去伦敦待一段时间，好好领略她在小说里读到的种种奇妙与奢华。她的确很有钱，尽管我对她的奢望并不怎么看好，但只要她能达成所愿，我也心满意足了。去年四月我们乘船出发，恰好赫里福德公爵和夫人也在船上。”

“这个我知道，就是这对公爵夫妇开启了巴纳比夫人的成名之路。夫妻俩迷上了她，而且像新闻记者一样把她捧上了天。”

“我在船上病了，得了痈疮，不得不待在自己的特等客舱，所以我妻子只能自顾自了。她在甲板上的座椅正好和公爵夫人的相邻。她大概是无意听到了什么，所以意识到，英国的那些贵族并不像我们想象的那样，与我们美国的上流圈子有密切交往。我妻子反应很快，她马上对我说，如果谁的祖上参加过大宪章的签署仪式，那么那个人假使遇到某个熟人说自己祖上是卖鼬皮或做船夫的也不会太感冒的。我妻子还是挺有幽默感的。和公爵夫人搭上话之后，我妻子便给她讲了些美国西部的奇闻轶事，还假装以亲历者的口吻来讲述，就是为了加点料。结果，伯爵夫人的心一下子就被俘获了，还请求她再讲一个，而我妻子编故事的胆儿也越来越大起来。只用了一天的工夫，她已经把伯爵夫妇玩弄于股掌之间。她时不时到我的舱位，给我描述她的最新进展。她的汇报让我捧腹大笑，真是完全出乎我的意料。反正我也没事可干，就叫人去图书室把布勒特·哈特①的小说借来，让她从中借鉴一些妙笔生花的手法。"

我不由得拍了拍脑门。

"难怪我们都说她的故事和布勒特·哈特的小说有得一拼。"我叫道。

"我乐悠悠地想象着：海上航行结束时，如果我突然现身，把真相告诉伯爵夫妇，他们一定会错愕不已。不过，这只是我一厢情愿的幻想。快到南安普顿的前一天，我妻子告诉我，赫里福德公爵夫妇决定给她安排一次宴会。公爵夫人疯狂地把她介绍给各类社会名流，这对她来说简直是千载难逢的机会。我那样做就会把一切给毁了，然后她会迫于压力承认自己迫不得已把我描绘成完全不同的一个人。我当时根本不知道她已经把我说成了神枪手迈克，但我敏锐地觉察到，她忘了告诉别人我也在船上。长话短说吧，她要我去巴黎住上一两周，一直到她稳定下来。我倒是不介意去巴黎。我更愿意去索邦大学②做点事，而非去伦敦的富人区参加什么宴会。这样，我让她去了南安普顿，自己在瑟堡③下了船。我在巴黎住了十天，她就突然来告诉我说：她已经超乎想象地大获成功，比任何小说情节都要强好几倍，而只要我现身就会毁了一切。我说：好吧！我就留在巴黎！但她却不高兴了，说只要我离她这么近，万一遇上某个熟人就糟了。我就说去维也纳或罗马如何。她还是认为不行，最后我就到了这里。我就像逃犯一样，躲在这里，已经足足三个月了。"

---

① 布勒特·哈特（Bret Harte，1836—1902），小说家、诗人，美国西部文学的代表作家，以描写加利福尼亚州的矿工、赌徒、娼妓而闻名。
② 索邦大学（Sorbonne），位于巴黎的一所公立研究型大学。
③ 瑟堡（Cherbourg），位于法国西北部下诺曼底大区所辖的芒什省，是重要的军港和商港。

"你的意思是从没有左手一枪、右手一枪打死两个赌徒？"

"先生，我这辈子都没用过枪。"

"还有，那次有一个墨西哥强盗突袭你住的小木屋，后来你妻子替你装子弹，然后你顶住他们的包围达三天之久，直到联邦政府的部队前来营救。这也是无中生有的事吗？"

巴纳比先生神情严肃地露出一丝笑意。

"那个故事我从没听说过，是不是有点造作？"

"造作？！这简直就是活生生的西部画卷。"

"恕我冒昧，我妻子的灵感十有八九是从西部来的。"

"可是，那个洗衣盆，给矿工洗衣服的盆子。她那段故事引起了轰动。可以这么说，她就是坐在洗衣盆里划进伦敦上流社交圈的！"

我呵呵笑了起来。

"她把我们都给耍了！"我说。

"我得说，她把我耍得够呛。"巴纳比先生说道。

"她的确了不起，您有这样一位妻子也值得骄傲。我也一直认为她无与伦比。她让所有英国人心中对浪漫精神的追求梦想成真，满足了我们的一些遐想。我绝不会做背叛她的事。"

"那太好了，先生。伦敦社交圈多了这么一位绝妙的女士，而我却失去了一位完美的妻子。"

"神枪手迈克只存在于广阔无垠的美国西部。亲爱的巴纳比先生，您现在只有一条路可以走，那就是继续躲起来。"

"那我对您将是感激不尽。"

我听得出来，他说这话时心里酸溜溜的。

（李俊飞　译）

有良心的人

　　圣洛朗-迪马罗尼虽然地方不大，但很漂亮，既干净又整洁。这里有许多法国城市引以为傲的市政厅和法院。这儿的街道宽阔，两旁大树成荫。一栋栋房子好像刚涂过颜料一样，躲在栽着棕榈树和凤凰木的花园里。娇艳的美人蕉，多彩的变叶木，亦紫亦红的叶子花，团簇在一起相互较着劲儿。优雅的木槿花高傲到近乎做作地立于枝头。圣洛朗-迪马罗尼位于法属圭亚那罪犯流放地的中心。离上岸的码头一百英尺，就能见到监狱的大门。这些热带花园环抱的漂亮房子正是狱吏的住处。这里的街道之所以干净整洁，是因为从来不缺犯人打扫。一天，我和一个偶然相识的人走在街上，迎面看到一个年轻人，头戴圆草帽，身穿粉白条纹的囚服，手里拿着一支镐，站在街边，什么也不干。

　　"你怎么不干活？"陪同我的人问他。

　　那人不屑地耸了耸肩。

　　"瞧瞧这些草！"他回道，"我还得再拔二十年，才能搞干净。"

　　监狱就在圣洛朗-迪马罗尼的中心地带，而圣洛朗-迪马罗尼也是以监狱为中心建起来的，这里的各行各业都仰仗这座监狱。商店是中国人开的，顾客是这里的狱警、医生，还有众多与罪犯流放地有关的军官。这里的街道空荡荡的，非常安静。如果碰到夹着公文包的犯人，那他准是在政府部门帮忙；如果看到提着篮子的犯人，那他准是在谁家当用人。偶尔能碰到一个狱警押着几个犯人，大部分时候，犯人都是大摇大摆地出入毫无设防的监狱。白天，监狱大门都敞开着，犯人可以随便出入。如果你遇到一个没穿囚服的，那他应该是刑满释放了，但仍要被罚在这儿待上几年。这样的人找不到工作，徘徊在饥饿的边缘，每天喝着一种名叫塔非亚的廉价烈性朗姆酒，醉生梦死。

圣洛朗-迪马罗尼有家饭馆，我经常到那儿去吃饭。每天观察着食客们的那些习惯动作，让我很快对他们有了认识。每个人一进门，就坐到自己的那张小桌前，默默地吃完饭，然后起身离开。经营饭馆的是一个黑人妇女，这里唯一的服务员是和她同居的男人，他以前也是犯人。总督住在圭亚那首都卡宴，所以便把他在圣洛朗-迪马罗尼的平房交给了我，我就在那儿睡觉。房子由一个阿拉伯老人照看，他是虔诚的伊斯兰教徒，白天都能听到他祷告好几次。至于收拾床铺、打扫房间、跑腿这些事，典狱长给我安排了另外一个犯人。这两人都因谋杀罪被判了无期徒刑。典狱长告诉我，对他们我可以完全放心，这两个人非常可靠，东西放哪儿都不用担心。不过，我可不想瞒着读者，晚上睡觉前，我还是会小心翼翼地锁好门，放下百叶窗。不用说，这样做是有点儿傻，但至少我可以睡得安稳点儿。

因为有介绍信，总督和典狱长也是竭尽所能让我此行既能住得安心，又能有所收获。我不是记者，所见所闻无法一一赘述。诋毁还是支持法国这套自认为合适的监狱管理体制，也不是我分内之事。况且，这套体制现在已经不用了。犯人很快就不会再送到法属圭亚那来：由于气候差异，加之要在病毒滋生的丛林里工作，许多犯人患了病，身体机能莫名地衰退，看不到生的希望，直至肌骨腐烂，最终死去。我只能说，我没有看到体罚，但也没有看到采取什么措施，让犯人刑满释放后成为有用的公民。我没有看到为犯人的心理健康做过什么疏导，也没听说开过什么课程，来提升他们知识结构，更没有看到组织过什么体育活动来调节一下犯人的身心。我没看到图书馆，可以让犯人们在每日劳役后借本书来读一读。我看到的是，只有最强大的内心才能在这样的环境中活下去。我看到的是野蛮，只剩下一点点少得不能再少的同情和绝望。

这一切跟我没有关系。一个人拿无法减轻的痛苦来折磨自己是徒劳的。我的目的是讲故事。我很清楚，对人性的理解永远是不全面的。但有一件事可以确定，那就是生活中总有意料之外的事在等着你。当克服了第一次参观监狱时的困惑、讶异和惊恐之后，我倒发现了不少有趣的事，让我想一探究竟。我必须告诉读者的是，这里四分之三的犯人都是杀人犯。当然，这不是官方数据，我可能夸张了点儿。在这里，每个囚犯都有一小本档案册，里面记录了他们的罪行、判决、刑期，以及不管什么官认为有必要记录在案的东西。我是在翻看了许多小册子后，才得出前面的结论的。让我吃惊的是，在英格兰，这样的人多得是，他们要么在商店上班，要么在阳台上懒洋洋地打发时间，要么在大街上到处游荡，这样的人都应该判死刑。我发现犯人们根本不避讳谈自己的罪行。于是，为了找到答案，我花了大半天时间研究情杀。我想弄清楚，一个人杀死妻子或情人的动机究竟是什么。我觉得，除了嫉妒和名誉受损，应该还有其他原因。许多犯人的回答都挺有意思，其中一个在我看来还挺好笑。这个人原本在木匠店工作，他割了妻子的喉咙。当我问他为什么要这么做时，他耸耸肩说：缺乏沟通。他这种不以为然的潜台词是——我们性格不合。我不禁在想，如果男人认为这可以拿来当作杀害妻子的理由，那么女性的死亡率就堪忧了。不过，在问了很多人各种问题之后，我得出了这样的结论：几乎所有的谋杀都有一个最基本的原因，那就是经济原因。他们杀害妻子或情人，不仅是因为她们不忠导致的嫉妒，还因为在某种程度上这种事影响了他们的钱包。女人如果不守妇道，有时充其量只是经济上的损失罢了，但还是会有男人为此做出过激的行为。还有些男人需要钱去另寻他欢，发现有人碍事，就动了杀机。当然，我并不是说男人不会干那些因被嫌弃拒绝后感觉名誉扫地再杀害女性的事。我只是在研究了这些特殊案例的基础上，选择了个有意思的角度来一窥人性，不敢由此得出一个普遍性规律。

我又花了一天的时间来研究良心问题。道德家们一直试图说服我们，良心是人类行为背后最强大的动力之一。既然理智和同情都认为地狱之火虚幻荒诞，令人生厌，那么许多好人便认为，良知捍卫着人类，使其能走在正义的道路上。莎士比亚告诉我们说，良心把我们所有人变成了懦夫。小说家和剧作家的笔下全是对邪恶之人的诘问，生动再现的也都是人们良心遭受谴责后的苦痛和一个个难捱的夜晚。他们的作品里一遍又一遍地揭示，这种备受良心谴责之苦是如何剥夺生活的种种快乐，直至最终无法承受，只能通过寻求惩罚来解脱的。我经常在想，这里面到底有多少是真的。道德家都别有用心，他们必须给人们规定某种道德规范。他们相信凡事只要多说几遍，人们自然就会信以为真。他们会把东西描述得好像理应如此。他们说，罪恶的代价是死亡。我们很清楚，事实并非都如此。就剧作家和小说家来说，一旦抓住一个好的主题，肯定会大肆渲染，完全不顾及与事实是不是相符。对人性的一些观点和表述，大家就像对待公有财产一样，并没有太当回事。同样，长期以来，画家都把阴影画成黑色，直到印象派画家别具慧眼地将阴影画出了他们认为看到的颜色，我们才发现阴影可以是彩色的。有时候我在想，良心可能是道德水平发展到一定高度后的表现形式，其影响力只能在拥有高尚德行的人身上才能体现出来，这些人通常不可能做出让自己良心受到谴责的事。众所周知，谋杀是一种令人发指的罪行，杀人犯应该比其他任何犯人更应受到良心的谴责。我们相信，受害者的冤魂会夜夜出现在杀人犯的梦魇里，就算他们醒着的时候，也会在对其发指罪行的回忆中，备受煎熬。我不想失去这个拷问事实真相的机会。当然，如果遇到的是沉默寡言或者伤心透顶的人，我也不会刨根问底，但跟我交谈的那些犯人并不是这类人。有些犯人说，如果再处于同样的境地，他们还会那样做。他们没有意识到自己就是宿命论者，认为这一切都是由命运主宰的，自己左右不了。有些犯人认为，他们的罪行不是他们自己干的，是由那些和他们八竿子打不着的人干的。

"年轻的时候，谁都会干蠢事。"犯人们要么摆出满不在乎的样子，要么若无其事笑着说道。

也有犯人说，如果当时知道杀人的惩罚是现在这样的，他们肯定会住手。我发现，这里没有一个犯人对被他们野蛮夺去生命的人有一丝悔意。在我看来，被他们杀害的人，在他们眼里，只不过是肉铺里被抹了脖子的猪。对受害者，他们没有丝毫怜悯同情，反而会因为来到这僻壤饱受牢狱之苦而异常愤怒。只有一个人，我从他的身上看到了所谓的良心，他的故事非同一般，值得讲给大家听听。在他的案子中，如果我没有理解错的话，犯罪动机就是悔恨。当时，我还留意了一下他粉白条纹囚服上印的编号，可现在已经想不起来了。不过，这不重要，我不知道他的名字，他也没有主动告诉过我他叫什么，我更无意去问。就暂且叫他让·沙尔万吧。

我是在第一次随典狱长参观监狱时见到让·沙尔万的。当时，我们正穿过一个院子，四周都是独立的牢房。和禁闭室不同，这些牢房只有表现好的犯人才有资格申请到。那些厌恶公共牢房里荒淫滥交的犯人都会申请住这种牢房。我去参观的那会儿，犯人都干活去了，所以牢房里大多没人。当时，让正在自己牢房里做事，牢房的门开着，他正趴在小桌子上写着什么。典狱长叫了他一声，他出来了。我往牢房里看了一眼，发现墙上固定着一张吊床，上面挂了顶脏兮兮的蚊帐。床边有一张小桌子，上面放着一些个人用品：一把胡刷、一把剃须刀，一把梳子，还有两三本破烂不堪的书。墙上贴着几张挺体面的人物相片和从画报上撕下来的插图。他应该是坐在床边写字的，桌子上堆满了纸，纸上记录的看起来像是流水账。他长得很帅气，高个儿，挺拔清瘦，一双闪亮的黑眼睛，面容整洁，棱角分明。我最先留意到的，是他一头长长的深棕色自然鬈发。这一点把他跟其他犯人立马区分开来。其他犯人的头都剃得很短，像屋脊一样，给人一种凶神恶煞的感觉。典狱长向他交代了工作上的事情之后，在准备离开时，客气地说了句：

"我发现你的头发长得不错！"

让·沙尔万微微一笑，脸一下红了起来。他的笑略带稚气，但很迷人。"离下次剪发还有段时间。"

典狱长把他打发走，我们便继续参观。

"他是个很正派的小伙子，"典狱长说道，"他在会计室工作，我们允许他留头发。他非常高兴。"

"他是怎么进来的？"我问道。

"他杀了老婆，但只判了六年。他很聪明，活干得很好。他出身在正派的家庭，受过良好的教育。"

过后，我便把让·沙尔万的事撂在脑后了，可第二天在路上碰巧又遇到他。他朝我迎面走过来，胳膊下夹着个公文包，要不是他身上粉白条纹的囚服和头上遮住他一头潇洒鬈发的那顶丑圆草帽，你肯定会把他当成正赶往法院的年轻律师。他不慌不忙地迈着大步，举止从容淡定，给人一种英气十足的感觉。他认出了我，摘下帽子向我问好。我停下脚步，没话找话地问他去哪里。他告诉我，他要把总督办公室的文件送到银行去。他一脸坦然，他的眼睛，那双漂亮的眼睛，闪烁着善意的光芒。尽管身处目前的处境，但他仍然充满了青春活力，让人觉得生活不那么难以忍受，甚至令人愉快。如果见着他，你准会说，他是大千世界里无忧无虑的年轻人。

"听说你明天要去圣让[①]？"他说。

"是的。好像天一亮就得动身。"

圣让离圣洛朗十七公里，也是一所监狱。那里关的都是惯犯，都是些小偷、骗子、造假犯、地痞无赖一类，也不知在别处服了多少个刑期之后，现在被送到那里。圣洛朗的重刑犯根本瞧不上圣让的这帮惯犯。

"参观圣让，你会发现非常有趣，"让·沙尔万带着坦诚迷人的微笑，说道，"不过，一定要看紧你的钱包，只要瞅准机会，半拉子衬衫他们都会下手。那些人就是一帮无赖。"

那天下午，等白天的热气消退一些，我便坐到卧室外面的阳台上看书。我拉下百叶窗，已经比较凉快了。这时，我的阿拉伯老管家光着脚走上楼来，用蹩脚的法语告诉我，有人要见我，说是典狱长派来的。

"叫他上来吧。"我说。

不一会儿，来人上来了，是让·沙尔万。他说典狱长让他捎个信，是关于我第二天去圣让的事。说完后，我问他，是不是愿意坐下来和我抽支烟。他低头看了看自己廉价的手表。

"还有几分钟时间，我非常乐意。"他坐下来，点着了我递给他的烟，一双柔和的双眼笑眯眯地看着我。"你知道吗？我判刑后，这是第一次有人请我坐下来。"他长吸了一口手里的烟。"埃及的。我有三

---

① 圣让（St. Jean），法属圭亚那的一个地名。

240

年没抽过埃及烟了。"

这里的犯人都是用装在蓝色方盒卖的烟叶,自己卷烟抽,这种烟叶很冲,而且味道很难闻。这里的犯人干活是拿不到酬劳的,但可以给他们烟叶。我就买过不少包这样的烟叶。

"这烟味道怎么样?"

"人真的没有什么事是不能适应的,不过说实话,我的味觉已经给毁了,我更喜欢抽我们自己卷的烟。"

"我给你拿几盒。"

我回房间拿烟叶。回来时,看到他正在翻看我放在桌子上的几本书。

"喜欢看书?"我问道。

"很喜欢。现在最让我难受的是没有书看。仅有的几本,我已经反复看了好几遍了。"

对像我一样爱看书的人来说,没什么比没书可看更让人难受的了。

"我的书袋里有几本法语书。如果你想看,我去找一找。你再来的时候给你。"

送他书看的原因,只有一部分是出于好意,其实,我是想找机会再跟他聊聊。

"我得先拿给典狱长看看。只要他觉得这些书不会让我道德败坏,他会同意的。他这人心地善良,不会为难我的。"

他说这些话的时候,微笑中露出了一丝不易被人察觉的狡黠。我猜他很清楚该如何利用典狱长的好心,当然也更清楚如何来取悦他。耍点儿小伎俩,施点儿小计谋,让难以忍受的生活好那么一丁点儿。如果因为这也要去指责他,那就太不公平了。

"典狱长很器重你嘛。"

"他人很好。他帮了我许多忙,我非常感激他。我原来是个会计,他就安排我在会计室干活。我喜欢数字，每天能接触到数字，让我感到极其满足。对我来说，数字是有生命的。现在能天天碰到数字，我觉得又找回了自己。"

"有自己单独的牢房，你开心吗？"

"这太重要了。每天与五十个人渣挤在一起，一分钟单独的时间都没有，简直糟透了。那是最让我受不了的！我原来住在勒阿弗尔①，住的是一套公寓，虽然不大，但是我自己的。白天有保姆来打扫卫生，生活过得挺体面。这里其他大部分人满脑子都是些肮脏、下流、淫乱的东西，所以跟他们相比，这里的生活，对我要难上十倍。"

我问了他牢房里的一些事，希望他能跟我聊聊，这么多人从晚上五点一直到第二天早上五点，被关在一个大牢里，里面是什么样子。这十二个小时里，谁都管不了他们。他们说，只有不怕死的狱警才敢进去查他们。晚上八点后就熄灯了，但用沙丁鱼罐头，一点油，一小块破布就能搞个小灯，靠着这点亮光，犯人们就能打牌。这些人赌博并不是喜欢赌，而是为了藏在身上的那点儿钱。他们没有什么道德底线，残忍无情，吵架是常有的事。每当这个时候，解决问题的方法就是刀子。早上牢门打开时，经常发现其中一个犯人死了。就算威逼利诱，也不会有人告诉你是谁干的。让·沙尔万还告诉了我其他一些事，这里我实在说不出口。他跟我讲了一个年轻人的故事，说年轻人跟他乘同一条船从法国来到这里，俩人便成为了好朋友。小伙子长得非常俊俏。一天，他找典狱长问能不能给他一间单身牢房。典狱长问他为什么要换，他解释了原因。典狱长看了一眼手头上的单子，告诉他单身牢房暂时都住满了，不过一旦有牢房空出来就给他安排。第二天早上，牢门打开后，发现小伙子死在自己的吊床里，肚子被人豁

---

① 勒阿弗尔（Le Havre），法国北部海滨城市。

开，一直豁到肋叉。

"他们都是些野蛮的畜生，就算进来的时候不是，进来后也会变成畜生，除非真有奇迹发生。"

让·沙尔万看了看表，站起身就走，走了几步，微笑着回过身来，看着我。

"我得走了。如果典狱长同意，我再来拿你送给我的书。"

在圭亚那，没有人跟犯人握手。小伙子处事老练，应该是本能地伸手握别时却假装忘了礼数，一转眼，无论你是要主动跟他握，还是拒绝跟他握，都不太可能了。天知道，对我来说，跟让·沙尔万握个手根本算不上什么事。可他为了避免让我尴尬，都想到了；想到这儿，我的心便一阵剧痛。

在圣洛朗期间，我后来又见过让·沙尔万两次。他跟我讲了不少自己的事，这儿，我只能转述了，因为我要把他几次说的拼在一起，有些前后脱节的地方，我还要用我的想象力进行补充，不过，我相信基本上相差无几。就好像让我拼一组五个字母构成的单词，他已经给了我其中的三个，要猜对另外两个的概率还是很大的。

让·沙尔万出生在美丽的法国港口城市勒阿弗尔，也在那儿长大。父亲在海关工作。完成学业后，让先去服了兵役，回来后便开始找工作。和许多法国年轻人一样，他不想冒风险直接去赚钱，而是想找一份稳定的工作。他在数学方面天赋异禀，这让他很容易就在一家做出口贸易的大公司会计部找到了工作。今后的生活有了保障，他可以有足够的收入，过上符合自己地位的舒适生活。他工作勤奋，做事循规蹈矩。就像大多数他这一代的法国年轻人一样，他喜欢运动，夏天打网球和游泳，冬天骑自行车。每周两个晚上在健身房锻炼几个小时，以保持良好的身材。从小到大，他身边一直有个玩伴儿。这儿为了方便叙述，我先把小伙子的名字告诉大家，他叫亨利·勒纳尔，父亲也是一名海关官员。由于两家的关系非常亲密，让和亨利干什么都一起：一起上学，一起玩，一起复习考试，一起度假，一起约会初恋女友，一起组队参加当地网球锦标赛，还一起服过兵役。俩人在一起时非常开心，从不吵架，形影不离。找工作时，俩人商定要进同一家公司，但事情没让他们想得那么简单。让试图把亨利介绍到他工作的公司里来，但没能办成。一年后，亨利才找到工作。紧接着，贸易行业不景气，几个月后，亨利失业了。

亨利是个率性的年轻人，特别喜欢悠闲，喜欢跳舞、晒日光浴、打网球，也因此认识了刚刚搬到勒阿弗尔来的一个姑娘。姑娘的父亲是派驻殖民地军队里的上尉，父亲死后，她母亲便回到了故乡勒阿弗尔。当时，玛丽-路易丝十八岁，此前大部分时间都生活在越南的东京①。这让她颇有些异域风情，特别能吸引那些从来没有离开过法国的年轻人。首先亨利爱上了她，后来让也爱上了她。也许是命中注定，到头来肯定是不幸的。女孩子很有教养，是家里的独生女。除了养老金，她母亲还有些积蓄，很明显，只有条件不错的年轻人才能娶到她。亨利完全靠父亲养活，玛丽-路易丝的母亲莫里斯夫人是不可能同意这桩婚事的。但亨利空闲时间多，跟让相比，亨利有更多的时间和玛丽在一起。莫里斯夫人身体不好，与同年龄、同身份的法国女孩子相比，玛丽有更多的自由。玛丽看出让和亨利都喜欢她，她也很喜欢他俩。能吸引两个年轻人的眼球，玛丽很得意，但她并没有表示出自己爱上了哪一个。其实，她自己也说不清喜欢哪一个，但她心里清楚，亨利现在的处境肯定不能娶她。

"她长什么样？"我问让·沙尔万。

"她长得很小巧，一双灰色的大眼睛，皮肤白净，头发是鼠褐色，

---

① 东京（Tonkin），越南北部毗邻中国的地区的旧称，概指现在以河内为中心的地区。

很像一只小老鼠。她长得不漂亮，但是可爱，属于典雅端庄的那种，身上有一股特殊的魅力。她为人随和，思想单纯，从不做作，让你不知不觉地认为她很靠得住，将来肯定是个贤妻良母。"

让和亨利之间没有秘密，让没有隐瞒自己也喜欢玛丽的心事。但因为先遇到她的是亨利，所以两人心里都清楚，这事根本没有让的份。最后，她做出了选择。有一天，亨利在让的公司外面等他下班，告诉他玛丽同意嫁给自己了。两人盘算，只要亨利一找到工作，亨利的父亲就正式向她母亲去提亲。听亨利这么说，让·沙尔万备受打击。听着亨利兴奋地描绘着未来，看着亨利如痴如醉的神情，让·沙尔万自己还要深表赞许，可真不是件容易的事。但他对亨利有很深的感情，绝不会因为这事生气。让心里还清楚，自己是人见人爱的小伙子，所以也不可能去怪罪玛丽。为了维持这段友谊，什么牺牲他都能坦然接受。

"她为什么选择他，而没有选择你呢？"我问。

"亨利有无穷的活力，是你见过的最快乐、最有趣的小伙子。他那股子高昂的情绪富有感染力。只要有他在，你永远不会觉得乏味。"

"他有激情。"我微笑着说道。

"还有无穷的魅力。"

"他长得漂亮吗？"

"不，不是很漂亮。他的个头比我矮，长得精瘦，不过，他的脸长得很喜气。"让·沙尔万嘴角露出愉快的微笑。"可以毫不虚伪地说，我长得比亨利帅气。"

但亨利没有工作。亨利的父亲看够了他终日无所事事，于是便写信给他能想到的在法国各地的亲朋好友，希望能帮亨利找点事做，随便什么工作都行。最后，一个在里昂做丝绸生意的表兄回信说，他们公司正在找一个年轻人，外派到在柬埔寨金边的分公司，负责在当地采购生丝。如果亨利愿意，他可以帮他谋这份差事。

　　和所有法国父母一样，勒纳尔夫妇也不想让亨利远走他乡，但事已至此，没有别的办法，虽然薪水少，也必须去。亨利倒不是不想去。柬埔寨离东京不远，玛丽-路易丝肯定熟悉那里的生活。她经常谈起东京，这让亨利觉得，她很高兴回到东方去。但令亨利伤心的是，玛丽告诉他，她是不可能再回去了。首先，她母亲的身体状况越来越差，她不能丢下她不管。其次，好不容易在法国安顿下来，她不想再离开了。她虽然同情亨利的处境，但态度非常坚决。亨利也不指望父亲会同意他拒绝这个工作机会，没有别的办法，亨利必须要走。让也不希望亨利离开，但听到亨利告诉他这个坏消息时，心里还是不免一阵狂喜，觉得命运终于眷顾他了。亨利这一去至少五年，除非他干不了，否则很有可能就永远待在东方了。让觉得，要不了多久，玛丽就会答应嫁给自己。凭他现在的情况，在勒阿弗尔有一份体面的工作，再加上她又在母亲身边，玛丽应该会理智地考虑。亨利不在身边，她对让的喜欢没有理由不会变成爱。在让看来，生活已经发生了变化。难过了几个月后，他又重新快乐起来。虽然他嘴上不说，但在心里已经在为未来谋划了。让再也用不着隐藏对玛丽的爱了。

　　突然间，让·沙尔万的希望落空了。勒阿弗尔的一家海运公司正好有个空缺，亨利很快提交了申请，公司的态度似乎也比较积极。一个在这家公司工作的朋友告诉他，这是铁定能成的事。这样一来，亨利所有的问题都解决了。这是一家守旧的老公司，只要能进去，就意味着一辈子待在里面了。让非常失望，更糟糕的是，他还必须把这些痛苦藏在心里。有一天，他自己的主管要见他。

　　说到这里，让·沙尔万停了下来，眼神中掠过一丝不安。

　　"我接下来要告诉你的事，我从来没告诉过任何人。我为人诚实，做事讲原则。不过，这是我这辈子做过的唯一一件丢人的事。"

这里，我必须提醒读者朋友，让·沙尔万现在穿着粉白条纹的囚服，编号就印在他胸口的囚服上，他是因为杀了自己的妻子才来坐牢的。

"我不知道主管找我有什么事。我走进他办公室的时候，他坐在自己的办公桌前，用搜索的目光看了我一眼。

"'我想问你一个非常重要的问题，希望你能保密，'他说，'当然，你说的话我也不会跟别人说的。'

"我在等他的下文。

"'你来公司时间已经不短了。我对你非常满意，你在公司没有理由谋不到一个好职位。我绝对相信你。'

"'谢谢您，先生，'我说，'您对我的夸奖，我会铭记在心。'

"'现在的问题是这样，温特尔先生想要聘亨利·勒纳尔。温特尔先生十分注重员工的品格，绝不允许自己在这个问题上犯错。亨利负责支付公司船员的工资，要经手几十万法郎。我知道你跟亨利·勒纳尔是好朋友，你们两家一直走得很近。能不能麻烦你告诉我，温特尔先生能不能用他。'

"我马上明白这个问题意味着什么了。如果亨利得到这份差事，他就可以留下来，跟玛丽结婚。如果不能，他就要去柬埔寨，我就可以娶玛丽。我向你发誓，当时回答的人不是我，不知是谁附在我身上，用我的声音说的。我嘴里说的那些话，跟我半点关系都没有。

"'**主管先生**，'我说，'我和亨利一直是好朋友。我们分开的时间从来没有超过一星期。我们一起上学，一起花零用钱，长大后同时交一个女友，还一起服过兵役。'

"'你比任何人都了解他。这也是我为什么问你的原因。'

"'主管先生，这不公平。您这是让我背叛朋友。我不能，也不想回答您的问题。'

"主管自以为很聪明，狡黠地冲我笑了笑。

"'你回答得很好，不过，我已经得到我想要的答案了。'他和蔼地笑着对我说。我想我当时大概脸都白了。我敢说，我当时肯定气得都有些发抖了。'小伙子，别激动。你不高兴，我能理解。人的一生中，有时会面临两难的选择：一面是诚实，一面是忠诚。当然，我们不能犹豫，但选择的过程是痛苦的。我不会忘记你在这件事上的表现，我替温特尔先生谢谢你。'

"我退了出来。第二天早上，亨利收到一封信，通知他另谋高就。一个月后，他便动身去了远东。"

半年后，让·沙尔万和玛丽-路易丝结婚了。莫里斯夫人的病情日益加重，两个人也只好仓促结了婚。因为知道自己去日无多，莫里斯夫人迫切希望女儿在自己去世前安定下来。让把这些事写信如实告诉了亨利，亨利也回信向他们表示衷心的祝福。亨利安慰让说，他无需为他感到内疚。离开法国时，亨利就已经意识到，自己不可能有机会娶玛丽了，让能娶她，他很高兴。他在金边正在寻找心灵的安慰。信中的语气倒是很乐观。从一开始，让就告诫自己，像亨利这样灵活善变的脾性，用不了多久，就会把玛丽忘了，亨利的信似乎也印证了这一点。但他给亨利带去的伤痛是无法修补的，信里说的话只是托辞罢了。如果失去了玛丽，亨利会死。对他来说，这是生死攸关的问题。

有一年的工夫，让和玛丽-路易丝两人过得非常幸福。莫里斯夫人去世后，玛丽继承了几十万法郎，但由于经济不景气，通货不稳定，于是俩人决定先不急着要孩子，等形势明朗后再说。玛丽是勤俭持家的能手，又秉性温柔和气，是令人满意的贤妻。她性格沉稳。结婚前，这在让看来似乎是非常诱人的优点，但随着时间的推移，他渐渐发现，她之所以沉稳，是因为她凡事都缺乏热情，更没有什么深刻的见地。他总觉得她就像只小老鼠，从她那鬼鬼祟祟的沉默寡言中，似乎真能看到老鼠的影子。对鸡毛蒜皮的小事，她总是特别较真，一天到晚总是忙些无关紧要的事。她那小颗脑袋里装的全是自己感兴趣的那些玩意儿，根本容不下其他东西。有时候，她拿本小说开始看，但很少见她读完。让心里暗想，她太乏味了。他开始有些不安，觉得当初不值得为她耍如此卑劣的手段，这让他很懊恼。他想起了亨利。他试着自我安慰，既然已经木已成舟，就算了吧，何况他自己也不是无业游民，但他无法平复良心的谴责。他现在真巴不得当初主管跟自己谈话时，自己不是那么回答的。

后来，发生了一件糟糕的事情。亨利感染了伤寒，突然死了。这对让是个很大的打击，玛丽-路易丝也很震惊。她去看望了亨利的父母，但她既没有因此茶饭不思，也没有夜不能寐。她的无动于衷把让给惹火了。

"真可怜呢！他一直活得快快乐乐，"她说，"他肯定不愿意死。但他为什么要远渡重洋去那里呢？我告诉过他，那里气候很糟糕，还夺走了我父亲的生命，我知道自己说得没错。"

让觉得是自己害死了亨利。如果他跟主管说亨利的好话（因为只有他熟悉亨利），亨利就能得到那个职位，现在就会活得好好的。

"我永远不会原谅自己，"他心想，"我再也快乐不起来了。唉！我真笨！我真卑鄙！"

他为亨利流泪，玛丽-路易丝则想办法安慰他。她是个善良的小人儿，而且也爱他。

"别想太多了。你们俩毕竟有五年没见面了，就算见了面，你也会发现他已经变了，变得你们之间已经什么也不剩了。在你眼里，他可能已经成了路人。这种事我见得多了。一开始你可能很高兴见到他，可是半小时后，你会发现，你们已经没什么好聊的了。"

"你说得有道理。"他叹了口气，说道。

"他太浮躁，什么事都干不成。他既没有你稳重，也没有你脚踏实地，更没有你那股子聪明劲儿。"

他知道她在想什么。如果她随亨利去了印度支那，突然发现自己二十一岁就守了寡，除了自己的二十万法郎，一无所有，那她现在该怎么办呢？她庆幸自己逃过了一劫，庆幸自己做出了明智的选择。身为丈夫，让·沙尔万让她很自豪。他很能赚钱，但现在却遭受悔恨带来的前所未有的折磨。回想起他对好友的背叛，这种痛苦比肉体上的折磨还要痛苦百倍。工作的时候，这种痛苦会突然折磨他，让他的心一阵绞痛。痛苦无以复加，他渴望得到解脱，终日费尽心机，就是为了不向玛丽说出实情。但他清楚，玛丽终究会知道的，到时她不但不会吃惊，反倒会觉得这个小花招要得很聪明，因为，为了她，让·沙尔万做出这种卑鄙的行径，甚至让她有点儿得意。可是，她帮不了他。他开始厌恶起她来。就是为了她，他才做出这种可耻的事来。她算什么东西？只不过是一个普普通通、平平庸庸，甚至还有些算计的小女人罢了。

"我真是个大傻瓜！"他一遍又一遍地说。

他甚至再也不觉得她可爱了，因为他现在明白了，她愚蠢无比。当然，这也不能怪她，是他自己对不起朋友。他强迫自己对她像往常一样温柔。无论她想干什么，他都想办法做到。只要他能办到，她只要说一下就行。他试着去可怜她，试着去忍耐。他告诉自己，倘若是以玛丽那小家子气的标准来评判，她就是一个贤妻，做事有条理，生活省吃俭用，而且她的待人接物、穿着打扮都配得上一个体体面面的年轻人。

这一切都是千真万确的，但正是因为她，亨利死了，所以他恨她。看到她，他就心烦。虽然他嘴上什么也没说，虽然他还是很善良、和蔼、宽容，但好多次差点把她给杀了。但真正杀她的时候，却是情非所愿地干的。亨利死了十个月以后，亨利的父母，勒纳尔先生和夫人，办了一个派对，庆祝女儿订婚。自从亨利死后，让就很少见到亨利的父母，所以这次他也不想去。但玛丽-路易丝说他们必须去，让一直是亨利最好的朋友，他们家这么重要的庆祝活动，如果他不参加，是很失礼的。她对人情世故是非常在意的。

"再说，你也可以出去散散心。你闷闷不乐好长时间了，出去放松一下，对你有好处。派对上会有香槟吧？虽然勒纳尔夫人舍不得花钱，但这种场合，她肯定得掏点腰包。"

一想到勒纳尔夫人掏腰包的别扭劲儿，玛丽-路易丝呵呵笑了起来。

派对上的气氛非常欢快。可当让发现亨利的房间被用来寄放女人的披肩和男人的大衣时，心情顿时不好了。派对上，香槟很多，让喝了够，他在借酒浇愁。他不想再听到亨利的笑声，不想再看到亨利愉悦的眼神。夫妻俩回到家已经三点了。第二天是周日，让不用去上班，所以夫妻俩睡得很晚。接下来的事，还是请让自己来说！

"醒来后，我头疼得厉害。玛丽-路易丝已经起了床，正坐在梳妆台前梳头。我一直喜欢体育运动，已经养成了每天早上锻炼的习惯。那天早上，虽然我不是很想锻炼，但头天晚上喝了那么多香槟，我觉得最好还是去锻炼一下。我下了床，拿起了体操棒。我们的卧室比较大，玛丽-路易丝所在的梳妆台和床之间有足够的空间，让我挥舞体操棒。于是，我开始练习常规动作。玛丽-路易丝刚才坐在梳妆台前开始剪头发，这次和以往不同，她把头发剪得非常短，我觉得一点儿都不好看。从后面看去，她就像个男孩子，脖子上的短发茬让我觉得恶心。她放下梳子，一边往脸上扑粉，一边发出令人作呕的讥笑声。

"'你笑什么？'我问道。

"'勒纳尔夫人。她穿的是上次参加我们婚礼时穿过的礼服，她重

新染了色，又改了一下。但这瞒不过我的眼睛。到哪儿我都能认出那件礼服。'

"就是这句蠢话，把我彻底激怒了。我怒火中烧，使尽全身的力气，用体操棒朝她头上砸去。很显然，我打烂了她的脑壳，她在医院里昏迷了两天后，死了。"

他停顿了一下。我递给他一支烟，我自己也点了一支。

"她死了，我很高兴。我们再也无法在一起生活了。对自己的所作所为，我也很难说清楚。"

"是很难！"

"之后，我被捕，接着因谋杀罪被起诉。当然，我发誓说那是意外，我说体操棒是从我手里滑出去的，可法医提供的证据与我的供词不符。控方证明了像玛丽-路易丝这样的伤只能是由蓄意的暴力所致。对我来说，幸运的是，他们找不到我的作案动机。公诉人编造理由，说派对上有位男士多看了玛丽-路易丝几眼，我是因为吃醋才跟玛丽发生了争执。但他提到的那位男士发誓，他没有做任何让我产生怀疑的举动，参加派对的其他人也都证实，我们离开时，大家都很和气。梳妆台上有一张未付的裁缝账单，于是公诉人据此推断说，我们是因为账单争吵的。可是我能够证明，玛丽都是用自己的钱来买衣服的，所以我和她争吵的起因不可能是账单。大家都纷纷站出来为我作证，说我对玛丽一直很好，我们是公认的恩爱夫妻，我的品行良好，我公司的老板也说了我一大堆好话。我是不会有掉脑袋的危险的，甚至有一瞬间我觉得自己还可能全身而退。最终，我被判了六年。对自己的所作所为，我并不后悔，因为，从那天起，我就一直在监狱里等着宣判。自从来到这里，亨利的事就再没有让我焦虑过。如果我相信这个世上有鬼，那我现在可以说，玛丽的死已经补偿了亨利。不管怎么样，在经历了这些折磨和痛苦之后，我的良心平复下来了。我相信，所有这一切都是值得的。我觉得，现在我可以重新面对生活了。"

我知道这是一个很有趣的故事。我立志成为写实作家，我写故事力求逼真，不喜欢荒诞，更不喜欢离奇的故事情节。如果这故事是我编的，我肯定会把它编得更有说服力。事实上，如果不是亲耳听到，我也不会相信。我不知道让·沙尔万的话有多少是真的。不过，最后一次见我时，他的话听起来很让人信服。我问他以后有什么打算。

"在法国我有几个朋友，他们会帮我的，"他回答道，"当时，很多人都认为，我是重大误判的受害者。我公司的主管坚信对我的判决很不公正。我可以争取减刑。即便不能获减刑，六年之后我也能回法国。你瞧，在这里我也能找到用武之地。我接手这些账目时，都是乱七八糟的，现在已经有条有理了。而且账面上还有很多漏洞，只要他们让我放手去干，我相信自己肯定能堵住这些漏洞。典狱长很喜欢我，我相信他会尽力帮我。最不济，不超过三十岁，我就能回法国了。"

"可是，你不觉得自己将来很难找到工作吗？"

"像我这样聪明的会计，既诚实又勤奋，肯定能找到工作。当然，我不能再住在勒阿弗尔，我公司的主管在里尔、里昂和马赛有很多生意上的朋友。他答应过会帮我。所以，我对将来还是充满信心的。我会找个地方安顿下来，等站稳脚跟后，我还会结婚。在经历了这一切之后，我想要个家。"

我住的房子四周都是阳台，这样的布局会让房间干燥一些。我们坐在阳台的一角，北面的百叶窗没有放下来。远处海天交融处有一棵椰子树，蓝天衬着绿色的椰子树，犹如热带游轮的广告画。让·沙尔万的目光望着远方，仿佛在找寻未来。

"但下次结婚，我不会再为了爱情，我要为了钱。"他若有所思地说。

（袁健兰　译）

行刑者

　　他中等身材，是个健壮结实、膀大腰圆的家伙。虽然已经年届五旬，到了该发福的时候，但身材并不臃肿。他面色红润，似乎并没有受到风吹日晒或者其他恶劣天气的侵蚀，而且家世甚好，褐色的头发依旧浓密，只在太阳穴附近有些许灰白。他对自己的头发和帅气的小胡子感到非常骄傲，总是打理得一丝不苟。蓝色的眼睛一直闪烁着和善的光芒。你也许会觉得命运待他不薄。他处处透着随和与健康活力，看上去值得信赖。也许他会让你想起荷兰画家笔下那些养尊处优、面色红润的商人，和自己两颊绯红的妻子一起出现在画作中，享受着生意带给他们的优越生活。但事实上，他是一名鳏夫，名叫路易·勒米雷，编号68763，因为谋杀妻子正在法属圭亚那最大的刑事罪犯关押地圣洛朗-迪马罗尼监狱服刑，刑期十二年。但由于他曾在家乡里昂警察局任职，而且品行良好，当局给了他一个官职：他从接近两百名申请者中脱颖而出，成了行刑者。

　　因此，他才可以展示精心打理的帅气小胡子。他是唯一留胡子的犯人，这简直就是职位的象征。也正因如此，他可以穿自己的衣服。其他犯人都身穿粉白条纹囚服，头戴圆形草帽，脚蹬笨重的木底皮靴。路易·勒米雷则赤脚穿帆布登山鞋，身着蓝色棉质长裤，卡其衬衫的领子稍稍敞开，露出浓密的胸毛。当你看到他在公园漫步，慈祥地望着在那里玩耍的黑人或者混血孩子，你肯定会认为他是个受人尊敬的商人，在享受闲暇时光。他有自己的房子，这是这个职位带来的福利，其实也是无奈之举。如果他住在监狱里，其他犯人肯定会对他不利。总有一天，人们一觉醒来会发现他已被开膛破肚，死状凄惨。房子的确很小，只有一间小木屋，旁边有个连在一起的棚屋，是他的厨房。但是周围用栅栏围起一个小花园，种着香蕉、番木瓜和热带蔬菜。花园面朝大海，周围是一片椰子林，地理位置也相当优越，距离监狱只有四百米左右，取配给食物非常方便。当然，配给是与他同住的助手去取的。这个助手是个笨拙的大个子，眼窝深陷，嘴巴也凹了进去，但眼睛总是瞪得大大的。他因为强奸和谋杀被判无期徒刑。这个人并不机灵，但入狱前是个厨师，总是能把监狱厨房提供的汤、土豆、白菜和牛肉（一年三百六十五天一成不变的牛肉）回锅，加上他们自种的蔬菜和路易·勒米雷从华人商店里买来的调味品，做出可口的饭菜。正因如此，路易在需要助手时才选择了他。上一个助手精神出了问题，行刑时畏手畏脚，这让路易觉得很荒唐。一想到这事，他总是温厚地笑笑。这个老助手因为神经衰弱，现在已经搬到关押疯子的圣约瑟夫岛上。

现在的助手碰巧病了，发高烧，似乎命不久矣，必须要送医院。这让路易·勒米雷很难过，想找到这么出色的一位厨师并非易事。更糟糕的是第二天还有工作要完成，六个人要被处死：两个阿尔及利亚人、一个波兰人、一个从欧洲来的西班牙人，只有两个是法国人。他们一起从监狱出逃，沿河直上。一年多来，一帮人偷窃、强奸、杀戮，使整个殖民地都陷入恐慌。人们甚至不敢出家门。最终，这伙人被重新抓获，判了死刑，但判决必须要得到殖民地总督的复核，而复核刚刚下达。路易·勒米雷的工作必须要有助手的协助才行，更何况事先还有一些准备工作要做。但现在他却不得不依赖一个新手，真是太糟糕了。典狱长给他安排了一个狱卒。狱卒其实也是囚犯，因为表现良好而被选拔出来，住在单独的监区。他们站在当局一方，为其他犯人所不喜。路易·勒米雷做事谨慎，一定要确保第二天一切顺利。于是，他让这个临时助手下午到存放断头台的地方，以便自己向他详细解释断头台的工作原理，并亲自示范助手需要完成的工作。

平时，断头台存放在监狱的一个小房间里，不过这个小房间的门是开向监狱外面的。当他在约定时间到达时，发现助手已经在等了。这是个身材高大，面容粗犷的家伙，身着粉白条纹囚服。但因为是狱卒，所以戴的不是草帽，而是一顶毡帽，以区别于普通囚犯。

"你是怎么进来的？"

对方耸了耸肩。

"我杀了一个农夫和他的妻子。"

"哦。判了多久？"

"终身监禁。"

他看起来很彪悍，但相貌不一定靠得住。路易·勒米雷曾经遇到过一个狱卒，一个健壮的大个子，观看行刑的时候居然晕死过去。他可不想自己的助手在关键时刻被吓破胆。他冲助手笑了笑，指了指存放断头台的房间。

"这份工作和其他的不一样，"他说，"你知道，一共六个。都是坏人。越早处理掉越好。"

"哦，没事。我在监狱里看到的事情太多了，已经天不怕地不怕了。对我来说，这跟剁掉鸡的头没什么两样。"

路易·勒米雷打开门走了进去。助手跟在后面。房间太小了，比一间牢房大不了多少，因此断头台显得格外壮观，而且肃穆邪恶。路易·勒米雷听到一声轻呼，回头看到狱卒正惊恐地盯着他。他脸色蜡黄，疲惫不堪，这并不奇怪，这正是所有犯人都会时不时染上钩虫病的症状。但现在他的脸色比平时还要难看百倍。行刑者和气地笑了笑。

"吓你一跳吧？你原来见过吗？"

"从来没有。"

路易·勒米雷轻轻笑出声来。

"如果见过，你大概就不会活着跟大家吹牛了。你是怎么逃过死刑的？"

"当时我快要饿死了。我求他们给我点吃的，结果他们放狗来咬我。我被判了死刑。后来，我的律师去了巴黎，拿到了总统的缓刑令。"

"毫无疑问，活着总比死了好！"路易·勒米雷眼中闪烁着友善的光芒，说道。

他总是把断头台打理得一尘不染。上面的木头，当地一种类似红木的深色硬木，总是被擦得油光锃亮。至于铜件，路易·勒米雷自豪地认为断头台必须像游艇上的铜件一样熠熠生辉。刀锋寒光闪闪，就像刚出厂的一样。路易·勒米雷不仅要确保断头台能够正常使用，还要向助手展示它的工作原理。刀锋下落之后，助手需要把绳子重新系好，而要完成这个任务，就必须爬一小段梯子上去才够得着。

勒米雷对自己的工作甚是精通，于是志满意得地开始了必要的解释。他指出这个设备是多么精巧的时候内心相当愉悦。死刑犯会被绑在一个活动架上，架子可以上下前后移动，以方便把死刑犯的头放在刀锋下。这个谨慎的家伙带来了一根香蕉树杆，长约一米五。狱卒刚开始还有些纳闷，不过他马上就会知道它的用途了。香蕉树杆的粗细和人的脖子差不多，质感也差不多，因此不仅可以用它向新助手演示设备的工作原理，还可以确认设备是否运行良好。路易·勒米雷把香蕉树杆放好，松开了绳子。刀飞速下降，接着是一声巨响。从犯人被绑上活动架到人头落地仅需三十秒。头掉落到篮子里，行刑者揪着耳朵把它提起来，展示给周围监督的人群。接着，他庄严宣布："以法国人民的名义，正义得以伸张。"

然后，他会把头扔回篮子里。明天有六个人要被处决，所以得把尸身从活动架上解开，和头一起放在担架上。接着，再把下一个带上来。处决的顺序是由他们的罪行轻重决定的。罪行最轻的人被最先处决，可以免去目睹同伴惨死的恐惧。

"我们必须仔细一点，确保头和尸身是同一个人的，"路易·勒米雷像往常一样友好地说道，"否则，复活日的时候，可就麻烦了。"

他又演示了两三次，确保助手学会固定刀片。然后他从架子上拿下清洁工具，让助手擦拭铜件。尽管已经一尘不染，但擦一擦也没有什么坏处。他倚在墙上，悠闲地吸起烟来。

最后，一切都准备好了，路易·勒米雷让助手回去，半夜时候再过来。到时候，他们要把断头台从房间搬到监狱院子里。把它重新装好并不容易，而且黎明的时候就要行刑，断头台必须提前一小时就位。路易·勒米雷慢慢踱回自己的小屋。时间已近黄昏，回去的路上他遇到一队结束劳动回监狱的犯人。他们交头接耳地说着些什么，路易·勒米雷觉得他们肯定是在议论自己。一些人低头看地面，两三个人向他投来仇恨的目光，还有一个人朝地上吐了一口唾沫。路易·勒米雷嘴里叼着烟，嘲讽地看着他们。他丝毫不把他们这种厌恶中夹杂着恐惧的态度放在心上。没有人愿意跟他讲话，这无所谓。一想到几乎没有人不想捅他一刀，只会让他感到好笑。他深深蔑视他们中的每一个人。他可以保护好自己。他的刀技不亚于他们中的任何人，而且他对自己的力量也很有信心。犯人们知道第二天有人要被处决，这个时候他们总会感到紧张、沮丧。他们劳动时阴沉着脸，没有人说话，狱卒们也不得不比平时更加警惕。

"行刑结束后，他们就消停了。"路易·勒米雷走进自己院子时自言自语道。

犬吠声伴着他一路走回来。尽管他很勇敢，但听到狗叫仍然感到很满意。助手病了，他不得不一个人住在这里，因此觉得有这两条凶猛杂种狗的保护没什么不好。狗整夜在院外的椰子林里巡视，如果有人潜伏在那里，他马上就会知道。若有陌生人胆敢靠近，两条狗会毫不犹豫地冲上去咬断他的脖子。他的前任如果有两条狗，也不至于落得如此下场。

路易·勒米雷的前任行刑者没干几年就突然消失了。当局认为他逃跑了。大家都知道他有点小钱，很有可能买通了纵帆船船主逃去了邻国巴西。他的胆气已经消失殆尽。他曾去找过典狱长两三次，说自己有生命危险。他觉得有犯人要害他。典狱长则坚信他的担心毫无根据，因此没有理会。他失踪后，典狱长称他已经被吓破了胆，宁愿冒着被抓回来投进监狱的危险逃走也不愿意面对犯人复仇的尖刀。三个星期之后，一个狱警带领一队因犯在丛林中劳动时注意到有棵树周围聚集了一大群秃鹫。这种可怕的黑秃鹫体型巨大，经常出现在圣洛朗的集市上，寻找食不果腹的刑满释放人员丢弃的食物残渣，庞大的身影还不时飞过整齐的街道，落在路旁的树上。秃鹫还会出现在监狱院子中，提醒囚犯们如果胆敢逃到丛林中会有什么样的下场。寡不敌众的犯人会被这些可恶的畜生吃得连骨头渣都不剩。这棵树周围争斗、嘶鸣的黑秃鹫实在太多了，狱警陡然生疑，于是向上级报告了这一情况。典狱长派了一队人前来查看，发现一个人吊在树枝上。砍断绳子放下尸体后大家认出这正是行刑者。监狱方面声称他是自杀，但他背后有刀伤，犯人们都知道他是被人刺中后背，然后拖到丛林里吊死的。

路易·勒米雷并不担心这种事会发生在自己身上。他知道自己的前任是怎么出事的，这肯定不是犯人干的。法国法律规定，犯人在刑满释放之后，必须在殖民地居住和自己刑期同样长的时间。他们是自由之身，但不能离开居住地。有时居住时间也可以酌情减少，如果工作努力，还可以勉强活下去。但是，一个人在监狱里时间太久了，就会丧失生活的动力，再加上钩虫病、发热等原因，身体变得虚弱，已经无法长时间从事高强度的劳动了。因此，大部分刑满释放人员的生活都依靠乞讨、盗窃、向犯人们走私香烟和钱，或者在有蒸汽船驶进港口的时候去装卸货物糊口。但每个月只有两三艘船靠岸，所以这样的机会并不多。杀害路易·勒米雷前任的是一个刑满释放人员的妻子。她肤色较深，年轻漂亮，身材娇小，目光狡黠。计划实施得很周密。行刑者魁梧健壮，血气方刚。她故意在他的必经之路上出现，捕捉到他赞赏的眼神之后，她也回以调皮的目光。一两天后，他又在公园里看到她。当然，他没有鲁莽地上前搭话（任何人，无论是男人、女人还是孩子，如果被人看到跟他讲话就麻烦了），但朝她眨了眨眼睛，她随即报以微笑。一天晚上，他看到她穿过自己院子周围的椰子林，见四下无人，便跟她聊了起来。俩人只说了几句话，因为她显然很怕被人看到。但后来，她又出现在椰子林。就这样，她小心翼翼地戏耍他，直到他的戒心慢慢消失。她嘲笑他的欲望，还接受了他送给她的一些小礼物。终于在他承诺给她一大笔钱之后，她答应深夜去他家里幽会。一艘船刚刚靠岸，她丈夫要工作到天亮才回家。当他打开门后，她却踌躇不前，似乎很纠结，于是他迈出门去拉她，这时一把刀从背后刺来，他顿时倒地不起。

"真是个傻瓜！"路易·勒米雷喃喃地说，"活该！他本应该嗅到危险。都是男人该死的虚荣心惹的祸。"

路易和女人已经没有什么瓜葛了。他正是因为女人才落得今天的这个结果，或者说至少是因为某个女人才落得这个结果的。再说，他已经上了年纪，不再满怀激情。生活中还有其他很多美好的事物，过了一定年纪之后，明智的男人会把注意力转向它们。其实，他一直都很擅长钓鱼。遭遇不幸之前还在法国故乡生活的时候，他一下班就会拿着鱼竿和渔线去罗讷河垂钓。现在钓鱼的机会就更多了。每天早晨他都会坐在自己最喜欢的那块岩石上，设法为典狱长的餐桌添道菜，直到太阳开始炙烤大地才会离开。典狱长的妻子很精明，总是狠狠压价，但他并不怪她。她知道，他没有讨价还价的资格，傻瓜才愿意多出钱呢。但不管怎样，他还是有了点收入，可以买点烟、朗姆酒和其他零碎的东西。但今晚，他钓到鱼后要自己享用。他从棚屋里拿好鱼饵，带好鱼竿，坐在自己的那块石头上。没有什么比自己亲手钓上的鱼更美味的了，而且他知道哪些鱼无比鲜美，哪些鱼肉质又硬又寡淡无味只能扔回海里去。有一种鱼，用真正的橄榄油煎过之后就像胭脂鱼一样可口。刚坐下五分钟，浮标就猛地往下一沉，他把线拉上来一看，上钩的正是那种鱼，好像上帝听到了他的祷告一样。他取下鱼，把它的头狠狠撞向岩石，然后放到地上，再换好鱼饵。四条鱼就可以做顿上好的晚饭了，简直是人间极品美味。晚上，他还要辛苦工作，需要一顿丰盛的晚餐。明天早晨就没有时间钓了。他得把断头台拆好，运回储藏室，而且还有许多清洁工作要做。场面会很血腥。上次他的裤子都被浸透了，只能扔掉。断头台上的铜器需要擦拭，刀锋需要打磨。他喜欢一口气把活干完，所以结束的时候肯定已经很饿了。最好现在多钓几条鱼放在凉快的地方，这样明天早晨就可以饱餐一顿了。一杯咖啡、几个鸡蛋、几条煎鱼，他觉得很满意。然后，再美美地睡上一觉。毕竟他整晚都不得不站着干活，助手又没经验，难免紧张，事后还有一大堆清洗工作，因此他必须要好好犒劳自己。

　　一片海湾在他面前延伸开去，可以看到不远处一座绿树掩映的小岛。这个下午异常安静，他的心也沉静下来。他悠闲地看着浮标。回头想想，自己现在的处境还不错。几百米外就是挤满了犯人的监狱，其中的一些犯人思乡心切，抑郁得简直要疯了。但他颇具哲学家的头脑，只要能钓鱼就知足了。至于是在这里还是在罗讷河畔的老家又有什么关系呢？他的思绪不禁飘回到过去。他的妻子实在让人忍无可忍，杀了她他一点都不后悔。其实，他并不想娶她。她是个裁缝，穿着总是整洁入时，正是这一点吸引了他。她的外表端庄大方，他猜她肯定觉得跟警察约会有些委屈，但他自有办法让她跟自己约会。她很快就表示自己并非势利小人，当他按部就班推进俩人的关系时，她也没有拒绝。这让他松了一口气，因为这表明她并不是个守旧的人，而且自己也不是那种认为拒绝更能带来征服感的男人。外出用餐时，他喜欢让人看到俩人在一起。她谈吐睿智，而且还很节约，知道哪里的餐馆性价比最高。大家很羡慕他的好运气。食色，性也。而他满足自己情欲的费用竟然这么低，这让他更加满意了。所以，当她来找他说自己怀孕了的时候，结婚似乎是水到渠成的事情。他收入不错，也该安顿下来了。而且他也厌倦了房东和餐馆的饭菜，期待有个自己的家，吃些家常菜。后来，发现怀孕消息不实的时候，性情和善的路易·勒米雷并没有怪罪阿代勒。但他像众多已婚男士一样发现，妻子和情妇完全不同。妻子嫉妒心强，占有欲高。她似乎认为周日下午他应该陪自己去散步，而不是独自去钓鱼。让她牢骚满腹的还有，他一下班就去咖啡馆。他的确常去一家咖啡馆，那里聚集了很多垂钓爱好者，大家有很多共同话题。他觉得去那里喝一两杯啤酒，打打牌，比坐在家里陪妻子开心多了。于是，她开始大吵大闹。尽管他天性快活，善于交际，脾气却有点急躁。在里昂，有时候，不强硬是应付不了局面的。妻子无理取闹时，他觉得自己没有其他选择，只能让她领教自己拳头的厉害。如果她是个明智的女人就应该得到教训，可惜她不是。他不得不越来越频繁地在必要时教训她，她的报复手段则是歇斯底里地尖叫，向邻居（他们住在一栋房子五楼的一套两居室公寓里）控诉他多么残暴。她对邻居说，他迟早会杀了自己。虽然没有人比路易·勒米雷更和善，但她还是控诉他在咖啡馆里乱花钱，控诉他在其他女人身上浪费钱。其实，像他这样地位的人时不时会碰到些机会，他就像其他所有男人那样享受了。他把钱看得很淡，不介意为朋友付些酒钱，如果有哪个对他很好的姑娘想买顶帽子或者买双丝袜，他也不会狠心拒绝。可他妻子觉得，钱如果没有花在自己身上，就是被人偷去了，所以让他交代每一分钱的去处。他以自己惯常的欢快语气回答说把钱扔到窗户外面去了，她立刻勃然大怒。她越来越尖刻，声音越来越刺耳。只要见到他，她就一腔怒火，一张口肯定没有什么好话。他们总是吵吵闹闹。路易·勒米雷常对朋友说她如何撒泼，说自己天天都在后悔娶了她，有时候还说，如果流感不能把她带走，那他只能自己动手了。

　　正是这些话，这些玩笑话，加上她经常告诉邻居说他总有一天会杀了自己，把他送到了圣洛朗服刑十二年。否则，他很有可能在法国本土监狱服刑三四年就可以了。悲剧发生在炎热的夏天。那天他脾气很糟，这可不是常有的事情。当地发生了罢工，罢工工人们非常暴力。警察不得不逮捕了很多人，但这些人可不会轻易就范。路易·勒米雷的下巴被狠狠打了一拳，不得不用上了警棍。把这些人押回警局更是让他汗流浃背，疲惫不堪。下班后，他回家换衣服，打算去咖啡馆喝杯啤酒，玩几局牌。他的下巴还是很疼，妻子选择这个时候问他要钱，被拒绝后开始撒泼，说他有钱去咖啡馆，却没钱给她买吃的，不关心她的死活。他让她住嘴，然后俩人争吵起来。她抽出他脱警服时一并卸下的左轮手枪，威胁说他再朝前走一步她就开枪。他见惯了危险的罪犯，她的话还没说完他就冲过去把枪夺了回来。她尖叫着一拳打来，正好打在他疼痛难忍的下巴上。被愤怒和疼痛冲昏头脑的他开了枪，两枪。她倒在了地上。他有些恍惚。看样子她已经死了。他的第一反应是难以言表的解脱。他听了听。好像没有人听到枪声。邻居们肯定都不在家。真是幸运，这样他就有时间按自己的方式来处理了。他换上警服，出门，锁门，把钥匙放进口袋。他在熟悉的咖啡馆逗留了五分钟，喝了杯啤酒，回到刚刚离开不久的警察局。由于当天的骚乱，局长还没有离开。路易·勒米雷进去告诉了他发生的一切。当天晚上，他就被关在不久前他亲手逮捕的罢工工人的隔壁。即使在这样悲惨的时刻，他仍然觉得此时此景颇具讽刺意味。

　　路易·勒米雷曾经多次在刑事案件中担任警方证人，知道人们多么喜欢落井下石。一想到很多都是因为挚友的证词而被定罪就让他感到既好笑又厌恶。尽管如此，走上被告席后，咖啡馆老板、钓友、牌友和酒友们的证词还是让他吃了一惊。他们似乎还记得自己所有不谨慎的言辞和对妻子的抱怨，也记得自己经常开玩笑地威胁说要找妻子算账。他知道，当时谁也没有把这些玩笑话当真。警察还是有点权力的，如果能给朋友帮个小忙，他丝毫不会迟疑。他也从来不是个守财奴。如果聆听了证人的证词，你肯定会觉得他们揭露每一个足以毁掉他的细枝末节时都感到无比满足。

　　如果你旁听了审判，肯定会觉得他是个坏人：放荡挥霍、脾气暴躁、奢侈无度、游手好闲，且腐败堕落。但他知道自己并非如此。他只是一个性格随和的普通人，只要你不去干涉他，他也不会干涉你。他的确喜欢喝酒打牌，的确喜欢过一个漂亮女孩，可那又怎么样呢？他看着陪审团时忍不住想，如果他们犯过的错误、不慎说过的话、干过的蠢事都被这样曝光，他们又会比自己强到哪里去呢？他并没有怨恨如此漫长的刑期。他曾是执法者，犯了罪理应受到惩罚。但他并不是罪犯，只是一起不幸意外的受害者。

　　在圣洛朗，在监狱里穿着粉白条纹囚服、戴着丑陋草帽时他依然记得自己曾是警察，现在与自己朝夕相处的囚犯一直都是自己的天敌。他鄙视他们，厌恶他们。他尽可能避免跟犯人接触，但并不怕他们，因为自己太了解犯人了。和其他所有人一样，他也有一把刀子，而且他的神态告诉大家他的刀子可不是摆设。他不想干涉任何人，但也不允许任何人干涉自己。

　　他的品行在警察局堪称模范，里昂警察局长很喜欢他，所以在囚犯档案里为他写了不少好话。他也知道长官们喜欢安分守己、安于现状而且勤快的犯人。就这样，他获得了一份舒适的工作，很快就离开了条件恶劣、混乱不堪的集体牢房，搬到一个单身牢房。他和狱警相处得都不错，他们都很正派，至少大部分是。他们也知道他曾经在警察局任职，因此对待他更像对待同事而不是犯人。典狱长也信任他。后来他又得到一份工作，去一位狱吏家做用人。他仍旧回监狱睡觉，但其他时候拥有绝对自由。他每天接送主人的孩子上下学，还给他们做玩具。他还陪女主人去集市，帮她把购买的日用品拎回来，而且经常跟她一起闲聊。一家人都喜欢他，喜欢他轻松幽默的举止和温和的微笑。他很勤快，又靠得住。一来二去，日子又变得不是那么难熬了。

　　但三年后，主人被调到圭亚那首府卡宴，这对他来说真是个打击。不过，行刑者的位子正好空了出来，他便顶了上去。现在，他又开始为国家效力了。尽管房子简陋，但毕竟是属于他自己的。他不再穿囚服，发型和胡子也不受限制了。他不在乎犯人们是不是用恐惧和轻蔑的眼光看他，因为他就是这么看待他们的。人渣。每当他揪着耳朵从篮子里提起血淋淋的人头，庄严宣布"以法国人民的名义，正义得以伸张"时，他感觉自己确实是代表着国家，代表法律和秩序，是社会的捍卫者，保护社会免受残忍罪犯的侵害。

　　每次行刑他会得到一百法郎的报酬。这笔钱加上典狱长妻子付给他的鱼钱让他的日子过得很舒适，甚至还可以买些奢侈品。现在，他坐在自己最喜欢的岩石上，面前的海湾一片平静，他不禁开始思考明天即将到手的那笔钱该派什么用场。不时有鱼上钩，他提起钓线，从钩子上把鱼取下来，再换上鱼饵。不过，这一切都是下意识的动作，丝毫没有打断他的思绪。六百法郎。一大笔钱。他真不知道该怎么花。他的小房子里什么都不缺，食品储藏了很多，朗姆酒对他这样一个不是酒鬼的人来说也足够了。他不需要渔具，衣服也已经相当体面。那么，唯一能做的就是把钱存起来。事实上，他已经在一棵番木瓜树下埋了一小笔钱。阿代勒如果得知自己居然会存钱，该有多么惊讶啊！想到这里，他忍不住笑出声来。这对她贪婪的灵魂来说肯定是种安慰。他慢慢攒钱是为了出狱后的日子做打算。对囚犯来说，出狱那天是个痛苦的日子。在监狱里他们吃住无忧，而出狱后必须要在圭亚那待很久，那时就只能依靠自己了。大家都说，刑期结束后才是惩罚真正的开始。他们找不到工作，因为雇主不信任他们。相比监狱给劳工的工资，承包商们给出的条件又太没有竞争力了。因此，他们只能在外露宿，为了吃饭不得不经常求助于救世军[①]。但救世军总是让他们辛苦劳动，还强迫他们听布道。有时候，他们为了回到监狱这个安全的地方，甚至不惜犯下重罪。路易·勒米雷可不能冒这样的风险。他打算存钱做点生意。他应该能够得到许可去首府卡宴居住，他也许可以在那里开间酒吧。一开始人们可能会因为他之前的工作而有所顾忌，但只要酒好，人们自然会消除成见。而且他为人和善，做事井井有条，应该可以成功。前来卡宴的人很多，人们可能会因为好奇去他的酒吧。回家后告诉亲朋好友，他们在卡宴喝过的最好的朗姆酒是在行刑者开的酒吧里，这该是多么有趣的事啊！可他还有好多年才会出狱，如果有什么需要提前准备，那肯定没问题。他想了又想。没

---

① 救世军（the Salvation Army），以基督教为信仰的国际性宗教及慈善公益组织，以街头布道和慈善活动、社会服务著称。

了，这个世界上已经没有什么想要的东西了。他感到很吃惊，眼睛从浮标上移开。大海依旧宁静，不过落日的余晖洒下一片斑斓。天空中已经有一颗孤零零的星星在眨眼。突然冒出的一个想法让他激动不已。

"如果世上已经没有你想要的东西了，那你就已经是幸福的了。"他抚摸着自己帅气的小胡子，蓝眼睛散发出温柔的光芒。"没错，我很幸福，我现在才意识到。"

这突如其来的想法让他有些茫然。虽然有些奇怪，但这个结论就像欧几里得的定理一样严谨得无可辩驳。

"幸福，我现在就很幸福。有多少人敢说自己幸福呢？我这辈子第一次感觉幸福居然是在圣洛朗。"

太阳要落下去了。钓上来的鱼已经足够晚上和明天早晨吃了。他收回钓线，把鱼装好，回到了小屋。房子距离海边只有几米之遥。他很快就生好火，四条小鱼在油里滋滋作响。他对食用油很讲究。上乘的橄榄油很贵，但物有所值。监狱的面包不错，煎好鱼后他又用剩下的油煎了几片面包。他满意地闻了闻诱人的香气，点上灯，洗了一棵自种的生菜，拌了个色拉。他感觉自己拌色拉的手艺全天下无人能敌。伴着朗姆酒，他有滋有味地吃完了饭，把剩饭给了伏在脚边的两条杂种狗，然后又把餐具洗干净。要知道他天生爱干净，第二天回来吃早饭时可不想看到屋子里乱糟糟的。接着，他把两条狗放出去，让它们去椰子林里巡逻。然后他提着灯回到屋里，舒舒服服地躺在折叠椅上，点上一支从附近的荷兰殖民地走私来的雪茄，开始读邮差送来的最新法国报纸。酒足饭饱后，他一身轻松，不禁感觉生活虽不尽如人意，但还是很美好的。想到突然发现自己原来很幸福，他仍然觉得有趣。人们终其一生都在寻找幸福，而自己竟然已经拥有了它，真是不可思议。拥有所有心仪之物的人便是幸福的，而他已经拥有了自己所想要的一切，因此他是幸福的。他突然又冒出一个想法，忍不住轻轻笑出声来。

"毫无疑问，这得感谢阿代勒。"

阿代勒。一个多么令人生厌的女人！

他觉得自己最好睡一会，于是把闹钟定在了十一点三刻。躺在床上不一会就睡着了，他睡得很香，没有梦来打扰他。闹钟响起来的时候他吓了一跳，但很快就想起自己的任务来。他打了个哈欠，伸了伸懒腰。

"好吧，得去干活了。什么活都有不尽人意的地方啊！"

他从蚊帐里钻出来，重新点上灯。为了提神，他洗了洗手和脸，然后为了抵御夜风，又喝了杯朗姆酒。想到新助手没有经验，他考虑要不要带壶朗姆酒去给他壮胆。

"如果他能很快平复心情，情况会好很多。"

六个人要被执行死刑，这真是太不幸了。如果只有一个，那助手有没有经验就不重要了。但是后面有五个人在等着呢，如果出现故障可就尴尬了。他耸了耸肩。他们只能尽力而为。他梳了梳蓬乱的头发，细细打理了帅气的小胡子，然后点上烟，穿过院子，打开结实的篱笆门，走了出去，又反身把门锁上。今晚没有月亮。他吹起口哨招呼两条狗，出乎意料的是狗没有来。他又一次吹响口哨。这两个畜生，也许它们抓了只老鼠，正在你争我夺呢。他要好好教训教训这两个畜生，让它们知道不听召唤会有什么后果。他朝监狱走去。椰子树下一片漆黑，如果狗在他身边就好了！不过，不到五十米就可以到开阔地带了。典狱长家里透出灯光，让他觉得很安心。他笑了笑，这么晚了还有灯光，这说明第二天的行刑让典狱长也睡不着觉。和犯人、刑满释放人员一样，典狱长在行刑前一晚也会焦虑不安。这时候的确很容易发生暴乱，因此狱警们都是目光如炬，看到可疑行为时刻准备举枪射击。

路易·勒米雷又一次吹响口哨召唤两条狗，但还是没有动静。他有些纳闷，也有些不安。他本来走路慢悠悠的，但现在加快了脚步。他把烟吐了出来，因为他意识到烟的亮光会暴露自己的位置。突然，他被什么东西绊了一下，一动不动地停在原地。他生性勇敢，有着钢铁般的意志，但现在却吓得一阵反胃。他踢到的是一堆软绵绵的东西，体形很大，他很清楚这是什么东西。他穿着帆布鞋，用一只脚小心地感受着地上的东西。是的，没错。正是他的狗。死了。他后退一步，拔出刀来。他知道叫喊没有用。附近只有典狱长家的房子，虽然面向椰子林外的开阔地。但里面的人是听不到的，而且即使听到也不会出手相救。在圣洛朗，人们在半夜里听到救命的喊声是不会出来的。如果第二天人们发现有刑满释放人员暴尸荒野，也不会大惊小怪。路易·勒米雷突然间明白了发生的一切。

他大脑飞转。他们是在他睡觉时把狗杀死的。他们肯定是在他吃完饭把狗放出院子后动手的。他们肯定是扔给狗一些下了毒的肉。他踢到的那条狗躺在离家不远的地方，这是因为它想爬回家去死。路易·勒米雷瞪着眼睛仔细看，什么也看不到。眼前一片漆黑。他连一米外的椰子树干都看不清楚。他的第一反应是赶紧冲回家。如果他能安全到家，那就可以等到监狱的人见他迟迟不出现来找他。但他知道，自己是回不去了。他知道，那些杀死狗的人就藏在黑暗中。在他掏出钥匙打开锁之前背上肯定会被扎上一刀。他仔细听了听。没有声音。但他依然感觉黑暗中有人，潜伏在树后，想要杀死他。他们会像杀死狗一样杀死他。他会像一条狗一样死去。肯定不止一人。他了解他们，至少有三四个人，或许更多。可能是在私人住宅干活干到很晚才回监狱的犯人，也有可能是刑满释放后饥寒交迫的亡命徒。他一时有些犹豫。他不敢跑，他们很可能在房子到开阔地之间的这条路上设了绊子，如果摔倒，他就完蛋了。虽然椰子树并不稠密，但如果他看不清他们，他们同样看不清他。于是，他跨过狗的尸体，冲向椰子林。他背靠一棵椰子树，考虑下一步该怎么办。周围是令人心惊胆战的死寂。突然他听到一声低语，吓得差一点灵魂出了窍。然后，又是一阵死寂。他感觉自己必须前进，但腿好像被钉在地上一样。他感觉他们在黑暗中窥视着自己，自己似乎就站在光天化日之下。椰子林的另一边传来轻轻的咳嗽声。路易·勒米雷吓得差点叫出声来。他现在明白自己被包围了。他知道这些强盗和杀人犯不会对自己有丝毫仁慈之心。他想起另外一个行刑者，他的前任，被他们拖到丛林的时候还没有咽气，他们挖出了他的眼睛，然后把他吊在树上任由秃鹫大快朵颐。他的膝盖开始颤抖。自己真是个傻瓜，居然接手这种工作！自己本可以找一份毫无风险的轻松活的。不过，想这些已经太晚了。他定了定神，知道自己是不可能活着走出这片椰子林的，他只想赶紧死掉，不要活受罪。他握紧刀子。糟糕的是他听不到任何声音，看不见任何人，但知道他们就潜伏在周围，随时准备出击。他突然冒出个疯狂的想法，扔掉刀子然后向他们喊话，告诉他们自己没有武器，他们大可以放心过来杀掉他。但他了解这些人，他们绝对不会满足于要他的命。愤怒涌上全身，他可不是向一群罪犯投降的懦夫。他为人诚实，身为国家官员，他有责任捍卫自己。他不能整晚都待在椰子林，最好赶紧了结，可他背后的椰子树似乎给他提供了一道安全屏障，他怎么也挪不动步。他盯着前面一棵树的树干，突然树干动了起来，他这才惊恐地发现，树干原来是一个人。这让他下定了决心，他费力地向前走去，小心翼翼地慢慢前进。他什么也听不到，什么也看不到。但他知道，自己前进的同时，他们也在前进，就像有个隐身保镖如影随形一样。他觉得自己应该能听到他们赤脚走在地上的声音。他的恐惧已经消失。他继续前进，尽量贴近树干，不给他们从背后偷袭的机会。突然，他心中冒出一股强烈的希望。他们不敢出击，他们了解他，他们所有人都了解他，不管谁第一个发动攻击，肯定会被他开膛破肚。还有二十多米就到开阔地了，一旦他能看清楚这伙人，就可以跟他们搏斗。还有几米，他就有希望逃生。突然，情况有变，他灵魂出窍，呆在那里。一束光射来，黑暗中的光芒让人心惊胆战。是手电的光。他本能地跳向一棵树，背靠在上面。他看不清拿手电的人，手电光太刺眼了。他没有说话。他放低了刀子，因为他知道他们肯定会袭击自己的腹部。自己必须还击，必须让他们付出沉重的代价。光在他脸上照了半分钟，对他来说却像几百年。他现在觉得自己可以隐约辨认出他们的脸了。接着，一个字打破了可怕的沉寂。

"扔！"

就在这时，一把匕首飞来，插入他的胸膛。他举起双手，这时，一个人猛扑过来，飞快地用刀切开了他的肚子。手电筒灭了。路易·勒米雷痛苦地呻吟着，瘫倒在地上。五六个人从阴影中一拥而出，站在他面前。他倒下的时候，插在他胸前的匕首掉落到地上。手电光一闪，照到了匕首掉落的地方，一人捡起匕首，干净利落地割断了勒米雷的脖子。

"以法国人民的名义，正义得以伸张！"他说。

随后，一伙人消失在黑暗中，椰子林又复归死寂。

（魏　平　译）

后　记

　　以《月亮和六便士》《人生的枷锁》等长篇小说闻名于世的英国作家毛姆在短篇小说创作上也是一流的。一九五一年，他亲自甄选九十一篇精品佳作，汇集为三大卷本《短篇小说全集》。一九六三年，英国企鹅出版公司将其作为四大卷本重新刊印。三年前的一天，著名翻译家吴建国教授告诉我，九久读书人有意将该《短篇小说全集》翻译出版，问我有无兴趣和勇气牵头，尽快组织人员做成这件事。我二话没说，非常爽快地答应下来，根本没有充分考虑可能会遇到的各种困难。

　　众所周知，毛姆的短篇小说大体可分为三种类型：以欧美为背景的"西方故事"，以南太平洋、东南亚和中国、印度等为背景的"东方故事"以及"阿申登间谍故事"。这些故事：1）内容源于生活又高于生活。既能满足读者的猎奇心理，激发其心灵共鸣，也能帮助读者认识历史原貌，感悟人生；2）语言谐谑风趣，寓庄于谐，就连讥诮、讽刺也不乏幽默感，意味深长；3）半数以上采用了第一人称讲述，亲切自然，仿佛在和家人以及朋友们闲聊社会各个阶层的世情风貌和生活姿态；4）具有一种愤世嫉俗、悲天悯人的基调，人情味浓郁，道德意义深刻，而且结局出人意料，非常契合普通读者的心理诉求和审美品位。掩卷之余，令人难以忘怀。迄今为止，不仅在欧美各国一版再版，而且被翻译成多种文字，在世界各地广为流传。

　　我们本次翻译任务所恪守的一个总原则可以用四个字来概括：达信兼备。所谓"达"，意思是译文语言须符合汉语的"语文习惯"。用钱钟书先生的话来讲就是，译文语言"不因（英汉①）语文习惯的差异而露出生硬牵强的痕迹"。所谓"信"：一是译文语义"不倍原文"；二是译文语效与原文相同或相似。用钱钟书先生的话来讲就是，尽量"完全保存原作风味"。实话说，译文语义"不倍原文"，做到这一点不是太难；难就难在使得"译文语效与原文相同或相似"，其前提自然是译文语言须符合汉语的"语文习惯"。众所周知，毛姆的短篇小说语言清新流畅、简洁朴实、诙谐幽默、通俗易懂，鲜有诘屈聱牙的辞藻堆砌以及艰涩难懂的句法结构，可读性极强。这也是他能够拥有众多读者的重要原因。这就是说，若要译好毛姆的短篇小说，就必须全力保存其语言风格，即要在译文语义"不倍原文"、译文语言须符合汉语"语文习惯"的同时，尽最大努力实现"译文语效与原文相同或相似"。

　　值得一提的是，我们经过反复讨论，最后决定将英国企鹅四卷本《毛姆短篇小说全集》拆分成7册，其中第一卷拆分成第1—2册；第二卷拆分成第3—4册；第三卷不作拆分，为第5册；第四卷拆分成第6—7册。而且，我们将每一册都加以命名。我本人主译第1册《雨》，邀请哈尔滨工业大学齐桂芹副教授主译第2册《狮子的外衣》，山东大学赵巍教授主译第3册《带伤疤的男人》，上海海事大学青年教师李佳韵和才女董明志女士主译第4册《丛林里的脚印》，上海交通大学王越西教授主译第5册《英国特工》，上海电机学院李和庆教授主译第6册《贪食忘忧果的人》，上海海事大学吴建国教授主译第

---

① 作者加。

7 册《一位绅士的画像》。

最后，请允许我借此机会表示我由衷的谢意。首先，感谢九久读书人和人民文学出版社，感谢他们"为人作嫁衣"的奉献精神，感谢他们"吹毛求疵"的敬业精神。第二，感谢各位译者，感谢他们不畏艰难的笔耕，以及他们的家人所给予的莫大支持。最后，衷心感谢作为读者的您，如蒙批评指正，我和各位译者将倍感荣幸！

薄振杰

2020 年 3 月